바람과 구름과 비

바람과 구름과 비 6

ⓒ 이병주 2020

초판 1쇄   2020년 5월 15일

지은이   이병주
펴낸이   윤은숙

펴낸곳   그림같은세상
등록일자   1995년 5월 17일
등록번호   10-1162
주소   경기도 파주시 교하읍 문발리 파주출판단지 513-9
전화   031-955-7374 (마케팅)
              031-955-7384 (편집)
팩스   031-955-7393

ISBN   978-89-960020-8-6 (04810)   978-89-960020-0-0 (세트)
CIP   2020017279

이 도서의 국립중앙도서관 출판예정도서목록(CIP)은 서지정보유통지원시스템 홈페이지
(http://seoji.nl.go.kr)와 국가자료공동목록시스템(http://www.nl.go.kr/kolisnet)에서 이용하
실 수 있습니다.

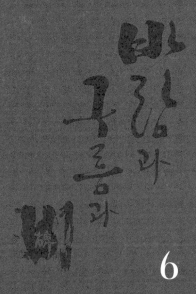

바람과
구름과
비

6

이 병 주 대 하 소 설

차 례

벽해청천의 광풍

碧海菁天　狂風

경상도 청암골 소년 박종태가 도둑놈 셋을 거느리고 석천사에서 장풍으로부터 장자莊子를 배우고 있을 때, 갑산의 세 청년이 새로 맞은 아내들을 데리고 행락 삼아 한양으로 향하고 있을 때.

황해도 서흥 강 진사 댁은 침통한 공기에 싸여 있었다. 강 진사의 장손 강원수康元秀 때문이었다. 집에 둬둘 수도 없고, 관가에 넘겨줄 수도 없고, 심산으로 쫓아버릴 수도 없고, 바다로 내몰 수도 없고, 그렇다고 해서 죽여버릴 수도 없는 처지라서 원수를 광에 가둬놓고 문에 못질을 하고 수일을 지내고는 있지만, 어떻게 무슨 해결이든 보아야만 되게 돼 있었다.

팔순의 강 진사는 병석에 누웠고, 그 아들 강현덕은 식사를 폐한 지가 이미 닷새째라 피골이 상접해 있었다. 어른들이 그런 꼴이니 집 안은 쥐 죽은 듯했다. 하인들은 발소리를 죽여 일을 보았고, 마구간의 나귀들도 발질 한 번 못 하고 눈만 말똥말똥 굴리고 있었다.

유일한 해결책은 삼전도장 원여운에게 원수를 맡겨보자는 것인데, 강 진사가 그 뜻을 적은 편지를 보낸 지가 이미 열흘이 넘었는데도 회신이 없었다.

그 회신이 없으면 강원수는 광 속에서 죽어야 하고, 그 부친 강현덕은 질식한 채 죽어야 하고, 그 조부 강 진사는 병으로 조만간 죽어야 하니, 자칫 강씨 집안에 삼대에 걸친 줄초상이 날 판이었다.

어떻게 해서 이런 상황으로 몰리게 되었는가. 각설하고,

지知엔 세 가지가 있다.

생이지지生而知之.

학이지지學而知之.

곤이지지困而知之.

'생이지지'란 배우지 않고도 안다는 것이니 천성의 재, 즉 천재이다. '학이지지'는 배우기만 하면 아는 것이니 수재라고 할 수 있고, '곤이지지'는 배우되 애를 써야 겨우 안다는 것이니 범재凡才, 또는 둔재鈍才라고 할밖에 없다. 그러나 현인의 말씀에 생이지지이건 학이지지이건 곤이지지이건, 그 지知는 일一, 다시 말해서 한가지라고 하셨으니, 둔재로 태어났다고 해도 심히 한탄할 건 못 된다.

그런데 생이지지란 것은 문서상으로만 있는 일이지 실제로는 있을 수 없다는 것이 우리들의 짐작이고 상식이다. 하나, 세상에 범인들의 짐작이나 상식을 넘어선 일들이 더러는 있는 것이다. 황해도 서흥에 정말 그런 괴물이 나타났다. 그 이름은 강원수.

그의 조부는 호를 영호映湖라고 했다. 일찍이 문명이 높았지만 벼슬할 생각을 안 했다. 한운야학을 벗삼아 유유자적함으로써 살 보람으로 했다. 그러니 과거를 볼 생각도 안 했는데, 조정에선 그

문명을 치하하는 뜻으로 진사의 칭호를 내렸다.

영호는 학식이 깊을 뿐만 아니라 품행에 있어서도 모범이 될 만한 인물이었다. 그 일거일동이 유도儒道의 규범에 어긋남이 없었다. 이러한 영호의 훈도를 받은 강현덕도 학식과 효도로써 널리 알려졌다.

이와 같은 집안에서 탁월한 재화才華가 탄생했다는 것은 당연한 일이다. 그렇더라도 강원수의 경우는 특이했다. 그 재질이 너무나 현란했던 것이다.

강원수는 두 살 때 어머니의 젖꼭지를 물고 언문 14행을 줄줄 외고 십간십이지十干十二支에 통달했다.

어머니가 연월일과 시를 꼽으며 아리송하여 주저하고 있을라치면 두 살짜리 꼬마가 대뜸,

"연은 갑인이고 달은 병자이고 날은 계축이며 시는 진시라."
라고 가르쳤다.

모두들 감탄하기에 앞서 서로들의 얼굴을 겁을 먹고 살피곤 했다.

세 살이 되었을 때 천자문을 종횡으로 외고, 추구秋句 한 권을 다 떼곤,

"추구는 있는데 왜 춘구春句, 하구夏句, 동구冬句는 없느냐."
고 물어 주변의 사람들을 놀라게 했다.

다섯 살에 이르렀을 때 당송팔가문唐宋八家文을 이해하며 암송했다. 당시唐詩 수백 수를 외기도 했다.

여섯 살 때 다음과 같은 문장을 지었다.

일왈양日曰陽, 월왈음月曰陰. 아문음양합일我聞陰陽合一 세사행世 事行. 연이然而 일거후월래日去後月來. 일월동처상봉호日月同處相逢 乎, 불상봉不相逢 하위합일何爲合一.

(해를 양이라 하고 달을 음이라고 한다. 나는 음양이 합하여 세상사가 이 루어진다고 들었다. 그런데 해가 가고 난 뒤에 달이 나타난다. 그렇다면 일 월은 어디서 서로 만난단 말인가. 만나지 않고 어떻게 음양이 합일한단 말 인가.)

강 진사는 아들로부터 손자의 문장과 필적을 받아들고 한참 동 안을 뚫어지게 바라보고 있더니,

"후유."

하고 한숨을 쉬었다.

"재주도 두렵거니와 그 마음이 가는 방향이 더욱 두렵구나. 하필 이면 음양을 들먹이다니…."

강 진사는 아들을 보고, 손자를 각별히 조심하여 기르라는 말을 덧붙였다.

조부 강 진사의 막연한 예감은 적중했다.

그해의 늦은 가을이었다. 뜨끔한 사건이 발생하고야 말았다.

"음양합일이 뭔지를 알았다."

고 강원수는 무릎을 탁 치고, 바느질을 하고 있는 누나에게 덤벼들 었다. 누나는 그보다 일곱 살 위인 열세 살이었다.

열세 살 난 누나에게 여섯 살 난 강원수가,

"음양합일을 시험해보자."

며 다짜고짜 덤벼들자 누나는 덤벼드는 원수를 와락 뿌리쳤다. 그러자 원수는 화로에 꽂혀 있던 벌겋게 단 인두를 집어 들고,

"여자가 장부의 말을 어떻게 듣는가."

고 사정없이 인두를 휘둘러 누나의 이마를 지져놓았다. 누나는 그 자리에서 기절하고 말았다. 그래도 원수는 아랑곳없이 기절한 누나의 옷을 벗기고 음양합일하는 흉내를 내었다.

이 사건은, 원수의 어머니가 어린 동생들을 데리고 이웃 마을의 친정에 간 사이에 생겼다.

집으로 돌아와 이 사실을 안 어머니는 원수를 꾸짖기에 앞서 딸의 입을 봉했다. 그 일이 탄로 나면 집안의 망신으로 끝나는 것이 아니라 그 마을에서 살지 못하게 될 것이었다. 보다도 덕망가 강씨 집안에 상피 붙은 일이 생겼다는 사실 자체가 큰일인 것이다.

원수의 어머니는 그 일을 남편에게도, 시부인 강 진사에게도 숨겼다. 대신, 그때부터는 원수를 사랑에 거처하게 하고 내실에 근접하는 것을 금했다. 그러기 위해 편리한 구실이 있었다. 남녀칠세부동석男女七歲不同席.

그 후론 원수 소년은 얌전한 학동學童이었다. 하나를 가르치면 열을 알고, 그 총기 또한 수발하여 사서오경을 거침없이 암송했다. 그리고 때론 공자의 말에 모순이 있다고 지적하여 독실 온건한 강 진사를 당혹하게도 했다.

가령 다음과 같은 대목이다.

"삼십이립三十而立이라고 하고 사십四十에 불혹不惑이라고 했는데, 그렇다면 삼십엔 혹惑했다는 얘기가 아닙니까. 혹하고 어찌 립

立이라고 할 수 있을 것인지…"

이런 원수의 물음에 조부 강 진사는,

"성현의 말은 그저 복응할 뿐이지 이를 시비함은 유학幼學으로서의 도리가 아닌 것이니라."

고 꾸짖긴 했지만, 원수는

"공자지후孔子之後에 무공자無孔子이면 해를 더함에 따라 인세人世는 쇠미衰微해질 것인즉, 학이면勉學而勉한들 무슨 소용이 있으리까."

하고 납득하는 빛이 없었다.

그로부터 강 진사는 손자 원수완 학문을 두고 토론하지 않았고, 원수 역시 학문에 관한 질문은 하지 않았다. 그 대신 원수의 취향은 시문詩文으로 기울어들었다.

원수가 아홉 살이 된 어느 봄날이었다. 강 진사가 친구와 더불어 소풍을 나간 부재중에 한양으로부터 강 진사의 친구가 찾아왔다. 아버지도 마침 집에 없었다.

강 진사는 손자의 너무나 특이한 재능이 세상에 알려질까 봐 겁내어, 외인 훈장訓長을 붙이지 않았을 뿐 아니라, 되도록 외인과의 접촉을 손자에게 금하고 있었는데, 그날은 어쩔 도리가 없었다. 바깥사랑으로 나가 손님을 만났다.

"나는 성을 오가라고 한다. 자네의 조부완 동학同學일세."

하는 말끝에 손님은 원수의 이름을 묻곤,

"요즘 무슨 공부를 하는가?"

하고 물었다.

"시문을 읽고 있습니다."

하는 대답이어서 손님이 말했다.

"시문은 여가로 읽고 경서經書에 주력해야 할 것 아닌가?"

"사서오경 말고도 또 주력해야 할 경서가 있습니까?"

강원수가 물었다.

손님은 무슨 소린가 하는 표정을 지었다. 강원수는 뜨락에 피어 있는 철쭉꽃에 시선을 보내며 중얼거렸다.

"사서오경이 불여일타홍不如一朶紅*인걸."

손님의 얼굴에 놀란 빛이 돋았다.

그것은 감탄이기도 했고, 노여운 심정이기도 했다.

"성현의 말씀이 불여일타홍이라니, 그런 무엄한 말을 누구에게서 들었는가?"

"들은 적이 없습니다. 누구에게서도…"

"그럼 자네가 생각해낸 말인가?"

"내가 생각해낸 말도 아닙니다."

"그럼 어디서 나온 말인가?"

강원수는 방긋이 웃으며 뜰의 철쭉을 가리켰다.

"방금 저 철쭉이 말했소이다."

손님은 아연한 얼굴로 원수를 바라보았다. 원수는 황홀한 표정으로 뜰을 바라보고 있더니 또 한마디 불쑥 했다.

"어른씨, 그렇지 않사옵니까. 공리허론空理虛論을 어떻게 자연의

---

* 한 떨기 붉은 꽃만 못하다.

조화造花에 견줄 수 있겠습니까?"

한양에서 왔다는 오 노인吳老人은 무엄하다느니 노엽다느니 하
는 감정을 개재시킬 겨를이 없었다. 열 살 미만 아이의 입으로부터
너무나 엄청난 소리를 들었기 때문이다. 그래서 호기심도 곁들여
다음과 같이 물었다.

"사서오경이 공리허론이라니, 그게 무슨 말인고?"

그러자 강원수가 대뜸 말했다.

"서경書經에 순제舜帝의 다음과 같은 말이 있소. '명우오형明于五
刑하여 형기우무형刑期于無刑하라'고. 다섯 가지 형벌을 밝혀, 앞
으론 형벌이 없어지도록 하기 위해 형벌을 내리도록 하라는 말씀
아닙니까. 그런데 조부님이나 아버지께서 하인들에게 벌을 주는 걸
보고 있으면, 딴 놈이 그걸 보고 겁을 내서 나쁜 일 못 하도록 하
기 위해서 죄지은 놈에게 더욱 심한 벌을 내리는데, 그게 옳지 않
더란 말씀입니다. 곤장 두 대로 다스릴 죄를 지었는데 딴 놈들 겁
을 주기 위해 다섯 대나 때린다면 말이 안 되는 것 아닙니까? 죄목
대로 벌을 만들어놓으면 될 일이지, 형기우무형한다고 엉뚱한 짓
할 필요는 없단 말입니다."

오 노인은 눈을 둥그렇게 뜨고 원수를 바라보았다. 입이 열리질
않았다. 원수가 다시 말했다.

"그리고 역시 서경에 '직이온直而溫, 관이율寬而栗, 강이무학剛而
無虐, 간이무오簡而無傲'*라고 했는데, 가만 생각해보십시오. 직이

---

* '곧으면서도 온화하고, 너그러우면서도 엄격하고, 굳세면서도 사납지 않고, 간소

16

온할 수가 있겠습니까? 관이율할 수가 있겠습니까? 황차 강이무학
이니 간이무오니 하는 건 말뿐이지 실實이 없습니다. 그러니까 공
리허론이라고 하는 겁니다.”

“네 말대로라면 공리허론 아닌 것이 어디에 있겠나?”

오 노인의 말이 부드러워졌다.

“있습니다.”

강원수의 단호한 말이었다.

“어디에 있단 말인가?”

“시문詩文에 있습니다.”

“시문이야말로 허황된 것 아닌가.”

“허황한 시문은 벌써 시문이 아니고 문자의 나열에 불과합니다.”

“그렇다면 자네가 말하는 시문이란 어떤 것인가?”

강원수는 이의산李義山의 곡강曲江 한 편을 청승스런 어조로 읊
더니, 결구結句에 가선 무릎을 탁 쳤다.

천황지변심수절天荒地變心雖折

약비상춘의미다若非傷春意未多.

(하늘이 거칠고 땅이 변하여 마음이 꺾어질망정,

가는 봄을 슬퍼하는 뜻엔 미치지 못하도다.)

오 노인은 어이가 없었다. 그는 자기가 상대로 하고 있는 것이 혹

─────────

하면서도 오만하지 않다.’

시 요괴가 아닌지, 자기가 지금 꿈을 꾸고 있는 것인지 분간할 수가
없어,

"자넨 의산을 좋아하는가?"

하고 다지듯 물었다.

"좋아하죠."

하곤 강원수는 다시 의산 이상은李商隱의 시를,

삽삽동풍세우래颯颯東風細雨來

부용당외유경뢰芙蓉堂外有輕雷.*

하고 읊곤,

춘심막공화쟁발春心莫共花爭發

일촌상사일촌회一寸相思一寸灰.

(봄의 감정이 동했다고 해서 꽃과 더불어 서둘러 피우지 말라.

한때의 사랑은 한때의 재가 될 뿐이다.)

"이래도 시가 허황해요?"

강원수의 눈이 이글이글 타고 있었다.

오 노인은 지금 자기 앞에 있는 소년이 문자 그대로 신동이 아니
면, 천년쯤 묵은 여우의 화신化身일 것이라고 믿었다. 그 어느 편인

---

* '살랑 동풍 불며 가랑비 내리더니/ 연꽃 핀 연못 너머로 가벼운 우레 소리.'

가를 확인해야겠다는 마음이 들어 정색을 하고 물었다.

"성두란회시인다星斗爛會詩人多인데 어찌 의산을 특히 좋아하는고?"

"특히 의산을 좋아한다는 건 아닙니다. 좋아하는 시인 가운데 그도 또한 끼인단 말씀입니다. 그런데 의산을 좋아한 까닭은 그의 시문에 대한 사랑이 극해 관도官途의 무능함을 탓하지 않았다는데 있습니다."

"그건 또 무슨 소린고?"

"육구상陸龜象의 평언評言이 있지 않습니까. '시인의 궁액窮厄은, 그들이 천물天物을 폭로하고 조화造化의 비리秘理를 발굴한 때문의 보복인 것이오. 이하李賀 요夭**하고, 맹교盟郊 궁하고, 이상은이 출세하여 조적朝籍에 들지 못한 까닭이 여기에 있다'고. 말하자면, 의산 이상은은 시문에 대한 사랑으로 관官에 있어선 무능했다는 얘깁니다."

이에 이르러 오 노인은 완전히 항복하지 않을 수 없었다.

"연치 십 세에 많은 책을 읽었군."

"한 살에 책읽기를 시작하여 일일 일 권이면, 일 년에 삼백육십 권이요, 십 년이면 삼천육백오십 권이외다."

강원수는 거침없이 말했다. 오 노인은 입이 딱 벌어졌다. 가까스로 정신을 차렸다.

"자네, 정말 강 진사의 손자인가?"

** 일찍 죽음.

"그렇습니다. 그리고 나는 조부님으로 그 어른을 모시는 것을 지행至幸으로 압니다. 조부님의 수만 장서藏書가 없었더라면 일일 일권, 십 년 삼천육백 권의 책을 어떻게 읽었겠습니까?"

강원수와 오 노인이 이렇게 말을 주고받고 있을 때 강 진사가 돌아왔다. 그리고 그 장소의 눈치를 살피자, 그 표정에 '아차' 하는 빛이 돌았다.

강 진사와 오 노인은 그야말로 막역한 친구인데도 불구하고 당황하기부터 먼저 한 것을 보면 그의 심리를 짐작할 수가 있다.

서로 인사를 나누고 난 뒤 오 노인이,

"실로 신동을 손자로 두었으니, 호학하는 집안에 대단한 경사가 아니냐."

며 치하를 하자, 강 진사는

"대재大才는 대앙大殃이라고 하는데, 대재 이상의 천재이고 보니 천앙天殃이 있지 않을까 하여 두려우이. 공께선 아무쪼록 보지도 듣지도 못한 것으로 해두시구려. 이렇게 빌겠소."

하고 무릎을 꿇었다.

"내 어찌 정정政情과 세태世態를 모르겠는가. 나에 관한 염려는 말고 그 재才가 화를 입지 않도록 잘 보살펴 키우게."

하는 말과 함께 오 노인은,

"보통 신동이라고 할 땐 우선 그 송재誦才*만으로 일컫는 것인데, 공의 손자는 연치 십 세에 사리事理에 철하여 격물치지格物致知의

---

*　외우는 재주.

경에 이르러 있으니 실로 경탄지극이라고 아니 할 수가 없구려."

하고 아까 강원수로부터 들은 시경에 관한 평석과, 육구상의 말을
빌려 전개한 시론詩論을 들먹였다.

그런 등속의 의견을 교환해본 적이 없는 강 진사는 '손자의 식견
이 벌써 그런 데까지 갔구나' 하는 경탄지심과 함께,

"오공, 나는 겁이 나서 그놈과 얘기하길 피하고 있네. 공도 알다
시피 나는 벽촌에 은거하여 사는 형편이라 조정 권신에 힘이 없는
처지이니, 그놈을 기르는 데 마음이 쓰여 매일 밤을 편하게 잘 수
가 없구려."

하고 긴 한숨을 쉬었다.

열한 살이 되던 해 봄. 노비 가운데 날을 받아놓고 시집가길 기
다리는 처녀가 있었는데, 어느 날 밤 강원수는 그 처녀를 겁탈했다.

집안을 온통 뒤집어놓은 사건이었지만 상전의 도련님이 한 짓이
라 모두가 쉬쉬해서 그 사건은 묻혀버리고 말았다. 그런데 그 일이
있은 지 한 달쯤 지나, 강원수는 같은 마을에 사는 어느 양갓집 딸
을 범했다.

당연히 문제가 되었다. 강 진사는 벼 백 석으로 변상하고, 흰수염
으로 땅바닥을 쓸며 사죄했다.

그리고 이대로 마을에 뒤두었다간 무슨 일이 생길지 모르겠다는
염려도 있고 해서, 한양에서 교리校理 벼슬을 하는, 원수에겐 종조
부從祖父뻘 되는 집에 맡기기로 했다.

그때 강 진사가 그의 종제에게 쓴 편지의 내용은,

'…워낙이 성깔이 괴팍한 놈이니 그를 다스리는 데 있어선 엄격

하게 할 일이요, 엄한 감독을 소홀히 하지 말지며, 사정에 따라선 광에 가두어 치죄해도 무방할 것이며…'

할 정도로 강경한 것이었다.

종조부는 원래 자제의 교육에 있어서 엄격하다는 소문이 나 있는 어른이기도 했고, 원수의 재질과 행동에 관한 얘기를 듣고 자진 그 교육을 감당해보리라 하는 의사를 일찍이 말한 적도 있었다.

강원수가 한양에 도착한 그 이튿날 아침, 앞으로의 방침을 밝혀 둘 양으로 종조부가 그를 불렀다. 그런데 그는 벌써 집에 없었다. 한양 거리를 구경하겠다면서 새벽부터 집을 나갔다는 것이다.

강 교리는, 이놈이 돌아오기만 하면 어른에게 고하지 않고 바깥에 나갔다는 그 사유를 들어 우선 호되게 꾸짖을 작정을 하고, 매 [笞]로서 쓸 대쪽까지 미리 준비해놓고 기다렸다.

저녁나절 원수가 돌아왔다.

강 교리는 원수를 불러 앉혔다.

"어딜 갔다 왔느냐?"

"왕궁, 종묘 등을 구경하고 왔습니다."

당장 고함을 지를까 하다가, 모처럼 한양에 왔으니 왕궁 구경을 하고 싶었을 것이란 생각이 들어,

"그렇더라도 이놈아, 어른에게 고하고 나갈 것이지 무단으로 출입을 해서야 되겠니."

하고 타이르듯 말했다.

"그렇게 할 생각이 없지는 않았습니다만, 그만한 출입에 일일이 고하고 있다간 앞으로 지내기가 피차간 번거로울까 해서 허례虛禮

는 생략하기로 했습니다."

"뭐라고 이놈! 어른께 고하고 출입진퇴를 하는 것이 어째서 허례라고 하느냐."

"대강 어른들이 하는 일을 보면, 꼭 장상長上에게 일러야 하는 것은 이르지 않고, 이르나마나 한 것은 꼭 이르고 하옵니다. 그래서 허례라고 말씀드리는 것이옵니다."

"네 이놈, 그런 말버릇부터 고쳐야 하겠다. 이리 와서 종아리를 걷어 올려."

하고 강 교리는 매를 집어 들었다.

그러나 강원수는 움직이려고 하지 않고,

"전 사백 리를 길을 걸어 어제 도착한 터라, 아직 노독이 풀리지 않았소이다. 그런데 매를 맞아놓으면 어떻게 될지 알 수 없사오니 수일을 기다리셨다가 때리시는 것이 어떠하올지…."

강 교리는 들었던 매를 도로 내렸다.

그렇게 해서 강원수가 매질을 모면한 것까진 좋았는데, 그날 밤 저녁 식사를 하는 자리에서 재종再從형제들을 보고 엄청난 얘기를 했다.

"한양 사람들은 모두들 밸이 없는 모양이다."

원수가 이렇게 말을 꺼내자 재종 가운데의 하나가,

"왜 그런가?"

하고 물었다.

"내 오늘 왕궁과 종묘를 두루 살펴보았는데, 왕이 사는 집이 너무 크더만. 문무백관을 거느려야 하니 약간쯤은 넓기도 해야겠지만, 그렇더라도 너무해. 수십만 서민들은 코딱지만 한 집에서 사는데 그 꼴이 뭐람."

원수의 이 말에 재종들은 안색을 잃었다. 그중 하나가 가까스로 말했다.

"그런 말 함부로 하면 쓰나. 역적으로 몰린다, 그런 말 하면."

"바른말 한대서 역적으로 몰린다면 역적으로 모는 자가 불의不義 아닌가. 왕궁도 왕궁이지만 종묘라는 게 또 뭐야. 기껏 종이에다 쓴 혼백을 모시면 그만일 것을, 그렇게 넓은 터를 잡을 건 또 뭔가."

"그만둬라, 원수야. 임금님이 계신 곳이고 임금님 조상을 모신 곳인데, 그만한 넓이가 뭐 대단하단 말이냐."

재종 가운데서 가장 연장이 되는 사람이 점잖게 말했다. 그래도 원수는,

"군주나 필부나, 따지고 보면 하나의 인간입니다. 임금이 큰 집을 짓고 사는 것이 당연한 일이라고 하지만, 필부의 생활을 윤택하게 해놓은 연후이면 모르되, 지금 백성은 초근목피草根木皮로 연명하는 처지가 아닙니까. 그런데 임금과 그 주위에 붙은 자들만 저렇게 호화롭다면, 인륜을 가르칠 바탕이 없어지는 것 아닙니까? 그런데 그런 꼬락서니를 보고도 아무 일 없이 사는 걸 보니 한양 사람들한테는 밸이 없다는 것입니다."

하고 대담하게 지껄였다.

재종들은 꿀 먹은 벙어리처럼 되어 모두 숟갈을 놓고 일어서서 자기들 아버지 방으로 갔다.

"원수를 집에 붙여놓았다간 일가가 멸족하는 화가 있겠습니다."

하고, 교리의 큰아들이 원수가 한 말을 일일이 아뢰었다.

교리의 얼굴이 백지장처럼 새파랗게 되더니, 떨리는 목소리로 말했다.

"너희들, 오늘 그놈으로부터 들은 소리는 절대로 입 밖에 내선 안 된다."

그러고는 하인들을 불러 중간사랑에 붙은 광을 치우라고 하고, 강원수를 그곳에 가두어버렸다.

이렇게 해서 강원수는 한양으로 온 이튿째에 광에 갇힌 신세가 되었다. 강 교리는 즉시 편지를 써서 황해도 서흥 강 진사 댁으로 보냈다. 그 사연의 대략은,

'…종형의 간청과 저의 그놈에 대한 기대도 있고 하여 성력을 다해 교육을 맡아볼 작정이었으나, 그 언행이 방자하기 하늘을 두려워할 줄 모르는 지경이라, 눈과 귀가 많은 한양 땅에서 도저히 감당하기 어려우니, 그곳에서 빨리 사람을 보내어 데리고 가도록 하십시오. 하는 수 없이 광에 가둬두고 있습니다. 자기 자신의 망신에 그치면 또 모르되, 구족九族이 멸할 화근이 있어 보인즉, 고향으로 데리고 가더라도 산중 깊이 숨겨두어야 할 것으로 믿습니다. 긴 말 못 하겠습니다…'

"이놈을 어떻게 해야 좋단 말인가."

한양에서 되돌아온 강원수를 앞에 하고, 강 진사는 방바닥을 치며 호통했다.

"죽이자니 인생이 불쌍하고, 살려놓자니 무슨 재앙을 일으킬지

25

모르겠고, 이놈을 어떻게 해야 한단 말인가."

강 진사는 몇 번이고 이렇게 호통을 해보는 것이지만, 신통한 수가 생길 까닭이 없었다. 우선 광에 가두어놓고 선후책을 강구하기로 했다.

그런데 당자인 강원수는 광에 갇히자 조금도 겁내는 기색 없이, 빛이 들어오는 창을 하나 내어주고 지필묵을 넣어주기만 하면 백년이라도 광에 갇혀 있어도 좋다고 했다.

"짐승 같은 놈에게 무슨 지필묵을 주겠느냐."
고 강 진사는 펄펄 뛰었다.

그 말을 전해 듣고 강원수는 중얼거렸다.

"미꾸라지에 섞여 용이 개천에서 살기가 힘드는군."

그렇게 갇혀 있길 어언 반년이 되었다. 아무리 무엄한 놈이로서니, 아직 열한 살밖에 안 된 아이다. 그 어머니의 심통은 이루 형언할 수가 없었다.

하다못해, 법덕이 높은 데다 무슨 도술을 행할 수 있다는 소문이 나 있는 우석대사尤石大師를 만나러 고덕산高德山 성숙사星宿寺를 찾았다.

우석대사는 강원수의 모친으로부터 자초지종을 듣더니,

"대수대풍大樹大風이고 대지대란大池大亂이니, 자칫하면 대기대훼大器大毁*할 염려가 있겠소."
하곤 잠시 말을 끊었다.

---

* '큰 나무가 큰 바람을 맞고, 큰 연못이 크게 일렁이니, 큰 그릇이 크게 부숴진다.'

"대사님께서 맡아주실 수 없겠사옵니까?"

모친의 말은 간절했다.

"꼭 그러시다면 한번 보기나 합시다."

하고, 우석대사가 강 진사 댁으로 내려왔다. 강 진사는 원래 유교를 고집하고 있는 터라 불도佛徒와 사귀길 싫어했지만, 강원수의 처리 문제에 하도 심려를 하고 있는 처지여서 우석대사를 만나보기로 했다.

우석은 강원수를 데리고 나오라고 하더니 그 관상을 자세히 보았다. 그러고는 한다는 말이,

"닭이 봉란鳳卵을 품을 수는 있되, 기르지는 못합니다. 나는 이 소년을 앞으로 5년 동안은 맡아 있을 수가 있지만 그 이상은 어림이 없소."

"5년이 지나면 설마 철이 들겠죠."

하고, 강 진사는 벼 이백 석을 끼워 원수를 우석대사에게 맡겼다.

그로부터 강원수는 고덕산 성숙사에 머물게 되었다.

우석은 원수와 기거를 같이하며 고행苦行에 들어갔다. 엄동설한에 얼어붙은 개울을 깨고 들어앉기도 하고, 오뉴월 염천에 바위 위에 앉아 한낮을 지내기도 했다. 그러는 사이사이 우석은 원수에게 불경을 가르쳤다. 원수가 불경을 익히는 진도는 놀랄 만큼 빨랐다.

1년 뒤, 우석이 원수에게 말했다.

"머리를 깎고 불도에 귀의할 생각이 없느냐?"

"불도에 귀의하여 얻는 것이 무엇이오?"

하고 원수가 물었다.

"번뇌를 단절하는 공덕이 있으리라."

"무슨 까닭으로 번뇌를 단절합니까?"

원수가 다시 물었다.

"성불成佛을 위해서."

우석의 대답에 원수의 말은 이랬다.

"불과 백 년의 번뇌를 못 이겨 그걸 단절해야만 성불할 수 있다면 나는 성불을 원치 않소이다."

우석대사는 잠자코 귀를 기울였다.

강원수는 이어 다음과 같이 말했다.

"불과 백 년 동안의 번뇌를 감당하지 못해 이를 단절하고 성불하느니보다, 그 번뇌와 더불어 지옥의 겁화劫火에 타기를 택하겠습니다."

우석이 어이없다는 듯 웃으며 물었다.

"그로써 너는 부처님의 가르침에서 벗어날 수 있다고 생각하느냐?"

"벗어날 수 있다는 생각까진 안 했습니다만, 사로잡혀 있을 생각은 없습니다."

원수는 의연히 말했다.

"너는 아직 어려. 생, 무생을 통해 그 가르침을 넘어설 순 없어. 지옥의 겁화를 통해서도 성불의 길은 있느니…"

우석은 입을 다물어버리고 다시 말하지 않았다.

그로부터 또 4년이란 세월이 흘렀다. 강원수가 열여섯 살이 되던 해이다. 우석대사는 어느 날 원수를 불러,

"요즘 너의 심경을 말해보라."
고 일렀다.

강원수는 종이를 펴더니 붓을 들었다. 묵흔이 임리*하게 써 내려
간 문장은 다음과 같았다.

사생구도유전종捨生求道有前蹤

걸뇌부신결원중乞腦剖身結願重

대거편응기속과大去便應欺粟顆

소래겸가은침봉小來兼可隱針鋒

합태미만사신계蛤胎未滿思新桂

호박초성억구송琥珀初成憶舊松

약신패다진실어若信貝多眞實語

삼생동청일루종三生同廳一樓鐘

해석은 이렇다.

해탈에의 길은 험하고 엄격하다. 그 엄격함은 이미 전례로서 나타
나 있다. 옛날 석가는 마귀의 시험에 응했는데, 호랑이가 '너는 일체
중생에 대한 자비를 설하고 있지 않는가. 만일 그것이 진실이면 굶
주리고 있는 나에게 너의 고기를 달라'고 울부짖는 소리를 듣고, 좌
선하고 있던 벼랑의 바위로부터 몸을 날려 생명을 버리려고 했다.

---

* 淋漓: 힘이 넘침.

그리고 또 석가는 사람에게 시혜施惠할 아무것도 가지지 않았을 때 자기의 뇌수腦髓를 사람에게 주고, 살을 쪼개 야차夜叉에게 주길 주저하지 않았다. 무상정직無上正直을 얻으려는 소원은 그처럼 강했던 것이다. 그러니 불佛이 설하는 묘법은 변화자재, 크게는 이 대우주를 한 개의 조알 속에 감출 수 있다고 하고, 작게는 쭈뼛한 바늘대가리로써 이 무량의 중생을 감당할 수 있다고 했다. 법은 하나이며 이를 체득하면 보이는 것, 안 보이는 것, 즉 생과 사를 평등시할 수 있는 것이다. 유전하는 시간 속에 인과에 지배되는 범우凡愚의 몸은 다만 현세에만 사로잡혀 있지만, 생각건대 백합이 잉태한 진주가 차기 전에도 신월新月 속의 계수나무나 자랄 것을 예상할 수 있고, 호박 한 개의 광택에 과거 이천 년 노송老松의 연륜을 짐작할 수 있듯이, 사람도 과거로부터 미래에 걸쳐 인과를 좇아 살아가는 것이다. 이처럼 설한 다라수多羅樹 잎에 새겨진 경문의 진실을 믿을 수 있다면 과거생過去生으로부터 현재생現在生, 그리고 다음에 무엇으로 태어날망정, 그 미래생未來生에 있어서도 지금 저 승원의 고루高樓로부터 적적하게 들려오는 종소리에 나는 귀를 기울일 것이다.

우석대사는 강원수가 쓴 그 문장을 들여다보며 묵연히 움직이지 않았다.

이윽고 우석대사는 눈을 들어 강원수를 보았다. 그 눈엔 만감이 있었다.

"그렇다면 자넨 여래의 진실어眞實語를 승원 고루의 종소리로만 듣겠다는 말인가?"

"예, 그러하옵니다. 무연중생無緣衆生의 하나로서 피안彼岸의 화원처럼 여래의 진실어를 바라보고 수유의 일생을 지내는 것도 가하지 않으리까."

강원수의 얼굴에도 긴장의 빛이 있었다.

"일립속중一粒粟中에 장세계藏世界*할 수 있는 이법을 외면할 텐가?"

"외면이 아니라 달리 구방**하겠다는 말씀이옵니다."

"'은침봉隱針鋒***'이란 문자를 아는 것을 보니, 대반열반경大般涅槃經의 '첨두침봉수무량중尖頭針鋒受無量衆'****을 읽은 것은 확실한데, 그걸 읽고도 깨달은 점이 없던가?"

"시문詩文의 집성集成처럼 읽었소이다."

강원수의 대답엔 주저라곤 없었다.

우석은 강원수의 눈에서 도무지 진화할 수 없는 업화業火의 광염 같은 것을 느끼고 반눈을 감아버렸다.

"나무아미타불."

하는 탄식이 저절로 입으로부터 새어나왔다. 그러고는 강원수더러 물러가라는 시늉으로 손을 저었다.

이 무렵, 강원수의 집안에서 원수를 위한 의논이 강 진사 부자 사이에 진행되고 있었다.

"우석대사가 그 이상은 자신이 없다고 한 오 년의 기한이 꽉 차지 않았나."

우석이 원수를 데리고 떠난 그날을 기억하고 강 진사가 이렇게 말하는 것으로 미루어, 그의 뇌리에는 손자에 대한 심려가 가시지 않고 남아 있다는 얘기가 된다.

"그러하옵니다, 아버님."

원수의 부친은 강 진사 앞에서 얼굴을 들지 못했다.

"원컨대, 사람이 되었으면 하는데 무소식이 호소식인가. 아무 일 듣지 못하는 것을 보면 행실을 조심하고 있는 것도 같다만."

강 진사는 한숨을 쉬고 말을 이었다.

"사람이 되어 있기만 하면 불러 성례를 시켜야 하겠고, 제 뜻이 있다면 과거도 보이고 할 텐데."

"언제 또 광란이 있을지 모르는 놈에게 과거를 보여 뭘 하겠습니까?"

원수의 부친은 머리를 조아렸다.

"하여간 그놈의 동태를 좀 소상하게 알아보도록 해야 할 것이 아닌가?"

"예."

부자간에 이런 말이 오간 지 바로 그 이튿날 사고가 터졌다.

성숙사에서 고개 하나를 넘으면 작은 암자가 있는데, 그곳 암자에 불공드리러 온 백천白川의 호족 최동석의 며느리와 그 시녀를 강원수가 동시에 범해버린 것이다.

이해가 안 가는 일이지만, 강원수가 노리기만 하면 어떤 여자라도 뱀에게 챈 개구리처럼 꼼짝달싹 못 했다. 그런데다 강원수는 이제 16세, 그 체대*는 장성한 어른을 닮아 있었고, 그 몸의 둘레에서 귀기鬼氣라고 할 수밖에 없는 기운이 감돌고 있었다.

암자의 스님이 우석대사를 찾아와 그 일을 두고 하소연했을 때, 우석은 눈을 감고 일언반구 말을 하지 않았다. 그러나 마음속에 작정한 바가 있는 모양으로 일어섰다.

우석이 원수의 방문을 열었을 때, 원수는 태연히 책을 읽고 있었다.

"이리 오너라."

우석의 말은 의외에도 조용했다.

우석은 말없이 앞장을 서, 절 뒤의 길을 걸어 오르기 시작했다. 원수도 묵묵히 그 뒤를 따랐다.

산마루에 이르렀을 때, 노송나무 밑 바위에 우석은 원수를 앉혔다. 그리고 자기는 어디론가 가더니 한 아름 칡덩굴을 뜯어 왔다. 칠순의 노년인데도 우석의 완력은 청년과 같았다.

우석은 원수를 바위에 앉힌 채 등을 소나무에 기대게 하고, 칡덩굴로 원수를 소나무에 꽁꽁 묶었다. 원수는 아무런 저항도 없이 우석이 하는 대로 몸을 내맡기고 있었다. 요불촌동 못 하게 묶어놓은 뒤 우석은,

"너도 네 마음을 네 뜻대로 하지 못한다는 것을 나는 알고 있다.

---

* 體大: 몸집.

그러니 널 탓하진 않겠다. 그러나 네가 지은 죄만은 네 스스로가 갚아야 하겠다. 버려두어도 인과응보의 법륜은 들겠지만, 너를 맡고 있는 나의 책무상 그 법륜에만 맡겨둘 수 없다. 네게 힘이 있거든 그 결박을 풀고 도망을 쳐도 무방하다. 하지만 널 묶은 그 결박은 금강력이란 걸 알아야 한다. 지금부터 사흘이 지나면 만월이 된다. 그 만월이 신월로 바뀔 때 널 찾아오리라. 여기서도 승원 고루의 종성鐘聲은 들릴 터이니 부족함은 없으렷다."

하고 뒤도 돌아보지 않고 내려가버렸다.

그리고 그날 밤 우석은 서홍의 강 진사에게 긴 편지를 썼다.

'…원수를 5년 동안만 맡기로 했는데 그 시한이 지났소. 원수는 지금 고덕산 산정 노송 밑 암상에 결박되어 있소. 그 까닭은 묻지 말기 바라오. 단, 목적하는 바는, 그의 광기는 스물다섯 안에는 다스릴 방도가 없는데, 그 광기로 하여 그 나이까지 지탱하긴 어려울까 하여 기호飢虎의 양糧으로나 제공할까 하는 데 있소. 만행萬幸으로, 만월이 지나 신월이 나타날 때까지 기호의 먹이로서 충당되지 않을 땐 언제이건 사람을 보내면 탁송토록 하겠소. 아깝도다, 명기名器를 간수할 방략이 없다니. 우선 사실만을 알리는 바이오…'

이 편지가 강씨 집안에 불러일으킨 회오리는 이루 형언할 수가 없었다.

강 진사는 손자가 무슨 짓을 했는가를 알고 싶지도 않았다. 그보다도, 손자를 굶주린 호랑이의 밥으로 하겠다는 우석 대사의 무엄하고 망측스러운 태도에 분격을 느꼈다.

늦은 봄이라고 하지만 아침저녁은 차다. 더구나 고덕산 산마루라면 그 냉기는 견디기 힘드리라. 그런 곳에 보름 동안을 묶어 방치한다면 호랑이가 오기 전에 기탈해버릴 것이 뻔하지 않은가.

강 진사는 하인들을 시켜 교군을 만들게 하고, 친척 가운데 담대하고 말발이 서는 자를 골라 고덕산 성숙사로 급파했다. 강 진사의 명령은 이랬다.

"이유를 들을 필요도 없다. 우석을 만나 원수의 소재를 알아선 당장 가마에 태워 데리고 오너라."

그런데 그 일당이 성숙사를 찾았을 때 우석대사는 행방을 감춘 뒤였다. 승려들의 말로는, 아무에게도 행방을 알리지 않고 어디론가 떠났다는 것이다.

일당은 하는 수 없이 고덕산 일대를 뒤져 강원수를 찾아낼 작정을 했다. 그러나 이틀을 서둘러본 결과, 그 수색은 도저히 불가능하다는 것을 알았다.

고덕산 산마루라고 하지만 칠팔 줄기로 뻗어 있는 데다가, 대소의 봉우리가 몇 개가 될지 모르는 복잡한 산용인 것이다. 봉우리마다 능선이 있고 능선이 곧 마루의 연속이니, 산마루라고만 해선 어림짐작할 도리가 없었다.

그렇다고 해서 포기할 수 없어, 사람들을 더 모아 산을 샅샅이 뒤지기로 했다.

그리고 사흘 후.

원수의 당숙 되는 사람이 주동이 된 한 패가 어느 능선을 뿌리로부터 더듬어 올라가다가, 산정 가까운 지점에 유독 높고 넓게 가지를 뻗친 소나무 중간쯤에서 사람의 그림자 같은 것을 발견했다.

"누구냐."

하고 나무 아래에서 소리를 질러도 대답이 없었다. 원수의 당숙은 젊은 놈을 시켜 기어 올라가보라고 했다.

나뭇가지가 팔방으로 뻗은 중간쯤에 대좌臺座처럼 된 곳이 있는데, 거기에 노승이 앉아 참선을 하고 있었다. 물으나마나 우석대사였다.

"대사님이 어떻게 여기에…?"

하자, 우석은

"떠들지 마시오."

하고 손가락을 입에 대었다. 그리고 아래를 가리켰다. 그 소나무와는 몇 칸쯤 아래쪽으로 또 하나의 소나무가 있었다. 그 가지 사이로 사람의 모습이 보였다. 떠들지 말라는 것은, 그 사람에게 들리지 않도록 하라는 뜻으로 알았다. 꽁꽁 묶여 바위에 앉아 있는데, 나뭇가지와 풀에 가려 딴 곳에선 잘 보이지 않았다. 그러니 백 번을 찾아도 그곳은 지나쳐버릴 수밖에 없었다.

"무슨 일로 왔소?"

대사가 조용히 물었다. 젊은 사람이 사정 설명을 하고, 원수의 당숙이 아래에 와 있다는 말까지 덧붙였다.

"그렇다면 가서 이르시오. 강 진사에게 내가 쓴 편지의 사연 그대로, 오늘 밤 만월이 지나고 신월이 차오를 때까진 원수를 돌려보낼 수 없다고. 그때까지 호랑이가 물어가지 않으면 살 것이니 걱정하지 말라고들 하시오."

"호랑이가 물어가면 어떻게 하겠소?"

"호랑이에게 물려 보내려고 내가 여기 이렇게 앉아 있는 줄 아시오?"

우석이 담담하게 말했다.

"스님의 말씀은 알겠소. 그러나 강 진사 어른의 태도가 어쩌실는지…."

젊은 사람의 말이었다.

"강 진사의 뜻은 상관할 바 아니오. 만일 지금 데리고 가겠다면 마음대로 하라고 하시오. 그러나 금강력에 묶여 있으니 좀처럼 풀기가 어려울 거요."

젊은 사람은 나무를 기어 내려갔다. 그리고 우석대사의 말을 원수의 당숙에게 전했다.

원수의 당숙은,

"쓸데없는 소리 하지도 말라지."

하고, 장정들을 원수가 묶여 있는 소나무 있는 데로 보냈다.

원수의 얼굴엔 이미 핏기가 없었다. 벌써 며칠을 굶었으니 그럴 수밖에 없었을 것이다. 달려들어 결박을 풀려고 할 때 원수의 말이 있었다.

"아마 이 결박을 풀지 못할 거요. 대사님의 허락 없인."

그래도 모두들 달려들어 칼을 휘둘러 칡덩굴을 끊으려고 했으나, 강철로 만든 줄처럼 칼날이 튀겨 이가 빠질 뿐 그 결박은 까딱도 안 했다. 하는 수 없이, 가져온 물과 미숫가루를 원수에게 먹이려고 했으나, 퍼 넣는 즉시 뿜어지고 말았다.

원수의 당숙은 그가 일부러 죽을 뿜어내는 줄 알았던 모양인지,

"기탈하면 못 쓰느니. 죽을 먹게."

하고 권했다.

"내가 먹고 싶지 않아서 이러는 줄 아십니까? 목에 넘어가질 않습니다."

원수는 애원하듯 말했다.

"안 되겠다. 빨리 칡덩굴을 끊어라."

원수의 당숙은 장정들을 독려했지만, 여전히 결박은 강철을 녹여 붙인 것처럼 굳어 있을 뿐이었다.

"대사님껜 도술이 있으시다고 하던데, 분명 이것은 도술의 조화입니다."

장정의 하나가 말했다.

"그렇다면 할 수 없지. 원수가 풀려날 때까지 우리도 이곳에서 지낼 수밖에…."

하고, 원수의 당숙이 바위 위에 퍼질러 앉았다. 이때 우석대사의 고함이 울려왔다.

"그자가 만에 하나라도 살기를 원하거든 모두들 물러가라. 살기를 원하지 않거든 내 말을 듣지 않아도 좋다."

도술의 조화를 목격하고 있으면서 우석대사의 말을 거역할 순 없었다. 원수의 당숙은 아무리 간청해도 대사의 뜻이 변하지 않는다는 것을 알자 장정들을 거느리고 산을 내려갔다.

원수의 당숙이 강 진사에게 이제까지의 경위를 복명하자,

"그래, 대사는 식음을 전폐하고 원수란 놈을 지켜보고 있더란 말이지?"

하고 되묻고, 그렇더라는 확인을 받곤 노안에 눈물을 글썽거렸다.

"대사의 그런 정성이 통하지 않는다면, 원수는 호랑이 밥이 된대도 할 수 없다."

그런 까닭에 원수의 집안에선 신월이 차기까지 기다릴 수밖에 없었는데, 어느 날 밤이었다. 이십야二十夜쯤의 달이 서산에 부옇게 남아 이제 회명으로 들어설 무렵이었는데, 양쪽으로 등잔 같은 눈을 뜨고 원수 앞에 털썩 앉는 것이 있었다. 호랑이였다.

이미 기진맥진해 있는 원수는 계속 눈을 뜨고 있을 형편이 아니었는데도, 심한 공포에 질려 눈을 감을 수가 없었다. 호랑이는 앞발로 바위 위의 이끼를 긁었다. 더럭더럭하는 소리가 밤의 고요를 깨뜨렸다. 부엉이 우는 소리가 건너편 산으로부터 들려왔다.

호랑이는 앞발로 바위를 긁다 말고 꼬리를 휘둘렀다. 꼬리로 바위를 치는 소리는 무딘 몽둥이로 바위를 치는 소리와 닮아 있었다. 드디어 호랑이는 도약의 자세를 취했다.

"앗!"

하는 외마디 비명을 지르고 강원수는 실신했다. 그 순간 강원수의 영혼은 어느 산골짜기를 헤매기 시작했다.

백화난만한 사당이 있기에 들어섰다. 사당 안엔 수십 명쯤 되어 보이는 미녀들이, 살결이 투시되는 얇은 옷을 두르고 구름처럼 가볍게 춤을 추다가 어느 사이 실오라기 하나 걸치지 않은 나체로 변했다. 그러곤 모두들 손을 흔들며 원수를 청했다. 원수는 미녀를 붙들려고 우왕좌왕했다. 그러나 잡힐 듯 잡힐 듯하면서도 잡히질 않았다. 원수는 지칠 대로 지쳐 뜰 한가운데 쓰러지고 말았다. 코를 쏘는 악취를 맡고 주위를 살펴보니, 아까 그 미녀들이 썩어가는 시체가 되어 원수의 주변에 누누이 쌓여 있는 것이 아닌가. 그 형상의 추악함과 그 부취의 지독함에 원수는 질식할 지경이었다.

썩어가는 시체들이 뿜어내는 악취에도 견디지 못할 지경인데, 그 시체에 들러붙어 있는 파리들이 몰려와 원수의 얼굴을 핥기 시작했다. 그런데도 파리 떼를 쫓기 위해 손을 들 수가 없었다.

이때였다.

하얀 두건을 쓴 노인이 은색으로 빛나는 지팡이를 짚고 원수를 내려다보고 서 있었다. 그 눈엔 측은한 빛이 흐르고 있었다. 얼핏 우석대사를 닮아 있기도 했다.

"이놈, 원수야. 미녀라는 것이 결국 이 꼴이 된다는 것을 알았느냐?"

"예, 알았습니다."

"그래도 여색을 탐할 텐가?"

"썩어가는 시체와 여자는 다를 것으로 아옵니다."

"그게 그것이 아니냐."

"아닙니다. 생과 사만큼 다른 겁니다. 그러니 생의 미녀와 사의 시체는 결코 같지 않은 것이옵니다."

"그래서 여전히 여색을 탐하겠다는 말인가?"

"그러하옵니다."

"생이 사에 연결된 인과를 모르느냐?"

"인과를 알아도 제겐 소용이 없습니다."

"그건 왜 그런고?"

"생에 있으면서 사를 생각할 필요가 없고, 황차 사에 있으면서 생을 생각할 필요가 없다는 것이 저의 소견이로소이다. 하물며 사死하면 자연히 단절될 애욕을, 생에 있어서 미리 단절할 필요가 없다고 생각하옵니다."

"망측한 것."

하는 말을 남기고 은장백두銀杖白頭의 노인은 사라져버렸다. 원수는 잠깐 동안의 혼수에서 깨어났다. 호랑이도 간 곳이 없고 미녀의 시체도 간 곳이 없었다.

아침의 놀이 첩첩이 산을 둘렀는데, 아득히 동방에 붉은 빛이 있었다. 태양이 뜨려나 보았다.

낮이 가고 다시 밤이 왔다. 달은 늦게야 뜨고 곧 새벽이 되었는데 또 호랑이가 나타났다. 호랑이는 어젯밤처럼 앞발로 바위를 긁고 꼬리로 바위를 치더니 원수에게 덤벼들었다. 원수가 의식을 회복했을 땐 동굴 속에 있었다. 그 의식은 꿈속의 의식이지, 생시의 의식이 아니라는 것을 곧 알아차렸다.

그런데 동굴 속의 어둠에 눈이 익어감에 따라, 바로 눈앞에 전라全裸의 여인이 누워 있다는 것을 발견했다. 동시에 그 전라의 여인의 음부로 커다란 구렁이가 한 마리 기어 들어가고 있었다. 원수는 숨을 죽이고, 여자의 음부 속으로 구렁이가 기어 들어가는 광경을 지켜보았다. 이윽고 구렁이의 꼬리가 말쑥이 사라졌을 무렵, 여자의 하얀 배가 북처럼 부풀어 올랐다. 하마터면 터질 뻔했을 때 배는 움츠러들고, 구렁이의 대가리가 여자의 입으로부터 나왔다. 날름거리는 혓바닥이 불꽃을 닮아 있었다.

그런데 여자의 입이 구렁이 입으로 화하곤, 그 혓바닥이 원수의 얼굴을 간지럽게 핥았다. 얼음장으로 얼굴을 문대는 것 같은 차가움에 전신이 오싹오싹했다. 구렁이는 통째로 원수를 삼킬 듯이 크게 아가리를 벌렸다. 이젠 죽었다는 생각이 들었다.

그때 또 은장백두의 노인이 나타났다.

"이것이 바로 여체의 진상이다. 그래도 너는 여색을 탐할 것인가?"

"여체와 이 구렁이를 삼킨 괴물과는 아무런 관련이 없사옵니다. 저는 언제나 여체에 애착할 작정이옵니다."

이러한 밤이 며칠이나 계속되었는지 모른다. 강원수는 드디어 낮과 밤의 구별을 잊었다. 몽롱한 의식 속을 헤매고만 있었다.

그러나 고문拷問은 선명했다. 그 힐문하는 말의 내용도 선명했고, 그것으로써 받는 고통도 선명했다.

한결같이,

"여색에의 애착을 끊을 것이냐, 끊지 않을 것이냐."

하는 힐문이었는데, 강원수는 버텼다.

"나는 살아 있는 한 애욕을 끊지 않겠다. 비록 무한지옥에 떨어지더라도, 나는 이 생을 인간이 지닌 애욕과 더불어 살 것이다."

라고 외쳤다.

어느 때는 무서운 윤회의 인과를 들먹이며 협박했다.

"넌 뻘 구덩이에서만 살아야 하는 악어가 될지 모른다. 넌 햇빛을 보지 못하는 두더지가 될 것이다. 넌 매일처럼 매질을 당하며 연자방아를 돌리는 소가 될 거다. 넌 측간의 구더기와 같이 살아야 하는 생쥐가 될 거다…"

그래도 강원수는 굽히지 않았다.

"나는 그 윤회의 찰나와 찰나를 꼭 채워 살 거다. 내겐 그 순간 순간이 소중한 것이지, 죽은 후의 윤회의 인과 따위는 문제 삼지 않는다. 여체에서 얻는 감격을 위해서라면, 죽어 내 생명이 난도질 당해도 좋다."

때론,

"네 재능이 아깝지 않느냐. 네 재능은 십억 중생 가운데의 하나, 천년에 하나 있을까말까 한 재능이다. 그 재능이 여색을 탐하는 버릇으로 망쳐버려도 좋단 말인가?"

하는 꿈도 있었다. 그러나 강원수는,

"신비에 싸인 여체를 애무하고, 신비로운 여자의 마음을 얻지 못하게 하는 재능이면 나는 이를 대수롭게 여기지 않는다. 내게 재능이 필요하다면 여색을 비롯한 인간 세상의 모든 환락을 골고루 맛보기 위해서 필요한 것이지, 타생他生을 위해 공들이기 위한 것은 아니다."

라고 항변했다.

시간은 흘러, 어느덧 신월이 함수*에 젖은 여인의 마음처럼 밤하늘의 일각에 돋아나기 시작했다. 그것은 아물지 않은 상처를 닮아 있었다. 언제나 되살아나는 한恨과 같은 것이다. 달이 찬다는 것은 한이 찬다는 얘기가 아닌가. 그 신월이 기탈하고 실신한 강원수를 아슴푸레한 눈초리로 지켜보고 있을 때였다.

---

* 含羞: 부끄러워함을 띔.

"원수야. 고개를 들라."

하는 소리가 있었다.

강원수는 안간힘을 다해 고개를 들었다. 신월을 배경으로 하여 우석대사가 서 있었다.

우석은 손을 뻗어 한 알의 환약을 강원수의 입에다 밀어넣었다. 이윽고 왕성한 힘이 체내에서 솟아나는 듯하더니, 전신에 힘을 주자 그처럼 꽁꽁 묶고 있던 칡덩굴이 썩은 새끼줄처럼 동강이 났다. 우석대사의 말이 있었다.

"일어서라."

강원수는 일어섰다.

"너의 망집妄執은 삼세제불三世諸佛*도 제도할 수가 없다. 가거라, 네 뜻하는 곳으로. 한 가지 잊어선 안 될 것은, 언젠가 너는 네 몸으로 너의 망집의 값을 치러야 한다."

우석의 말은 담담했다.

강원수가 무슨 말을 하려고 하자, 우석대사의 일갈이 있었다.

"네 말을 듣고 싶지 않다. 잠자코 돌아서라."

그런 다음 부드러운 말이 있었다.

"소나무 뒤에 새 옷이 있다. 개울로 내려가 몸을 씻고 옷을 갈아 입어라."

새 옷을 챙겨 들고 뒤돌아보았을 땐, 우석대사의 모습은 벌써 사라진 뒤였다.

---

* 과거, 현재, 미래의 모든 부처.

개울에서 목욕하고 새 옷으로 갈아입으니 몸이 날 것만 같았다. 강원수는 고개를 오르내리며 서홍으로 향했다.

그런데 우석의 말이 뇌리의 한구석에 새겨지듯 하고 있는 것이 마음에 걸리지 않는 바는 아니었다.

"네 몸으로 네 망집의 값을 치러야 한다."

원수는 소나무에 묶여 십여 일을 지내는 동안 받은 그 몽환간夢幻間의 힐문에 대해, 자기가 답한 말의 내용을 일일이 돌이켜보았다. 하나같이 자기가 한 말인데도 자기가 한 짓으로 느껴지지 않는 것은 무슨 까닭인가. 그때의 말들은 생각에서 흘러난 것이 아니라, 전신에서 짜낸 말들이었다. 다시 말하면 입으로 한 것이 아니라 몸이 말한 것이다. 그런데 그 생각지도 않게 한 말들이 모두 자기 진정에서 우러나온 것이라고 느꼈을 때, 원수는 외포감畏怖感을 느끼기에 앞서 희열감을 가졌다.

'세상이 무슨 소릴 해도 나는 내가 하고 싶은 짓을 하며 살 것이다.'
하는 용맹심이 끓어올랐다.

그것은 또한 승리감이기도 했다. 삼세제불도 제도할 수 없는 굳건한 의지를 가졌다는 증명을 받지 않았느냐. 그들은 망집이라고 했지만 생명은 망집에 의해 지탱되고 있는 것이다.

애욕은 망집의 꽃이다. 망집으로 해서 화홍유록花紅柳綠이 아닌가. 망집으로 해서 영웅호걸이 아닌가. 망집으로 해서 당송팔가문唐宋八家文이 아닌가. 망집으로 해서 영고성쇠가 아닌가. 망집으로 해서 희로애락이 아닌가. 그런데 화홍유록 없이 산하의 아름다움은 없다. 영웅호걸 없이 역사의 감동은 없다. 당송팔가문 없이 재능의 광휘는 없다. 영고성쇠 없이 세상의 멋은 없다. 희로애락 없이 인생의 보람이란 없다. 그렇다면 탐람한 호색好色에 자연과 역사와 인생의 묘취妙趣가 있는 것이 아닌가.

공자는 팽배하게 파도치며 흐르는 생의 강물을 나무로 만든 통에 담으려고 했고, 석가는 백화요란百花燎亂한 꽃밭을 회색화灰色化하려고 애썼다. 향화향즙香花香汁으로 찰나의 아름다움으로 황홀한 여체에 사악邪惡을 보는 그 눈에 그 마음에 저주 있으라! 육근청정六根淸淨한 바탕 위에 어떻게 연꽃이 필쏘냐! 나는 망집과 더불어 있는 인생의 수유須臾에 내 목숨을 걸리라. 인생의 제도濟度는 그 애욕과 더불어 제도되어야 하는 것이다.

원수는 만일 자신의 재才가 억중億中의 수일秀逸, 천재千載의 탁월卓越이라면 유불선의 허위를 폭로하고, 인간의 육근六根은 오탁汚濁한 그대로, 관념의 청정계淸淨界와 육신의 혼탁계混濁界를 자유로이 왕래하며 생을 즐기도록 하는 지혜의 문을 여는 선구자가 되어야 한다고 가슴을 폈다.

그런 사상이었으니, 원수는 조부 강 진사 앞에 나가서도 떳떳할 수가 있었다.

사지死地로부터 늠름하게 살아 돌아온 손자를 반기는 마음이 왜 없었을까만, 원수의 그 떳떳한 태도가 어떠한 교훈도 받아들이지 않겠다는 오만불손한 태도로 보여 분격을 치밀게 했다.

"너는 이놈아, 짐승이냐, 사람이냐?"

강 진사는 담뱃대로 방바닥을 두드리며 호통을 쳤다.

강원수는 묵묵부답했다. 말을 해보았자, 할아버지가 알아들을 까닭이 없다고 생각한 때문이다.

"너는 이놈아, 너 하나 죽으면 그만이라고 생각하겠지. 그런데 이놈아, 너 하나 때문에 누대의 명가문名家門이 일시에 망하게 된다는 걸 아느냐 모르느냐?"

"그렇다면 전 오늘부터 강씨 성을 버릴까 하옵니다."

원수의 이 말이 강 진사를 더욱 자극했다.

"당장 저놈의 목을 쳐. 강씨 성을 버리겠다는 놈을 살려둘 필요가 없다. 당장 저놈을 끌어내어 목을 쳐, 당장."

강 진사는 한순간이라도 더 원수를 보기 싫다는 시늉으로 미친 듯이 손을 흔들었다. 주변에 앉은 친척들이 강원수를 밖으로 끌고 나왔다.

그러나 아무리 족장族長의 명령이기로서니, 사사로이 목을 친다는 것은 법도에 없는 일이었다. 하는 수 없이 원수를 광에 가두어 두기로 했다. 그런데 그 일이 있은 지 며칠 후, 그러니까 고덕산에서 풀려난 지 얼마 안 되어, 원수는 광에서 뛰쳐나와 건넛마을의 임가任哥 성 가진 집안의 젊은 과부를 덮쳤다. 원수는 그 자리에서 포박되어 호된 매질을 당했다. 죽지 않고 생명만은 건질 수 있었던 것은, 그 임씨와 강씨 집 사이는 겹겹으로 서로 세위가 있었던 터라 그런 참사에까진 이르지 못했기 때문이었다.

원수는 빈사 상태가 되어, 들것에 들려 자기 집 광으로 돌아갔다.

다시 종중회의가 열렸다.

그 결과 최후적인 시험을 해보자는 데 의견의 일치를 보았다. 그것은 곧, 한양에서 삼십 리허, 삼전도에서 원여운이란 도인이 지사와 걸사는 물론이고, 제도濟度가 난망한 무리들을 모아 교화에 힘쓰고 있다고 하니, 평생 먹을 것을 끼워 그리로 보내보자는 결정이었다.

강 진사는 그 의견을 좇아, 한양의 친구 오 노인을 사이에 두어 원여운에게 간곡한 서장書狀을 보내놓고 그 하회를 기다리기로 했다.

그런데도 그 하회가 아직 도착하지 않은 것이다.

한편 삼전도 원여운은 그 서장을 받고 친구들과 의논했다. 그 결과, 삼전도장의 일이 잘못 전해졌기 때문에 이런 서장을 받게 된 것이니, 삼전도장은 행락의 장소이긴 하되 교화의 장소는 아니라는 회신을 내자는 게 모두들의 의견이었지만, 최천중이 다른 의견을 제출했기 때문에 그 회신이 차일피일 늦어지고 있었던 것이다.

최천중은, 색도色道에 있어서 조달해 있는 그 소년이 비상한 재능을 가지고 있다는 데 대해 호기심을 느꼈다. 그러나 여운이 좀처럼 최천중의 의견을 받아들이려고 하지 않았다.

"지나친 호색은 망도亡道다."

하는 것이 원여운의 신념이었던 것이다.

삼전도장 원여운 선생이 서흥 강 진사에게 회신을 발송한 것은, 갑산의 세 청년이 강원도 영월에 도달했을 무렵이었다.

회신의 내용은 다음과 같았다.

'우리 삼전도장은 행실이 불미한 자를 교화하는 곳이 아니라, 천하의 고사高士와 기재奇才에게 그 재와 능을 가꾸며 활연지생闊

然之生을 즐기도록 하기 위해 마련한 곳이어서 귀의貴意를 받들기 난처한 점이 있사오나, 듣건대 귀하의 손자가 비상한 재능을 가졌다고 하옵기에 행실의 미불미美不美를 막론하고 영입할까 하오니, 이 회신이 있은 즉시 당자를 발정發程*시키도록 하시오. 연이나 추후의 일에 관해선 간섭이 없으시도록 하고, 삼전도장으로 온 이상엔 당자 자신의 재량이 당자의 처우를 결정하는 것인즉 그렇게 알도록 하시오. 그리고 첨언하고 싶은 것은, 강 진사의 고명은 일찍이 듣고 있사오나 친자親炙**할 겨를이 없어 섭섭했던바, 귀손貴孫과 행行을 같이하여 삼전도에 오셔서 며칠만이라도 청유***하실 수가 있으면 지행至幸으로 알겠소.'

삼전도의 여운 선생이 이러한 결단을 내린 데는 최천중의 작용이 있었다. 최천중이 다음과 같이 여운 선생께 말을 올린 것이다.

"외람하오나, 삼전도에 인재를 모시는 데 있어선 조조의 아량쯤은 있어야 한다고 믿사옵니다. 조조는 장차 화근이 될 것을 번연히 알면서도 유비를 죽이지 않았습니다. 뿐만 아니라, 조조는 다음과 같은 말을 했다고 하지 않습니까. 형수와 밀통하고 뇌물을 받은 놈이라도 재능만 있으면 발탁하겠다고… 이것은 조조가 입버릇처럼 한 말인데, 조조는 전한前漢의 모신謀臣 진평陳平을 두고 한 말입니다. 진평은 그의 형수와 통하고 뇌물을 받아먹기도 한 놈이거든요."

---

* 출발.
** 스승에게 가까이하여 몸소 그의 가르침을 받음.
*** 淸幽: 속세와 떨어져 아담하고 깨끗하며 그윽함.

여운은 이 말을 듣자,

"자넨 조조를 닮을 셈이로구나."

하고 파안일소했다.

"들은 대로라면 그 강원수란 자의 호색은 호색으로서 끝날 그런 것이 아닐 겁니다. 반드시 영웅과 호걸에 통하는 호색일 겁니다."

최천중이 이렇게 역설하자, 여운은

"자네의 호색과 견주어볼 참인가?"

하고 빈정거렸다.

"선생님, 무슨 말씀을…."

최천중의 무안해하는 얼굴을 보며 원여운이,

"하기야 그렇구나. 호색하는 놈이 삼전도장에서 호색을 이유로 손님을 거절한대서야 말이 안 되지."

하며 단을 내린 것이다.

희대의 호색한 강원수를 영입하겠다는 편지를 보냈다는 소식이 퍼지자, 유만석이 싱글벙글하며 한마디 했다.

"모두들 마누라 단속 단단히 해야겠다. 황해도로부터 유부녀 휩쓰는 광풍이 불어온단다."

아닌 게 아니라, 강원수가 온다는 소식은 삼전도에 별의별 파문을 일으켰다. 그 무렵 삼전도에는 많은 여자들이 몰려들어와 있었다. 남편을 따라온 여자들도 있었고, 천하의 인재가 모인다는 바람에 호기심에 이끌려 들어온 여자들도 있었다.

서흥 강 진사가 삼전도장 원여운의 회신을 받은 것은 그로부터 보름이 지난 뒤이다.

강 진사는 원여운의 회신에 범상치 않은 호의를 느꼈다.

손자를 맡겨도 무방하다는 자신 같은 것을 얻었다. 더욱이 첨언이라고 한, 원여운의 자기에게 대한 초청의 말이 고마워 강 진사는 자기도 모르게 얼굴에 미소를 지었다.

실로 근래엔 보지 못했던 미소였다. 모시고 있던 강 진사의 아들은 그 미소가 반갑기 한량없었다. 까닭을 알고 싶었다.

"아버님, 무슨 좋은 소식이 있사옵니까?"

"음, 좋은 소식이다. 원수란 놈을 맡아주겠다는 거야. 그리고 그 놈과 동행해서 나보고 놀러오라고 했다."

"반가운 소식이옵니다. 아버님께서도 출행을 하시는 것이 어떻겠습니까?"

"당치도 않은."

말은 이랬지만 표정은 부드러웠다.

"내가 그놈을 데리고 무슨 낯짝으로 그곳에 간단 말인고."

"그렇겠소이다."

하고 아들은 고개를 숙였다.

아들의 무안을 덮어줄 셈으로 강 진사는 말했다.

"하기야 그놈의 행실이 고쳐져 모두들의 환영을 받는다면, 나도 한번 그 삼전도란 델 가서 천하의 고사들과 기재들을 만나봐야지."

아들은 그 말씀이 그저 고마울 뿐이었다. 자식을 잘못 두어 아버지의 심기를 어지럽히고 있다는 사실 때문에 항상 죄의식을 면하지 못하고 있었던 터였다.

"얘야"

강 진사가 부드럽게 불렀다.

"예."

"그놈을 광에서 꺼내 목욕을 시키고 보약을 먹이도록 해라."

"예."

"우석대사가 좋은 약을 가지고 있는 모양인데 그것을 얻어낼 수 없을까? 한번 주선해봐라."

"어찌 대사를 뵈올 낯이 있습니까."

"아니다. 대사는 그놈을 위해 자신도 식음을 폐하고 노송 위에서 보름 동안 우로雨露를 견디었다고 하니, 그 자정*은 우리의 자정에 못지않으리라. 원수가 먼길을 떠나게 되었는데, 몸이 쇠해 있다고 하면 혹시 온정을 베풀지도 모르지 않느냐."

강 진사도, 보름을 굶은 몸인데도 환약 하나로 원기를 회복할 수 있었다는 원수의 얘기를 상기하고 이렇게 말했다.

"그럼, 사람을 보내보겠습니다."

"아니다. 네가 직접 가거라. 그래야만 이편의 성의가 통할 것이 아닌가. 아니다. 내가 가야지. 내가 가겠다."

"아닙니다, 아버지. 제가 가겠습니다."

"아니야. 내가 가야만 일이 순조롭게 될 것 같아. 아직 예를 다하지 못했으니, 사과도 하고 고맙다는 예의도 다하고…. 내가 가겠다."

강 진사는 그 자리에서 일어서서 복색을 갖추었다.

"교군을 부르겠습니다."

---

* 慈情: 인자한 마음.

아들이 말하자,

"안 돼. 나귀를 타고 갈란다."

고 말했다.

나귀를 타고 마부에게 말고삐를 잡히며 강 진사의 말이 있었다.

"놈을 광에서 꺼내되, 꾸지람이 있어선 안 된다. 집에 있는 동안 만이라도 마음을 편케 해줘야지."

강 진사가 정중하게 하는 사과 말을 끝까지 듣고 우석대사는,

"사과해야 할 사람은 소승이오."

하고는, 다음과 같이 말했다.

"금강석은 금강석이 아니면 갈지 못하는 법입니다. 원수는 그 심心이 금강석과 같소. 소승의 힘으로 제어할 수 있는 그릇이 아닙니다. 나는 그의 망집을 꾸짖었으나 그것은 실은 망집이 아니고 금강불괴金剛不壞한 그의 정신의 일단인지 모르오. 나타내길 호색好色으로 시작했으되, 그 의지력이야말로 진여眞如를 찾아낼 수 있는 승乘**일지도 모르오. 예사로 꺾이는 나무는 땔감밖엔 더 될 것이 없소. 아무리 꺾어도 꺾어지지 않는 나무라야 거목으로 자라 천년 수목이 될 것이 아니오. 강원수는 강원수로서 자라야지, 누구의 강원수도, 어느 파의, 어느 교의 강원수도 되지 않을 것이오. 공자의 말씀에 '후목불가조朽木不可彫'***라는 것이 있는데, 강원수는 강목强木으로서 불가조입니다. 누구도 그 바탕에 글을 새길 수 없습니

** 불교의 교의.

*** 썩은 나무에는 새길 수가 없다. 즉, 마음이 썩은 인간은 교육이 불가능하다.

53

다. 자신의 글을 자기가 새겨야죠. 진사 어른께서 드물게 보는 손자를 두셨소."

"찬讚인지 폄貶인지 대사님의 말씀을 분간하기 어렵소만, 인륜과 도의를 무시하는 방자한 놈이 후목이면 어떻고 강목이면 어떻습니까. 나는 다만 그런 불측한 놈을 두었기 때문에 세상에 얼굴을 들 수 없는 심정이오."

강 진사가 간신히 한 말이었다.

"우주의 이법엔 인륜을 넘고 도의를 넘어서는 힘이 있사옵니다. 그것이 하나의 인간 속에 깃들이는 경우가 바로 강원수라고 할 수 있습니다. 항우에게 범인의 법을 강요할 수가 없고, 한고조를 범척凡尺으로 잴 수는 없는 일 아니겠소."

우석대사의 말은 준절했다.

"하오나, 그놈을 항우나 한고조에게 비할 수는 없지 않사옵니까?"

하는 말에 우석대사는 정색을 했다.

"불문佛門 밖에서 불도를 아는 것이, 불문 내에서 불도에 정진한 나보다 그 지식에 있어선 월등하니 그가 비범한 인물 아닙니까. 원수는 삼세三世에 걸쳐 승루僧樓의 종성鐘聲을 듣겠노라고 했는데, 이는 기막힌 소리입니다. 특재特才를 가진 손자를 두신 그만큼 심려 또한 많으시겠지만 도리가 있사옵니까. 형수亨受*하셔야죠."

"대사, 그놈이 어디 이 난세에 고종명考終命을 하겠습니까?"

---

* 받아들임.

54

"글쎄올시다. 천운에 맡겨야죠. 소승의 짐작으론 쉽사리 없애 버리기 위해 그만한 재才를 하늘이 만들어낸 건 아니라고 봅니다만…."

"대사님의 염력念力이 계속 그놈에게 있으시면 좋겠습니다."

강 진사가 머리를 숙였다.

"말씀이 났으니 하는 소립니다만…."

하고 우석대사는 눈을 감았다.

강 진사는 우석대사의 말을 기다렸다.

"…하는 소립니다만, 원수는 그 신체의 일부로써 그가 저지른 사행邪行을 보상해야 할 날이 있을 겁니다."

강 진사는 깜짝 놀랐다.

"그렇다면 그 애가 불구자가 된다는 말씀이오?"

우석은 답하지 않고 입안으로 염불을 외었다.

강 진사는 계속 우석대사의 말을 기다렸다. 그러나 우석은 염불만 외고 말이 없다가 반눈을 뜨고 말했다.

"이 이상 드릴 말씀이 없소이다."

"그렇다면 원수를 바깥으로 내보내선 안 된다는 말씀이 아닙니까?"

하고 강 진사는 초조하게 물었다.

"보내야죠. 되도록 멀리 보내야 합니다. 생을 도모해도 자기 재량으로 하고, 사死를 기해도 자기 재량으로 하도록 떠나보내야 합니다. 집에서 멀면 멀수록 좋습니다."

"그러나 불구자가 된다고 하면…."

"언과는 어떻게 할 수가 없습니다."

"미리 방비할 책은 없겠소?"

"미리 방비한다는 것은 원수를 죽이는 결과밖에 되지 않습니다. 만일 팔을 하나 잃는다거나 두 다리를 잃는대도 생명을 잃는 것보다야 낫지 않겠소. 한데, 그 보상의 날이 빠를수록 원수에겐 유리할 거요. 그것을 계기로 미망에서 깨어날 수 있을 것이니까요. 그런 뜻에서도 원수를 빨리 보내야 합니다."

"아직 열여섯인데…."

"원수의 십육 세는 범인 팔십육 세를 능가하는 것이오. 자기 재량으로 세상을 살아갈 수 있을 거니 과히 걱정하지 마시오."

하곤 우석은 다시 입을 다물어버렸다.

강 진사는 한참을 기다리고 있다가 약 얘길 꺼냈다.

"원행을 앞두고 몸이 쇠해 있는지라…."

"원수의 몸이 쇠해 있을 까닭이 없소. 나는 원수에게 보름 동안 고행을 시킨 대가로, 백 년 동안 건강을 지탱할 비약을 주었소. 그러니 원수를 두고 걱정할 것은 육신이 아니고 그의 정신이오. 그 금강불괴의 의지가 그릇된 방향에서 옳은 방향으로 돌아가길 염려하고 바라면 되는 것이오."

이 말을 듣곤 강 진사도 할 말이 없었다. 그러나 하직하기에 앞서,

"나는 평생 부도浮屠*를 미망迷妄이라고만 생각하고 공맹지도孔孟之道에 전념한 사람이옵니다만, 대사를 접하고는 내 생각에 변화

---

* 부처.

가 일어난 것만 같소. 나도 여생을 불도에 정진할까 하온데, 노골老
骨이라고 버리지 마시고 편달 있으시길 비오."

"진여를 찾는 데 조만早晩**이 있을 수 없고, 불도에의 정진에 노
소老少가 있을 수 없소이다."

우석대사와 강 진사는 유불 양도를 놓고 한참 동안 토론이 있었
다. 그러나 그것이 쟁론爭論이 되지 않았다는 것은 서로를 이해하
려는 성의가 돈독한 때문이었다.

이윽고 강 진사가 자리에 섰을 때, 대사는 자기 행낭을 뒤지더니
조그마한 병 하나를 꺼내 강 진사에게 주었다.

"이것을 원행하는 원수에게 주시오. 그리고 말하시오. 어쩌다 외
상을 크게 입었을 때 이 병 속의 가루를 상처에 뿌리라고. 그렇게
하면 후환이 없을 거요. 대상大傷 이외엔 절대 쓰지 말라고 하시
오."

강 진사는 우석의 말뜻을 짐작했다. 그런 만큼 착잡한 기분이었
다. '원수가 불구가 되는 것이 인과의 응보라면 도리가 없는 일 아
닌가' 하면서도, 체관할 수 없는 그 무언가가 가슴에 남았다.

강 진사는 나귀 위에서 산사의 만종晩鐘을 들었다.

우석대사의 말은 강 진사의 가슴에 은은한 메아리를 울리고 있
었다. 유학을 숭상하는 강 진사의 견식으로선, 손자 강원수는 파렴
치한 재사 이외의 아무것도 아니었다. 혈연의 정만 없으면 타기***해

***

** 이름과 늦음.
*** 唾棄: '침을 뱉듯이 버림', 즉 더럽게 생각하여 돌아보지 않고 버림.

57

야 할 존재일 뿐이었다. 그에겐들 재능을 사랑하는 마음이 없을까 만, 패륜지행悖倫之行을 하는 자는 짐승으로 칠 수밖에 없었다.

그런데 우석대사의 말은 갖가지 상념을 불러일으켰다.

우선 광광狂이란 상념이었다. 광엔 두 가지가 있다. 심신心神이 병 들어 광이 되는 경우가 있고, 재才가 극極해서 광이 되는 경우도 있다는 상념이었다.

강원수는 두말할 나위 없이 재가 극한 광인 것이다.

두 가지가 모두 병이로되 치유하는, 또한 대처하는 처방은 다를 수밖에 없다. 그런 점, 우석대사의 말은 옳았다.

'금강석을 갈 수 있는 것은 오직 금강석뿐이다.'

이와 같은 상념에 사로잡히다 보니, 강 진사의 가슴에는 원수에 대한 애착이 불길처럼 일었다. 그 재주가 아까웠다.

천년의 수발秀拔, 억중億中의 우월이란 그 재능을 어떻게 하건 꽃피울 수 있도록 했으면 하는 갈구에 가슴이 설레었다.

집으로 돌아온 강 진사는 원수를 불렀다. 목욕을 하고 새 춘복 春服을 입은 원수의 단정한 모습을 강 진사는 유심히 바라보았다. 준수한 이마며, 잘 갖추어진 이목구비, 어느 한 곳 나무랄 데가 없 는 손자의 얼굴을 부드러운 눈으로 바라보며 부드럽게 불렀다.

"원수야."

"예."

"'축수자逐獸者는 목불견태산木不見太山이요, 기욕재외嗜慾在外 는 측명소폐의則明所蔽矣니라' 하는 문자가 회남자淮南子 세림훈說 林訓에 있는데, 너의 의견은 어떠냐?"

58

짐승을 쫓고 있으면 태산이 눈에 보이지 않고, 욕심이 바깥으로 쏠려 있으면 양심의 명明을 잃어 사물을 바르게 볼 수 없다는 뜻인데, 강원수의 응수는 다음과 같았다.

"연이나 축수자는 짐승을 잡고 난 후에 견태산見太山할 수 있고, 기욕재외자嗜慾在外者는 욕심을 채우든지 채우지 못한다고 생각했든지 하면 반드시 반정*이 안으로 되돌아와 고금대소사古今大小事를 바로 보게 되는 것이올시다. 요는 사물을 보는 데 있지 않고, 쫓고 있는 짐승을 잡느냐, 바깥으로 뻗은 욕심을 채울 수 있느냐에 있을 줄 압니다. 일언이폐지一言以蔽之**하면 회남자는 관견管見***과 편견偏見을 엮는 파한破閑****의 재료는 되는 것이나 인생의 지혜완 다소 먼 것으로 압니다."

괘씸한 놈이란 감정을 걷고 손자의 대답을 들으니 강 진사의 마음은 흐뭇했다. 다시 물었다.

"순리順理면 즉 유유裕하고, 종욕從慾이면 유위惟危*****니라 하신 이천伊川 선생의 말씀은 어떤가?"

"저는 이理에 앞서는 것이 정情이며, 욕망을 따르는 것이 인지상정이라고 생각하옵니다. 정을 눌러 이를 세울 것이 아니라, 정을 이끄는 이理가 되어야 하며, 욕망을 따르지 말라고 이를 것이 아니라,

---

*   反情: 올바른 성정(性情)으로 되돌아감.
**   한마디 말로 그 뜻을 나타냄.
***   좁은 소견.
**** 심심풀이.
***** 순리대로 하면 넉넉하고, 욕심을 따르면 위태로움이 있다.

욕망을 따르는 길로써 이理를 살펴야 한다고 믿습니다. 예를 들면, 부자지리父子之理보다는 부자지정父子之情을 우선해야 한다는 것이옵니다…."

강원수가 서흥의 집을 떠나는 날. 강 진사는 손자를 앞에 하고 묵묵히 앉아 있더니, 이윽고 입을 열었다.

"네 소행 네 마음대로 못 하는 것 나는 안다. 네 소행 네 마음대로 할 수 있을 때 비로소 넌 고향으로 돌아올 수가 있다. 그런 때가 기필 있고야 말 것으로 믿는 바이지만, 그땐 나는 저 청산의 객이 되어 있을 것이다. 그러니 이것이 금생에 조손祖孫이 서로 대하는 마지막이 될 것으로 안다. 사리가 팔십을 넘은 나보다 밝은 너를 앞에 하고 무슨 말이 소용 있겠냐만 단 한 가지 네게 말해둔다. 신체발부身體髮膚는 수지부모受之父母한 것이니 이를 훼상치 아니함이 효의 시작이란 것을 명념하여라. 먼 훗날 청산으로 나를 찾을 때 온전한 신체로 나타나되, 일점이라도 훼상당한 곳이 있으면 나타날 수 없을 것이니라. 딴 말은 하지 않겠다. 네 평생은 네 재량에 있다. 가거라!"

원수는 정중히 절하고 물러나, 다시 아버지 앞으로 나아가 무릎을 꿇었다.

원수의 아버지는 아버지와 아들 사이에 끼여 몸 둘 바를 모르는 나날을 지내온 사람이다. 만남이 벅찬 모양으로 원수의 아버지는,

"몸 성히 있거라."

하는 외마디 말을 했을 뿐이다.

안으로 들어가 어머니께 하직하고 대문을 나선 것은 5월의 아침

묘시와 진시의 사이.

강원수는 문득 생각이 났는지 대문 밖에서 걸음을 멈추고는, 종자에게 필묵과 종이를 가지고 오라고 일렀다. 그리고 묵흔 선명하게 다음과 같이 썼다.

작야성휘랭昨夜星輝冷

금조양광려今朝陽光麗

시유만색채時有萬色彩

초연남향영悄然南向影

(어젯밤 별은 차갑게 빛나더니

이날 아침의 햇빛은 화려하구나

이렇게 시간은 만 가지 빛을 가졌는데

남쪽을 향한 나의 모습은 초연*하기만 하다.)

이렇게 초연을 시작해 수연을 적어 하인에게 맡겨놓고 걸음을 옮겨놓은 강원수는 마을에서 빠져나와 당나귀를 탔다. 그 순간, 어떤 노파 하나가 헐레벌떡 달려오더니 조그마한 보자기 하나를 원수에게 건네며,

"도련님, 저 등을 넘어서면 풀어보십시오."

하곤 무슨 말을 물을까 봐 겁을 내는 눈치로 되돌아가버렸다.

원수 앞에는 그의 당숙이 가고, 원수 뒤엔 세 명의 짐꾼이 따랐

---

* 의기(意氣)가 떨어져 기운이 없음.

다. 삼전도 원여운 선생에게 강 진사가 보내는 선물과 함께 돈을 지고 가는 짐꾼이었다.

동리가 아래로 보이는 고갯마루에 이르렀을 때 원수의 눈엔 눈물이 있었다. 16세의 나이로 한양 길은 이번이 두 번째였다. 그는 일찍부터 익혀야 할 표박漂迫의 운명을 감수하면서도 슬펐다.

고개를 넘어선 뒤 아까 노녀가 건네준 보따리를 폈다. 세 켤레의 버선이 싸여 있는데, 그 가운데 쪽지가 하나 들어 있었다. 쪽지를 보낸 사람은 이름을 밝히지 않았지만 그 사연이 절실했다.

'별이 비 오듯 하던 밤에 주신 정이 한이 되어 소녀의 가슴에 남아 있으리라.'

자기에게 겁탈당한 여자 하나가 보낸 것으로 원수는 짐작했다.

호남정화 춘우습

湖南情話春雨濕

전라도 나주.

좋은 곳이다. '중산공북衆山拱北'*이란 문구는 허백許伯의 시에서 보인다. 남쪽으로 야활野闊하고 산들이 북쪽에 공립拱立해 있는 것 같은 풍경을 그린 말이다.

나주를 남방일거진南方一巨鎭이라고 한 것은 정도전이다. 나주 근처의 촌락에 귀양 온 정도전이, 고향에 있는 부로父老에게 써 보낸 편지 속에 있는 글귀이다.

백제 때는 발라發羅라 했고, 신라 시절엔 금산錦山이라 하더니, 고려의 태조가 수군水軍을 몰고 와 이 땅을 공략하고선 나주라는 이름으로 바꿨다. 산하도 인간의 운명을 닮는 것인가. 정쟁이 풍상風霜과 어울려 이와 같은 이름의 변화가 있었다. 고려의 사연으로선 거란의 난을 피해 현종顯宗이 이곳에 와서 순일旬日을 머문 적

---

* '뭇 산 북쪽으로 절한다'.

이 있다.

나주는 또한 수향水鄕으로서 그 경치가 수일하다.

주동州東 오 리허에 광탄廣灘이 있고, 주서州西 이십 오리에 정자천亭子川, 주남州南 시오 리에 송지천松只川, 주북州北 십 리에 장성천長成川, 중심을 흐르는 학교천鶴橋川, 주북 삼십오 리에 있는 작천鵲川 등으로 녹색 평야에 청색의 기라綺羅*를 엮는다. 이 기라로 해서 나주란 이름이 연유했는지 모른다.

특히 광탄은 그 연원을 여덟 가닥이나 가진 곳이다. 그 한 줄기는 창평 무등산 서악瑞嶽에서 나오고, 한 줄기는 담양 추월산秋月山에서, 또 한 줄기는 장성 백암산에서, 또 한 줄기는 노령蘆嶺에서, 또 한 줄기는 광산 무등산에서, 또 하나는 능성綾城의 북쪽에서 흘러나와 작천, 장성천과 더불어 합류, 주남 오리 허에서 이른바 광탄을 이루는 것이다.

경치 이러하니 인정 또한 순박하지 않을 수 없다. 귀양살이하면서도 정도전은 주변의 민심을 잘 관찰한 모양이다. 다음과 같은 글을 남겼다.

거인순박무외居人淳朴無外 모력전위업募力田爲業

주민들은 순박하기가 이를 데 없고 힘을 다하여 농사를 지을 뿐이란 뜻이다.

———

* 곱고 아름다운 비단.

산하의 정을 사람은 닮는다. 나주 사람들의 정서는 곱고 아름답다. 그 나주의 정서를 일신一身으로 화한 것이 서순정徐淳正일지 모른다.

서순정은, 그 근처에선 호족이라고 할 수 있는 서씨 문중에서도 가장 부유한 서 참봉의 둘째아들로 태어났다. 그러나 불행하게도 두 살 때 어머니를 여의고 계모 슬하에서 자랐다. 순정의 계모는 인자하여, 순정을 자기가 낳은 아이 이상으로 정성껏 길렀는데도, 어머니를 어려서 잃은 그 슬픔이 자기도 깨닫지 못하는 동안에 한으로 괴었음인지 소년 시절부터 그는 웃을 줄을 몰랐다.

그는 벗들과도 사귀지 않고 혼자 들 가운델 돌아다니며, 풀피리를 만들어 불기도 하고 나무피리를 만들어 불기도 하며 지냈다. 여섯 살 때 서당에 들어갔는데, 총기가 탁월하여 훈장을 놀라게 했다.

그런데 어느 날부터인가 서순정은 서당에 나타나지 않았다. 집에선 서당에 간 줄 알았고 서당에선 몸을 앓아 집에 누워 있는 줄만 알았는데, 연이어 닷새 동안이나 서당에 나오지 않는 바람에 훈장이 어느 날 서 참봉을 찾아갔다.

"이거 훈장께서 웬일이슈?"

하고 맞이하는 서 참봉을 훈장은 이상하게 바라보았다. 순정이가 앓아누워 서당에 안 갔기 때문에 찾아왔구나 하고 짐작을 할 텐데, '웬일이슈' 하고 묻는 것이 이상했던 것이다.

방에 들어가 좌정을 하고 훈장이 말했다.

"순정일 좀 보러 왔는데요."

이번엔 훈장의 말에 서 참봉의 표정이 구겨졌다. 서 참봉이 되물었다.

"순정인 서당에 있을 텐데, 집을 찾아온 건 웬일이오이까?"

"순정인 서당에 없소."

"서당에 없으면 어디 심부름이라도 보냈단 말인가요?"

"아니, 이게 무슨 해괴한 소리요? 공부하러 오는 아이를 심부름 보내다니, 참봉은 나를 그런 사람으로 보슈?"

"그런 사람으로 보고 안 보고 간에 서당에 간 아이가 서당에 없다고 하니 하는 소리 아니겠소."

"서당엘 보내다니."

훈장이 발끈했다.

"보냈으니 보냈다고 하는 것 아니오."

서 참봉의 얼굴에도 불쾌한 빛이 감돌았다.

"닷새째 순정인 서당에 나오지 않았소."

훈장은 등에 꽂힌 담뱃대를 뽑아 빈 통으로 재떨이를 두드렸다.

"닷새째 순정이가 서당엘 안 갔다니?"

서 참봉은 그래도 믿기지 않는 표정이었으나 냅다 고함을 질렀다.

"여봐라!"

하인이 축담에 서는 기척이 있자,

"너, 안에 들어가서 요즘 순정이 뭣 했는가를 알아보구 오너라. 닷새째 서당에 나가지 않았단다."

하고 서 참봉이 일렀다.

하인이 돌아와 하는 소리가, 순정이 매일처럼 서당에 간다고 새벽에 나가 저녁 늦게야 돌아온다고 했다. 그리고 지금도 집에 없다는 것이었다.

소동은 그때부터 시작되었다.

훈장은 서당으로 돌아가 학동들에게 물었다. 순정의 동정을 아는 아이가 하나도 없었다. 서 참봉은 서 참봉대로 집집마다 찾아다니며 순정일 보았느냐고 물었다. 역시 아무도 몰랐다.

여섯 살 난 아이가 새벽에 집을 나가 밤늦게 돌아온다고 하니 도대체 어딜 갔단 말인가. 글을 배우기가 싫어 하루 종일 숨어 있다가 돌아온단 말인가. 아니면 옛얘기에 있듯이, 헛것이나 늙은 여우에 홀려 나갔다가 돌아오는가.

순정의 계모는 자기의 정성이 모자라 순정이 그런 화를 당하게 된 것이 아닌가 하고 가슴 아파했고, 서 참봉은 어미를 잃은 자식을 등한히 한 탓으로 당하는 일이 아닌가 하고 뉘우치기도 했다. 그러나저러나 순정이 나타나야 무슨 영문인가를 알 수 있을 것이었다.

서 참봉은 바깥채 안채 할 것 없이 등을 밝혀 달아놓고 순정이 돌아오길 기다리는데, 저녁을 먹고도 거의 일각이 지나서야 순정이 집안 대문으로 들어섰다.

서 참봉이 순정을 불렀다.

"너, 서당에도 안 가고 어딜 갔다 오는 거냐?"

순정이 고개를 숙인 채 답하지 않았다.

"바른대로만 말하면 나무라지 않겠다. 말해보아라."

"…"

"이놈, 말하지 않을 테냐?"

서 참봉이 마루를 치며 호통했다.

그제야 가냘픈 대답이 있었다.

"성내에 갔다 왔습니다."

성내에 갔었다는 순정의 말을 들은 서 참봉은 소리를 낮추어 물었다.

"성내의 어느 곳을 갔다 왔느냐? 성내라고 해도 넓지 않느냐?"

서 참봉이 재촉했다.

"서문 안에 갔었습니다."

순정이 겨우 대답했다.

"거기서 무엇을 했느냐?"

"놀았습니다."

"그럼 어젠 어디에 갔었더냐?"

"어제도 거기 갔었습니다."

"어제도?"

"예."

"그젠?"

"그제도 거기 갔었습니다."

"그렇다면 닷새를 서당에 안 갔다고 했는데 매일 서문 안에 갔었단 말이냐?"

"예."

"도대체 서문 안에 뭣이 있단 말이냐?"

"…"

"뭣이 있기에 서당엘 안 가고 거겔 갔느냐. 바른대로 말해."

"그저 거기 가서 놀았습니다."

하고 순정은 그 이상의 얘긴 하려 하지 않았다.

서 참봉은 잠깐 생각에 잠겼다. 마음속으로 짐작을 해보려 했던 것이다. 그러나 어림짐작도 할 수 없었다.

회초리를 들고 초달*을 할까도 했지만, 여섯 살 난 놈이 시오 리 길을 왕래했다면 오죽이나 배가 고플까 하는 측은한 마음도 들어 그 이상의 추궁은 않고 돌려보냈다.

내실에 들어와 저녁을 먹을 때 계모가 부드러운 말로 물었으나 순정으로부터 성내 서문 안에 갔다는 얘기 이상의 것은 들을 수가 없었다.

그 이튿날은 아버지의 성화가 두려웠던지 서당에 나갔다. 훈장이 물어도 대답하지 않다가, 순정은 문득 훈장에게 다음과 같이 질문했다.

"선생님, '휘편만리거 안득념향규'란 글귀의 뜻이 뭡니까?"

훈장은 깜짝 놀랐다. 그리고 내심으로 그 글귀를 새겨보았다.

'휘편이면 揮鞭, 채찍을 휘두른다는 것일 게고, 만리거는 萬里去, 안득은 安得, 염향규는 念香閨가 아닌가. 말에 채찍질을 하여 만리 밖으로 달려가니 어찌 규방, 즉 아내를 생각할 수 있으랴!'

이렇게 풀이를 해보니 더욱 해괴했다.

"네 이놈, 어디서 얻어들었기에 그 따위를 묻느냐?"

---

* 楚撻: 어버이나 스승이 자식이나 제자의 잘못을 징계하기 위하여 회초리로 볼기나 종아리를 때림.

"봄바람을 타고 온 글귀였기에 물어보았사옵니다."

"봄바람을 타고 왔다구?"

"예."

"건방진 소리 말고 바른대로 대어라."

하고 훈장이 회초리를 들었다.

"엿샌가 이레 전 뒷산 소풍 온 사람들의 노랫소리에서 들었습니다."

"소풍 온 놈들이 부른 노래가 그렇더라던 말이냐?"

"긴 노래를 불렀는데 모두 일 순 없었사오나, 특히 그 대목이 제 마음에 걸려 있사옵니다."

"기괴한지고."

하며 훈장은 회초리를 내려놓고 말했다.

"무식한 천인배의 노래에 그런 유식한 글귀가 섞였다니 기괴한지고. 그러나 이놈, 앞으론 그런 잡스런 곳엔 가지도 말고, 잡스런 노래는 귀담아듣지도 말아라."

그러나 훈장의 훈계는 이미 시기를 잃고 있었다.

순정이 훈장에게 엿샌가 이레 전이라고 한 그날은 단오였는데, 성내의 풍류객들이 뒷산에 소풍하러 왔었다. 북과 장구와 젓대*와 기생들을 곁들인 요란스런 일행이었다. 순정도 동리 아이들 틈에 끼여 그것을 구경하러 갔었다. 술 마시고 흥청대는 꼴엔 아무런 흥미도 없었으나 어느 때쯤엔가 시작한 창에 순정이 홀려버렸다. 여자가 부르는 창도 좋았고 남자가 부른 창도 좋았다. 솔밭에 몸을

---

* 대금.

72

숨겨 앉아 배고픈 줄도 모르고 그 창에 귀를 기울였다.

그러다가 문득,

'나도 저 창을 배울 수가 있겠지. 북치기를 배울 수가 있겠지. 젓대 불기를 배울 수가 있겠지.'

하다가 맹렬히 그것을 배우고 싶은 갈증 같은 것을 느꼈다. 그런데 어떻게 하면 배울 수가 있을지 알 수가 없었다.

순정은 틈을 보아 솔밭에서 기어 나와, 선 자리에서 조금 떨어진 곳에 앉아 있는 어느 집 머슴으로 보이는 사람 옆으로 가서 물었다.

"아저씨, 저 노래를 배우려면 어떻게 하면 되겠습니까?"

"도련님이 저걸 배우려고?"

"예."

사나이는 순정의 얼굴과 차림을 자세히 보는 눈빛이더니,

"보아하니 양반집 도련님인가 본데, 저런 걸 배우느니 글공부나 하지."

하고 돌아앉아버렸다.

"아저씨, 어떡하면 배울 수가 있는지 가르쳐줘요."

순정이 계속 졸랐다.

"글쎄, 도련님의 부모님이 허락하시진 않겠지만, 만에 하나라도 허락을 한다면 성내 서문 안으로 와. 서문 안에 와서 명 영감을 찾아. 명 영감이 저런 걸 가르치는 우두머리니까."

순정은 그 말을 머릿속에 새겨넣었다.

그러고는 그날 밤과 그 이튿날 동안을 곰곰 생각하다가 드디어 결심하고 성내 서문 안 명 노인을 찾게 된 것이다.

여섯 살 난 소년 서순정이 물어물어 명 노인 집이 있다는 골목에 들어섰을 때, 장구 소리와 가야금 소리가 어디에서인지 흘러나왔다. 가끔 피리 소리도 섞였다.

워낙 음곡音曲에 민감했던 탓인지 모른다. 서순정은 황홀한 감동에 사로잡혀 자기가 길을 걷고 있다는 사실조차 잊었다.

명 영감 집에 도착했을 때, 서순정은 대문 안으로 들어설 생각도 잊고 문밖 돌담에 기대서서 단속적으로 흘러나오는 음률에 귀를 기울였다.

해가 저물어 제자들이 돌아갈 무렵에야 정신을 차리고 귀갓길에 오른 순정은, 그날 종일 들은 가락을 머릿속에서 가슴속에서 되뇌며 걸었다. 그렇게 걷다가 보니 시오 리의 길은 아무것도 아니었다. 음악의 가락을 타고 실려 가는 기분이었으니까.

그 후부턴 주저가 없었다. 눈을 뜨기가 바쁘게 마음이 서문 안 명 영감 집으로 달려가고 있었기 때문이다. 순정은 문간에 서 있는 것만으로도 족했다. 그리고 순정이 그렇게 기대서 있는 것이 특히 남의 눈을 끌지 않았다. 순정 또래의 아이들이 가끔 나타나곤 했기 때문이다. 닷새를 서당에 가지 않고 서순정은 명 영감 집 대문 밖에 서 있었던 것이다.

아버지의 성화가 두려워 이틀을 서당에 나갔으나 서순정의 정신은 이미 책을 떠나 있었다. 이를테면 청이불문聽而不聞, 견이불견見而不見*의 상태였다.

＊　듣지만 들리지 않고, 보지만 보이지 않음.

그러니 그 이상 참을 수가 없었다. 사흘째 되는 날 순정의 발은 성내 서문 안으로 향하고 있었다.

명 영감 집 대문 앞에 섰을 때였다. 남색 치마에 옥색 저고리를 입고 머리를 곱게 땋은 일곱, 여덟 살가량의 소녀가 뒤따라와 대문으로 들어서려다가 말고,

"그제와 어제는 안 왔대."

하고 눈부신 듯 순정을 쳐다보곤 안으로 들어가버렸다.

'모르는 척하고 있어도 저 계집아이는 내가 여기 서 있는 걸 알았구나.'

하면서 간지러운 기분이 되었다.

창과 북소리가 시작되면 불안한 생각을 잊으련만 좀처럼 음악이 시작될 것 같지 않았다. 음악을 안 할 바에야 거기 서 있는 것은 의미가 없는 일이었다.

그래서 어쩔까 하고 망설이고 있는데 아까의 계집아이가 대문으로 얼굴을 내밀더니,

"선생님이 보잔다, 얘."

하고 손짓을 했다.

서순정이 따라 들어갔다.

다락같이 꾸민 높은 대청에 초로의 사나이가 백두건을 쓰고 앉아 있더니,

"이리로 올라오렴."

서순정이 그 앞에 나가 꿇어앉곤 공손히 절했다. 노인이 물었다.

"네가 요 며칠 쭈욱 집 밖에 서 있던 아이냐?"

"예, 그렇습니다."

"왜 서 있었느냐?"

서순정은 창과 북과 피리 부는 것을 배우고 싶어서라고 대답했다.

"허, 창을 배우고 싶다고?"

하더니 노인이 와서 물었다.

"넌 누구 집 아들이냐?"

"서 참봉이 제 아버지올시다."

"시 참봉이라면 뱃골 서 참봉이란 말인가?"

"예."

"한데, 늬 아버지가 창을 배우라고 하던가?"

서순정이 대답을 못 했다.

"배우라고 할 까닭이 없지. 명색이 양반이라고 우리들을 업수이 여길 테니까. 그러나 우리들을 업수이 여기는 그들이 나쁘지, 우리들이 나쁠 까닭은 없어. 창은 예도藝道요, 예도는 예도禮道로 통하는 것이니 인간의 상도上道라고 할 수 있는 거여. 그런데 미련한 양반들은 우리를 업수이 여기니…."

명 노인은 푸념처럼 말하곤,

"그러니 늬 아버지의 허락을 받지 않고 가르쳐줄 수가 없구나."

"그래도 나는 꼭 배우고 싶습니다."

순정은 머리를 조아렸다.

"안 돼."

노인의 말은 단호했다.

"선생님, 가르쳐주사이다."

옥색 저고리의 계집애가 한 말이다.

"안 돼. 이렇게 배우고자 하는 아이에게 왜 가르쳐줄 생각이 없을까만, 허락을 받지 않곤 가르칠 수 없구나."

그건 그럴 것이었다. 양반의 집 아들에게 그 어른의 허락을 받지 않고 가르쳤다간, 양가의 자제를 타락시켰다는 죄목으로 무슨 화를 당할지 모르는 시대 사정이었던 것이다.

그러나 순정에겐 마음먹은 바가 있었다.

서순정의 속셈이란 다른 게 아니다.

명 노인이 직접 가르쳐주지 않으면, 대문 바깥에서 들어 익히겠다는 것이었다.

서순정이 명 노인 앞에서 물러나 밖으로 나왔다. 아까의 계집애가 따라 나왔다.

길목 어귀에까지 나온 계집애가 물었다.

"이젠 안 올래?"

"왜 안 와, 또 올 거다."

서순정은 퉁명스럽게 말했다.

"선생님이 가르쳐주지 않으려는데도?"

계집애는 안됐다는 표정을 지었다.

"안 가르쳐줘도 돼. 난 듣기만 해도 좋으니까."

"듣기만 해도 좋아?"

하고 계집애의 얼굴이 활짝 피었다.

"그런데 넌 참 좋겠다. 느그 아버지 어머니가 노래 배우도록 허락을 주셨으니…."

진정 부러운 마음으로 서순정이 한 말이었다.

"내겐 아버지가 없어."

계집애의 얼굴에 살큼 그늘이 졌다.

순정은 뭐라고 할 수가 없어 우물쭈물했다. 계집애의 말이 있었다.

"우리 엄마는 기생이야. 나도 크면 기생이 된대. 그러니까 노래랑 춤이랑 배워야 하는 거야."

순정은 기생이 뭔질 알 까닭이 없다.

그래, 말했다.

"넌 참 좋겠구나."

순정의 기분으로선 노래 공부를 허락할 것 같지 않은 아버지가 없다는 것이 우선 부러웠던 것이다.

"네 이름이 서순정이라고 했지? 내 이름 가르쳐줄까?"

계집애가 교태를 보이며 말했다.

"응."

하고 순정이 다음의 말을 기다렸다.

"방초라고 불러."

"방초, 이름 좋구나. 그런데 성은?"

"성은 임가다."

"임방초."

하고 서순정은 중얼거려보았다. 그 이름이 창처럼 아름다웠다. 이름을 듣고 보니 계집애의 얼굴이 더욱 예뻐 보였다.

"방초야."

"응."

"그런데 오늘은 왜 노래 공부 안 하지?"

"오늘은 장날이다. 장날엔 공부 안 해."

"왜 그럴까?"

"성내 사람들은 장날이면 바빠."

"그래?"

했지만 순정은 까닭을 알 수 없었다.

"우리 장 구경 갈까?"

"장에 가서 뭣 하게."

"온갖 물건 다 있다아. 장에 가면 파는 사람, 사는 사람, 사람들
도 많다아."

방초의 말을 들으니 가고 싶은 마음도 났지만, 장에 가면 동네의
아는 사람을 만날까 봐 걱정이었다.

"장에 가는 것보다 우리 저 동산에 가자. 거기 가서 네 노랫소리
한번 듣고 싶다."

순정이 그저 해본 말인데, 방초는 좋아라고 응낙했다.

소년과 소녀는 동산 위에 가서 그늘진 호젓한 곳을 찾아 앉았다.
저멀리 강물이 부신 빛으로 흐르고 있었고, 들엔 보리가 누렇게 익
어 있었다. 성내 쪽을 보니 집들이 즐비한데, 한 군데 사람들이 많
이 모여 있었다.

"저기가 장마당이란다."

하며 방초가 가리켰다.

그러나 순정은 장마당 같은 덴 흥미가 없었다. 방초의 노래를 듣
고 싶었다.

"무슨 노래 할까?"

방초가 물었다.

"난 아무것도 몰라. 방초 좋아하는 노래 해봐."

순정이 말똥말똥 눈을 굴렸다.

"그럼 나 월령가月令歌 해볼게."

"월령가가 뭐야?"

"일 년이 열두 달이지? 그 열두 달 노래가 있는 거야."

"그거 좋다. 한번 불러봐."

방초는 고개를 갸웃하며,

"지금은 삼월이지."

하곤,

"그럼, 삼월령三月令을 해야겠다."

며 목청을 다듬었다.

삼월은 모춘暮春이라, 청명 곡우穀雨 절기로다. 춘일이 재양載陽하
여 만물이 화창하니 백화는 난만하고 새소리 각색이라. 당전堂前
의 제비는 옛 집을 찾아오고, 화간花間의 벌나비는 분분히 날고 기
니, 미물微物도 득시得時하여 자락自樂함이 사랑홉다.

한식날 성묘하니 백양나무 새잎 난다. 우로雨露에 감창感愴함은 주
과酒果로나 펴오리라. 농부의 힘드는 일 가래질 첫째로다. 점심밥
풍비豊備하여 때맞추어 배불리소. 일꾼의 처자 권속 따라와 같이
먹네. 농촌의 후한 풍속 두곡斗穀을 아낄쏘냐….

약한 싹 세워낼제 어린아이 보호하듯, 백곡 중 농사가 범연하지 못

하리라. 포전浦田에 서속黍粟이요, 산전山田에 두태豆太로다. 들깻
모 일찍 붓고 삼농사도 하오리다…. 들농사 하는 틈에 치포治圃를
아니할까. 울 밑에 호박이요, 처맛가에 박 심고, 담 근처에 동과冬瓜
심어 가자架子하여 올려보세. 무, 배추, 아욱, 상추, 고추, 가지, 파,
마늘을 색색이 분별하여 빈 땅 없이 심어놓고, 개버들 베어다가 개
바자 둘러막아 계견鷄犬을 방비하면 자연히 무성하리. 외밭은 따로
하여 거름을 많이 하소…. 어와 부녀들아 잠농蠶農에 전심하소. 잠
실을 쇄소하고 제구를 준비하니, 다래끼, 칼, 도마며 채광주리, 달
발이라, 각별히 조심하여 냄새 없이 하소.

한식 전후 삼사 일에 과목을 접하나니, 단행, 이행 울릉도며, 문배,
참배, 능금, 사과, 엇접, 피접, 도마접에 행차접이 잘 사나니, 청다래
정릉매梅는 고사古査에 접을 붙여, 농사를 필한 후에 분에 올려 들
여놓고 천한백옥天寒白屋 풍설 중에 춘색春色을 홀로 보니, 실용은
아니로되 산중의 취미로다. 인간의 요긴한 일 장 담그는 정사로다.
소금을 미리 받아 법대로 담그리라. 고추장, 두부장도 맛맛으로 갖
추소서. 전산前山에 비가 개니 살진 향채香菜 캐 오리라. 삽주, 두릅,
고사리며, 고비, 도랏, 어아리를 일분一分은 엮어 달고 이분二分은
무쳐 먹세. 낙화落花를 쓸고 앉아 병술로 즐길 적에 산처山妻의 준
비함이 가효佳肴가 이뿐이라.

은쟁반을 구르는 구슬 같다는 표현은 서순정이 알 까닭이 없었
지만, 방초의 아름다운 목소리와 알 듯 말 듯한 사설에 순정은 황
홀경에 빠졌다. 그래,

"이게 삼월령가의 끝이야."

하는 방초의 소리를 들었을 때, 돌연 꿈길에서 깨어난 사람처럼 순정은 얼빠진 얼굴로 방초를 바라봤다.

"그런 노래가 정월부터 섣달까지 다 있니?"

가까스로 정신을 차리고 순정이 물었다.

"그래, 머리노래부터 다 할 줄 알아."

"그럼 넌 그걸 다 할 줄 아니?"

"할 줄 알고말고."

"장하구나야, 넌."

"장할 것도 없어. 배우면 누구라도 할 수 있는걸."

"아무리 배운대도 너처럼은 못 할 거야."

"그렇진 않아."

순정은 머뭇머뭇하다가 말했다.

"너 그 노래 내게 가르쳐주지 않을래?"

"가르치는 것 난 몰라."

"네가 한 구절 하면 내가 따라하고 그러면 되는 거지, 뭐."

"그렇지만 이 노래는 그다지 흥겨운 노래가 아닌데. 선생님의 말씀으론, 사람이 옳게 살려면 이 노래를 배워두는 게 좋다는 거지. 기생이 부르는 노래는 아니라더라."

"그래도 나는 배우고 싶은걸."

순정의 청이 너무나 간절했던 모양이다. 방초가 가르쳐주겠다고 했다.

방초가 한 구절 부르면 순정이 따라 불렀다. 이러길 세 차례나

했을까?

"그럼 나 혼자 해볼게."

하고 순정이 목소리를 다듬어 노래 부르기 시작했다.

이번엔 방초가 놀랄 차례였다. 순정은 한마디도 빠지지 않게, 순서에 조금도 어긋남이 없게 불렀을 뿐만 아니라 그 목청의 아름다움이 이만저만이 아니었다.

방초는 멍청히 순정을 바라보고 있다가,

"너, 사람 아니지?"

하고 불쑥 물었다.

"사람 아니면 내가 뭐야?"

순정은 무안해서 얼굴을 찌푸렸다.

"아무래도 넌 사람이 아닐 거야. 귀신의 아들인지 몰라."

"귀신?"

하고 순정은 어이가 없어 웃었다.

"생각해봐라, 순정아. 나는 이 노래를 배우는 데 넉 달 반이나 걸렸단다. 한 달 노래에 꼬박 열흘, 그러고도 모자랐어. 선생님으로부터 매도 맞았지. 그래도 선생님은 나를 제일 총기 좋은 아이로 치고 있단다. 그런데 넌, 내가 열흘 걸린 노래를 두세 번 따라하고 다 외었을 뿐 아니라 합착궁에도 딱 들어맞으니…. 그러니 넌 귀신이다. 귀신."

순정은 부끄러워 몸 둘 바를 몰랐다. 방초는 무슨 큰 결심이나 한 듯,

"내 머리노래 소리부터 할 거니까 따라서 해봐."

하곤 이렇게 시작했다.

천지조판天地肇判하매 일월성신一月星辰 비치거라. 일월은 도수度
數 있고 성신은 전차躔次 있어 1년 360일에 제 도수 돌아오매, 동지,
하지, 춘추분은 일행日行으로 추측하고 상현上弦, 망회삭望晦朔은
월륜月輪의 영휴盈虧로다. 대지상 동서남북 곳을 따라 틀리기로 북
극北極을 보람하여 원근을 마련하니, 이십사절후를 십이삭十二朔
에 분별하여, 매삭에 두 절후가 일방의 사이로다. 춘하추동 내왕하
여 자연히 성세成歲하니 요순같이 착한 임금 역법曆法을 창개하사
천시를 밝혀내어 만민을 맡기시니, 하우씨 오백 년은 인월寅月로 세
수歲首하고 주나라 팔백 년은 자월子月이 신정新正이라. 당금에 쓰
는 법은 하우씨와 한 법이라, 한서온량 기후 차례 사시에 맞가지니
공부자孔夫子의 취하심이 하령夏令을 행하도다.

"무슨 뜻인지 모르겠는데, 그러나 네 소린 참 좋다."
서순정이 취한 듯 말했다.
"나도 사설의 뜻은 몰라. 선생님 말씀이 그 사설의 뜻 알면 큰
학자 된댔어. 그러니까 사설의 뜻은 커서 알기로 했어."
"사설이야 어떻건 네 노래 참 듣기에 좋구나."
"네 목청도 좋더라, 애."
하고 방초는 방글방글 웃었다.
　드높은 하늘. 군데군데 하얀 구름이 떠 있고, 가끔 부는 산들바
람에 꽃향기가 서렸다.

'하늘도 좋고, 들도 좋고, 바람도 좋고, 방초도 좋고, 노래도 좋은데…'

하다가 순정은 문득 집 생각을 했다. 서당의 훈장이 집으로 전갈을 보냈을 게다. 아버지가 화가 나서 사랑과 안채를 들락날락하며 호통을 치고 있을 게다. 어머니는 어쩔 줄을 몰라 정신이 없을 게고….

순정은 들어가서 매 맞을 생각을 했다. 그쯤이야 견딜 수가 있었다. 그런데 견디지 못할 것은, 지금 집으로 돌아가기만 하면 내일부턴 영영 성내로 오지 못할 것이 아닌가. 명 노인 집 문간에까지도 가지 못할 것이 아닌가. 보다도 방초를 다시는 만나지 못할 것이 아닌가….

"얘, 순정아, 너 왜 우니?"

방초가 놀란 소릴 했다.

자기도 모르게 순정은 눈물을 흘리고 있었던 모양이다.

사내가 계집애 앞에서 눈물을 흘리다니, 하는 지각이 없었을까만, 방초의 말을 듣자 순정은 엉엉 우는 소리를 내고야 말았다.

아무리 어른스러운 지각을 가졌다고 해도 순정은 여섯 살의 아이다. 섧다는 생각이 일단 들면 멈추질 못한다.

"순정아, 너 왜 그러니?"

방초도 울먹였다.

순정은 뭐라고 말할 수가 없었으나, 방초가 부둥켜안고 같이 우는 바람에 까닭을 말하지 않을 수가 없었다.

"난 내일부터 방초를 만날 수 없을지 몰라."

눈물 사이로 한 대답이었다.

"왜?"

하고 방초가 물었다.

순정은 아버지가 얼마나 무서운가 하는 얘기를 했다.

"지금 돌아가면 나는 아마 맞아 죽을 거야."

그 말은 방초에게 큰 충격을 주었다. 너무나 충격이 엄청나서 채 말도 못하고 있는데 순정이 푸념하는 것은,

"나 죽는 건 상관없어. 그러나 방초를 다시 볼 수 없다고 생각하니까 자꾸만, 자꾸만⋯."

하고 방성통곡을 했다.

방초도 소리 내어 울었다.

그렇게 얼마나 울었을까.

정신을 먼저 차린 것은 방초였다.

"순정아."

"응."

"너, 우리 집에 안 갈래?"

"너희 집에?"

"너, 집에 가면 맞아 죽는다며?"

"그래. 집에 가면 맞아 죽어."

한나절을 그렇게 있다가 보니 배가 고프지 않을 까닭이 없다. 방초와 순정은 뭣을 먹기 위해서도 동산에서 내려와야 했다.

방초는 순정을 자기 집으로 데리고 갔다. 방초의 어미 월향은 이미 퇴기로서 조촐한 술집을 하고 있었다.

손님 접대에 바쁜 월향은 방초가 올데갈데없는 사내아이를 데리

고 왔다고 듣곤,

"저 가시나는 엉뚱한 짓을 잘한다니까."

하고 혀를 끌끌 찼을 뿐 별로 추궁을 하지 않았다. 이목구비가 반듯이 생긴 것이 마음에 들지 않은 바도 아니고, 자질구레한 잔심부름을 시키기에 알맞은 아이라고 가볍게 생각한 모양이다.

'입에 풀칠이나 해주면 될걸!'

심심찮게 손님이 끊어지지 않는 터라, 남는 음식으로도 아이 하나쯤 더 먹여 살린대서 별반 버거울 바도 아니었다. 딴은 적선하는 기분이었는지도 모른다.

'남녀칠세부동석'이라지만 그건 양반네들의 이야기고, 게다가 나이가 여섯 살이라고 듣자 별반 신경 쓸 것도 없었다. 방초는 여덟 살이었던 것이다.

아침이 되면 방초는 노래 공부 하러 나가고, 순정은 집에 남아 잔심부름 같은 것을 하고 지냈다. 방초 돌아오길 기다리는 재미로 산다고 해도 과언이 아니다. 밤이 되면 방초 방에서 낮은 소리로 방초가 그날 배운 대목을 같이 익히는데, 순정의 발달은 눈부셨다.

월향은 퇴기일망정 삼십을 갓 넘긴 나이라 밤낮으로 손님이 끊어지질 않아, 방초의 방과 떨어진 방에서 거처하는 것이 또한 소년과 소녀들을 위해선 편리하기도 했고 다행이기도 했다.

물론 방초는 단독방을 차지하고 있었던 것은 아니다. 부엌일을 돌봐주는 아낙네들과 같이 자는 방이지만 잘잘 때나 아낙네들이 들어왔기 때문에, 두 어린아이가 노래 공부를 소꿉장난 대신으로 하고 있는 덴 하등의 지장이 없었다. 순정은 방초로부터 북 치는 법도 배웠고 가야금을 뜯는 법도 배웠다. 배웠다기보다 방초가 하는 그대로를 따라 해볼 뿐인데, 그 상달*은 어느덧 방초를 앞지를 정도였다.

이를테면 방초가 뜯는 가야금과 순정이 뜯는 가야금은 우선 그 소리부터 달랐다. 방초가 내는 소리가 가야금의 줄에서 나는 것이라면, 순정이 내는 소리는 땅속 또는 하늘에 숨어 있던 소리가 가야금의 줄을 타고 되살아나는 소리였던 것이다. 순정이 가야금을 손에 한 지 이레 만의 일이다. 방초가 말했다.

"순정아, 네 가야금 소리가 이상하다?"

하며 가야금을 도로 받아 자기가 뜯어보는 것이지만 어린 귀로서도, 아니 어린 귀니까 그 차이를 확실히 알았다. 그러나 그것이 좋은 건지 나쁜 건진 판단할 수가 없었다.

순정이 그 집에 온 지 열흘쯤 되었다. 그날 밤은 달이 휘영청 밝았는데, 월향의 방에 풍류객이 모여 있었다.

담론풍발談論風發**하며 술을 마시다가 한순간 침묵이 흘렀는데, 어디서인지 가야금 산조 소리가 들려왔다.

"저게 무슨 소리냐?"

하고 쉬 하며 손을 저었다.

모두들 귀를 기울였다.

꺼질 듯 말 듯 바람 속의 촛불처럼 가냘프게 하늘거리다가, 벼랑

---

* 上達: 기술이 크게 발달함.
** 담화나 의논이 활발하게 이루어짐.

을 만난 시냇물처럼 박력을 되찾았다가 하며 요요히 들려오는 가야금 소리!

"화간세우花間細雨가 모여 비류직하飛流直下*** 하는구나."

손님이 무릎을 쳤다.

"여읍여소如泣如訴 여원여모如怨如慕****는 소동파의 문자련만, 기가 막힌 가야금인데."

하고 다른 하나가 즉각 응했다.

더욱 놀란 것은 월향이었다.

집 안에서 가야금을 뜯을 사람이라면 방초를 두곤 다른 사람이 있을 까닭이 없다.

'아아, 방초의 솜씨가 저렇게 상달했구나. 재주 있는 아이라고 칭찬이 자자하더니만… 아아, 우리 방초가….'

월향은 넋을 잃었다.

곡의 매듭이 지어졌을 때 세 손님은 한꺼번에 한숨을 쉬었다.

"좀 전의 가야금은 누구의 가야금인가?"

한 손님이 물었다.

"소녀의 양딸에 방초란 아이가 있사옵니다."

월향의 대답이었다.

"가히 신기라고 할 수 있군. 월향의 팔자가 부챗살처럼 펴이겠다."

그 손님은 이렇게 감탄했다.

*** '꽃 사이로 내리던 보슬비가 모여 곧바로 흘러 떨어짐.'
**** '원망하는 듯 사모하는 듯, 우는 듯 하소연하는 듯.'

또 한 손님이 물었다.

"한데, 나이가 몇인가?"

"여덟 살이옵니다."

"여덟 살이라…. 여덟 살에 저런 기량이면 불원 천하를 동하게 하겠구나."

그러자 이때까진 묵묵해 있던 선비가 말했다.

"어떻소 월향이, 그 동녀童女를 한번 보기라도 합시다."

월향이 웃으며 가볍게 받았다.

"아무리 기생의 양녀이기로소니, 팔 세 동녀를 술자리에 부를 수가 있사오리까."

"술자리의 기녀로서 부르자는 것이 아니고, 재녀의 귀한 모습 잠깐이나마 배拜하겠다는 거요."

"둘러치나 메어치나 술자리는 일반 아니오니까. 그 말씀 거두시고 술이나 받으소서."

하고 손님의 잔에 월향이 술을 채웠다. 으쓱하는 심정으로선 동녀가 아니라 아녀兒女인들 손님 앞에 못 내어놓을까만, 기생에겐 자기 물건 값을 올리는 버릇도 본능처럼 갖추어져 있는 것이다.

"월향의 말이 옳아."

하고 손님의 하나가 방초를 보자는 제안을 철회하도록 했다.

술자리는 그냥 계속되었는데 화제는 아까의 가야금이었다.

"시 삼백을 일언이폐지一言以蔽之하면 사무사思無邪*라고 하였지

---

* 생각이 바르니 사악함이 없음.

만, 사서오경이 불여금음不如琴音**이란 느낌이 드는구나."

한 사람은 시쳇말로 예술지상주의자가 분명했고,

"탁음濁音을 귀에 묻어놓고 천년을 사는 것보다 묘음일각妙音一刻이 훨씬 바람직하다."

고 말한 자는 시쳇말로 찰나주의라고나 할까.

"악樂을 존중함은 선현의 교훈인즉, 저런 천재를 숭상하는 법도가 생겨야 할 거여."

하는 말도 있었다. 그 사람은 사회개혁적 사상의 소유자라고 할 수 있다.

아무튼 그들은 좋은 것은 좋다고 할 줄 아는 견식의 소유자들이다. 그들이 퍼뜨릴 소문을 짐작할 때, 방초의 이름은 높이 넓게 빛날 것이 틀림없었다.

"아무튼 말야. 방초라고 했지? 그 아이 머리를 얹을 땐 필히 내게 전갈이 있어야 하겠다. 내 전 재산 다 팔아 넣어도, 방초의 기량을 알면 우리 조상은 나를 책하지 않을 거여."

찰나주의자가 한 소리였는데, 예술지상주의자도 사회개혁주의자도 덩달아 신청을 했다. 십 년 앞쯤에 있을 일을 두고 법석을 떠는 것을 보면 그때도 로맨티스트는 있었던 모양이다.

이튿날 아침 월향은 일찍 일어났다.

여느 때 같으면 술 취한 뒷날은 점심때까지 자리에 누워 있는 그녀였지만, 그날 아침엔 장차 자기의 화수분이 될 것이 틀림없는 방

** 거문고 소리만 못함.

초의 가야금 소리를 듣고 싶었던 것이다.

방초가 노래 선생에게로 갈 채비를 하고 있는데 월향이 불렀다.

"방초야."

"예."

"너, 어젯밤 가야금을 뜯었지?"

"그러하옵니다만…."

"어젯밤 손님들이 네 가야금 소리를 듣고 어찌나 탄복을 하시는지, 이 어미는 어깨가 으쓱했단다."

"소녀의 기량은 남의 칭찬을 받을 만하진 못합니다."

"겸손은 좋은 것이다. 그러나 자부도 가져야 하느니라."

"그러나 어머니…."

"아니다. 가야금을 갖고 와서 내 앞에서 한번 뜯어봐라."

"뜯으라고 하시면 소녀가 배운 데까진 뜯어 보이겠습니다만, 어젯밤 손님들이 탄복한 가야금은 제가 뜯은 것이 아닐 것이옵니다."

"네가 뜯지 않고 누가 뜯었단 말이냐?"

"순정이가 뜯은 것이옵니다."

"순정이? 순정이라니…."

월향은 심부름하는 똘마니라고만 알았지, 이름을 기억하고 있진 않았다.

"저, 심부름하는 순정이 말입니다."

"그 똘마니? 그 똘마니가 순정이야? 그 똘마니가 가야금을?"

"예."

"배우지도 않고 그 애가 어떻게…?"

"소녀가 가르쳐주었습니다."

"네게서 배웠으면 네가 그 애보단 낫겠지."

"그렇진 않습니다. 전 겨우 운지법運指法만 가르쳤을 뿐인데 순정이가 가야금에 손을 대면 묘한 소리가 나옵니다. 제가 뜯는 소리완 전연 다르옵니다."

"그럴 리가 없다. 잔말 말고 가야금을 뜯어라."

하고 월향은 자기 가야금을 들고 나와 딸 앞에 놓았다.

방초는 주저주저 가야금의 줄을 고르고 뜯기 시작했다. 배운 연주와 방초의 나이로 보아 월등하게 잘하는 솜씨였지만, 어젯밤의 그 소리는 분명 아니었다.

"너 꾀를 부리고 있는 건 아니니?"

월향이 약간 신경질적으로 말했다. 여느 때 같으면 칭찬하고도 남을 기량이지만, 어젯밤 소리가 아니어서 짜증이 난 것이다.

"아니옵니다, 어머님. 순정일 오라고 해서 뜯어보라고 하십시오."

방초는 무릎에서 가야금을 내려놓고 조용히 말했다.

"그럼 순정인가 똘마니인가 하는 녀석을 불러라."

순정이 왔다. 순정은 시키는 대로 가야금을 뜯기 시작했다.

월향은 숨이 막힐 것만 같았다. 떨어진 곳에서 들었을 땐 아늑한 감동이었는데, 가까이 눈앞에서 들으니 격심한 충격이었다.

방초가 아니라 순정이 신기의 소유자라고 알았을 때 보통 같으면 약간의 심술이 생길 법도 한 일이지만, 그런 심술이 들어설 겨를이 없었다. 하늘에서 보낸 악인樂人이 눈앞에 있는 것이다. 어찌 예술을 이해하는 사람이 그 앞에서 간사스런 마음을 가질 수 있겠는가 말이다.

제정신으로 돌아온 월향은 방초에 관한 소문이 퍼질 것이란 짐작에 당혹했다. 그러나 어젯밤 손님을 찾아다니며 그 입에 뚜껑을 할 순 없는 노릇이었다. '에라, 될 대로 되어라, 방초의 솜씨도 보통은 아니니 때지 않은 굴뚝의 연기는 아닐 테지' 하는 마음을 다지고 순정을 바라보았다.

"너 꼭 바른대로 말하여라. 어디서 온 누구냐?"

"제 집은 뱃골에 있습니다."

"뱃골이면 성밖 시오 리에 있는 동네가 아닌가?"

"예."

"뉘 집 아들이냐?"

"제 아버지는 서 참봉입니다."

"뭐라고, 서 참봉?"

하고 월향은 기절할 뻔했다.

서 참봉 집엔 몇 해 전까지만 해도 가끔 사랑 놀음을 갔었다. 벼슬은 참봉이지만 부富로 보나 세도로 보나 이 지방에선 막강한 양반이다. 사또도 서 참봉을 만만하게 대하지 않는다.

'그 아들을 똘마니로 부려먹다니…'

월향은 눈앞이 아찔했다. 살아남을 것 같지가 않았다.

"귀하신 도련님이 어떻게 된 일이옵니까?"

하고 월향이 울먹이며 자초지종의 사정이나 알려고 했다. 순정이 또박또박 얘기했다.

얘길 듣자 월향이 가슴을 쳤다.

"그 알량한 장사를 한답시고 내가 깜박 불찰을 했소이다. 이 일을 어찌할꼬."

방초와 순정은 눈만 깜빡깜빡했다.

아닌 게 아니라 월향이 당황하는 것도 무리가 아니었다. 서 참봉집 작은아들이 집을 나가 돌아오지 않는 바람에 서씨 집안이 초상난 것처럼 되어 있다는 게 근방에 두루 퍼진 소문인데, 술에 얼려비몽사몽 비슷한 생활을 하다 보니 세간의 소문을 귀담아듣지 못했다. 설혹 소문을 들었기로서니 올데갈데가 없다며 나타난 그 아이가 서 참봉 집 아들이라곤 상상할 수 없었을 테지만.

하여간 만시지탄이 있다손 치더라도 무사히 아이를 되돌려줄 수있게 된 사실만은 다행이었다.

월향은 세수를 하고 옷매무시를 고쳐 입곤 순정을 데리고 나섰다. 방초가 순정의 손을 붙들고,

"어머니, 그 애를 집에 데리고 가면 죽어요."

하고 울부짖었다.

"네 이년, 네년 때문에 내가 죽게 되었는데 뭐라구?"

하고 악담을 퍼붓다가 월향은 순정의 기량을 상기하고, 서 참봉 댁에 가기에 앞서 명 노인과 의논해보기로 했다.

노래와 가야금을 배우기 위해 집을 도망쳐 나왔다는 것과 순정의 탁월한 소질을 들먹여 명 노인이 나서주면 혹시 일이 수월하게풀릴 수 있지 않을까 해서다.

명 노인은 사정 얘기를 듣자 순정을 보고,

"도련님이 그렇게 호악好樂하느냐?"

며 웃곤 가야금을 꺼내 순정 앞에 놓았다.

순정이 태연히 가야금을 탄주하며 병창했다. 병창이 끝나자 명 노인이 벌떡 일어섰다.

"월향이, 천년 전의 이구년李龜年이 되살아났네. 자넨 집에 가 있지. 내가 이 도련님을 데리고서 참봉을 찾아갈 테니까."

기탈해서 병석에 누워 있던 서 참봉은 순정이 돌아왔다는 말을 듣자 벌떡 자리에서 일어났다. 그 성미대로라면 벼락같은 고함이 터졌겠지만, 무사히 살아 돌아왔다는 것이 우선 고마워 꿀꺽 참았다.

명 노인은 순정을 만나게 된 경로를 대강 설명하고 나서,

"참봉 나으리 댁의 도련님은 하늘에서 내리신 인재이옵니다."

하고 머리를 조아렸다.

"인재라니, 어떻게 해서 그 애가 인재란 말인가?"

명 노인보다 나이가 아래이지만 양반인 서 참봉의 말투는 이랬다.

"댁의 도련님은 음곡音曲에 있어서 인재이옵니다."

"음곡의 인재라고?"

서 참봉은 탐탁지 않은 표정이었다.

명 노인이 물었다.

"참봉 어른은 혹시 이구년이란 이름을 기억하실는지 모르겠습니다."

"이구년? 처음 듣는 이름인데…."

그러자 명 노인은 다음과 같은 얘기를 했다.

"당나라 두자미(杜子美=두보)의 시에 이런 것이 있사옵지요.

기왕택리심상견岐王宅裏尋常見

최구당전기도문崔九堂前幾度聞

정시강남호풍경正是江南好風景

낙화시절우봉군落花時節又逢君

강남에서 이구년을 만났을 때의 시입니다. 그 뜻을 풀이하면, 현종玄宗의 동생인 기왕岐王 댁에서 언제나 만났고, 귀족 최구의 집에서도 몇 번인가 만난 적이 있는 구년을 강남의 좋은 풍경, 더군다나 꽃이 지는 이 시절에 만날 수 있게 되다니, 하는 겁니다. 이구년은 당 현종의 궁정에서 이름을 날린 일대의 명가수名歌手가 아닙니까. 그만큼 되면 명현 귀족도 부러울 것이 없는 겁니다. 댁의 도련님은 그 이구년에 못지않은 가수가 될 것입니다. 그렇게 해서 천추에 이름을 남길 것이올시다. 명문 호족들은 모두 흙이 되어 이끼가 낀 비석에나 이름을 새겨놓을지 모르겠습니다만, 댁의 도련님은 빛나는 음곡으로 그 이름이 만인의 귀에 언제나 새로울 것입니다."

"이러나저러나 허명虛名이 아니겠는가."

서 참봉이 중얼거렸다.

"아니옵니다. 참봉 나으리, 예藝의 이름은 허명이 아니옵니다. 원컨대 도련님의 타고나신 천품이 그 보람을 다하도록 마음을 쓰옵시오. 경서를 배워 과거를 보는 것만이 입신이 아닌 것이옵니다."

"기껏 아녀자의 소거笑據*?"

서 참봉의 심상은 여전히 편하질 못한 것 같았다. 명 노인이 소리를 높였다.

"위로 운상인雲上人과 고사高士의 마음을 씻고, 아래로 아녀자의 소거가 될 수 있을 때 한 인생의 보람 그 이상을 어떻게 바라리까."

"그럼 어떻게 하면 되겠는가?"

"제게 맡겨주소서."

"그렇겐 못 해."

하고 한참을 있다가 서 참봉의 제안이 있었다.

"내가 가진 산이 무등산 자락에 있소. 인가를 피한 그곳에 내 산정을 하나 짓지. 명 노인이 거기서 기거하며 내 아들을 가르치기로 하시오."

말을 높여 서 참봉이 이렇게 말할 땐 가히 그 심정을 짐작할 수 있었다.

명 노인의 권에 못 이겨 서 참봉은 순정의 가야금 소리를 들어보았다. 우직하긴 했지만 풍류의 취미가 막상 없는 바도 아닌 서 참봉은, 순정이 명 노인의 말 그대로 '하늘이 내린 악인'임을 느낄 수 있었다.

악인樂人 공장工匠은 양반된 자 뜻을 둘 것은 아니로되, 그 길도 지극하면 반상을 초월할 수 있는지라, 서 참봉은 어려서 어미를 여읜 순정을 위한 마음으로 무등산 서봉瑞鳳 골짜기에 산정을 짓고,

---

* 웃음거리.

98

미리 분재分財**해주는 셈치고 상토上土 이백 석어치를 끼워 순정
을 그곳으로 보내며 명 노인에게 훈도를 부탁했다.

그렇게 하길 십여 년, 서순정이 한 길 예도藝道에만 정진한 결과,
그의 음곡은 그야말로 유담幽潭의 잠룡潛龍을 일깨우고 심산深山
의 선학仙鶴을 춤추게 할 신기에 이르렀다. 그러나 벽산 벽곡에서
두문불출 닦은 기량이었기 때문에 주변에 아는 사람은 없었다.

서 참봉도 죽고 명 노인도 죽었다. 나이 열여덟이면 취처娶妻할
때가 되었는데도 그는 어떠한 혼담에도 귀를 기울이지 않았다. 장
성한 후론 상봉할 기회가 없었으나, 순정과 방초는 서로 마음속에
백세지계百世之契를 맹세하고 있었던 것이다.

그래서 순정은 백 석의 재산을 내어 방초를 기적妓籍에서 뺄 것
을 나주목羅州牧의 이방을 통해 벌써 신청서를 올려놓고 있었다.
그러나 삼 년이 지나도록 진척이 없어 초조하게 기다리던 중, 새로
도임한 목사가 방초를 첩으로 앉힐 작정을 하고 있다는 소식이 들
려왔다.

서순정이 대경大驚한 것은 당연한 일이다. 밤길 오십 리를 걸어
순정은 나주 성내에 들어가 월향의 집을 찾았다. 월향은 서순정이
나타나자 그의 손을 붙들고 사정했다.

"내 이름이 월향이더니 춘향모 월매의 신세를 닮았구나. 아아,
이 일을 어떻게 하면 좋을까. 도련님, 단념하시오. 미색으로도 가무

** 재산을 나누어줌.

음곡으로도 방초 이상 가는 아이를 골라드리리다."

"방초 이상도 방초 이하도 소용없소. 내겐 방초가 있어야 하고, 방초에겐 내가 있어야 하오. 전세前世로부터 비롯된 인연을 어찌 떼어놓을 수가 있겠소. 방초를 만나게 해주시오."

하고 순정은 월향 앞에 부복하여 빌었다.

"방초는 여기에 없소."

월향의 싸늘한 대답이었다.

"어디 있소?"

"말할 수가 없소이다."

순정은 애걸하다가, 위협하다가 하며 별의별 수단을 다 썼으나 월향의 입을 열 수가 없었다.

"좋소."

하고 순정은 도포자락을 털고 일어섰다. 그는 그길로 삼 년 전부터 공들여오던 이방의 집을 찾아갔다.

이방의 말은 이랬다.

"방초가 있는 곳을 알면 뭣할 거요. 신관 목사가 이미 점찍어놓았고, 수청들 날까지 받아놓고 있는데 지금 와선 무슨 수를 써도 어림없게 되어 있소."

"뒷일이야 어떻게 되건 방초가 있는 곳이나 대시오."

뇌물을 먹은 데다가 순정의 서슬이 퍼런 바람에 이방은 살짝 귀띔을 했다.

"그러나 내 입에서 나왔다는 말은 아예 하지 마시오."

방초의 심사도 처량했다. 서순정과의 사랑은 십 년 넘어 가꾸어

온 사랑이었던 것이다. 그 사랑을 이룰 수 없게 된 스스로의 운명이 한스러웠다. 그러나 일말의 소원마저 끊어버릴 수는 없었다. 어떤 기적이 나타나리라는 막연한 기대였다.

춘향의 소원이 이뤄지듯 자기 소원도 이루어질 것이란 믿음으로 해서, 방초는 끝까지 자기 몸을 지키기로 마음을 다졌다. 몸을 지키는 것이 곧 마음을 지키는 것이며, 마음을 지키는 것이 곧 몸을 지키는 노릇이란 굳은 신념은 최악의 경우 자결하겠다는 각오로 굳어져 있었다. 방초의 소매 끝엔 비상이 있었다.

방초가 갇혀 있는 곳은 형방 첩댁의 뒷방이었다. 신체를 결박한 것은 아니지만, 딸그락 소리만 나도 안방 방문이 탕 열리는 것이니 요불촌동을 할 수가 없었다. 마음대로라면 무등산 서봉골로 한달음에 달려가고 싶었다.

한편 서순정은 형방의 집과 뛰어넘을 담장을 눈가늠해놓고 형방의 동정을 살폈다. 그러다가, 내일 밤 형방 선친의 제사가 있다는 사실을 알았다. 아무리 첩을 총애하기로서니 자기 선친의 제사를 결할 순 없을 것이고, 그러자면 본댁으로 갈 것이었다.

서순정에겐 풍류도風流道를 통해 사귄 몇몇 친구가 있었다. 그 친구들과 의논하여 형방이 본댁에 가고 없는 틈에 방초를 빼내올 계획을 세웠다. 형방의 첩댁 근처에 사는 믿을 만한 노파를 은밀히 꾀어, 미리 방초에게 계획의 일단을 알려놓기도 했다.

북문 파수 보는 놈들에게 술을 먹여 곤드레로 만들 사람들도 구해놓았다.

드디어 그날 자정 가까워 형방이 자기 본댁에 가는 걸 확인하자,

강도를 가장한 장정들이 형방 첩댁의 담장을 뛰어넘어가, 곤봉과 칼로 형방의 첩과 사용인을 협박하여 재갈을 물려 결박했다. 그 틈에 서순정은 대기시켜놓은 가마에 방초를 태우고 북문을 향해 달렸다.

북문의 파수꾼들은 이미 곤드레가 되어 있었다. 무난히 성문을 빠져나왔을 때 첫닭이 울었다.

서순정 일행은 함평을 향해 뛰었다. 함평엔 같이 창을 배운 순정의 친구가 있었다. 나주읍을 이십 리쯤 벗어났을 때 날이 샜다. 교군들은 그 이상을 갈 수 없다고 했다. 일이 탄로 나면 목숨을 부지할 수 없다는 것이다. 사정이 그렇다는 것을 어떻게 할 수가 없어 교군들은 거기서 돌려보내고, 순정과 방초는 걸어서 함평에 가기로 했다.

그 무렵 나주 성내는 벌집을 쑤셔놓은 것처럼 되었다. 확실한 것은 방초가 납치되었다는 것, 방초를 납치한 놈은 서순정이라는 사실뿐이었다. 모두들의 행동이 너무나 감쪽같았기 때문에 누가 납치 사건을 방조했는가를 알 수가 없었다. 곤드레가 되도록 술을 마신 북문의 파수꾼들은 그들의 생명을 위해서도 그런 사실을 밝힐수가 없었다. 그러니 관가에선 서순정과 방초가 성내 어느 곳에 잠복해 있을 것으로 보고 설쳐댔다. 새로 도임한 목사는 그 사건을 자기에 대한 도전, 또는 모욕으로 받아들였다. 형방은 사색死色이었다. 그 틈을 타고 순정과 방초는 무사히 함평에 잠입할 수가 있었다.

서순정과 방초는 감쪽같이 함평 배명도의 산정 뒷방에 은거처를 정할 수가 있었다. 배명도는 일부러 산정 지붕 한쪽을 부숴놓곤 집을 수리해야 한다는 구실을 만들어 산정 문을 닫아버렸다.

"여기서 한 달포가량 지내봐. 그쯤 되면 추궁도 흐지부지될 테니까 그땐 한양으로 가자. 한양엘 가면 삼전도장이란 게 있단다. 일기일예에 뛰어난 사람은 후대한다니까 걱정 없을 걸세."

하고, 배명도는 하인을 시키지 않고 손수 그들의 시중을 들었다. 배명도도 창을 잘하는 사람이었다. 그런 만큼 서순정의 재才를 아껴 견마지로犬馬之勞를 다할 셈으로 있었다.

한편 나주목사 구도윤은 역대 장원 가운데서 출중한 성적으로 과거에 합격한 사람인만큼 드물게 보는 식견의 소유자이기도 하고 활달한 성품의 사나이이기도 했으나, 그런 만큼 자부심도 대단했다. 자기가 취첩하겠다고 점찍어둔 기생이, 그것도 기생 취급을 했으면 이유 불문하고 수청을 명했을 터인데, 정중한 대우를 한다는 증거로 길일을 택해 맞이하려던 기생 년이 자기 성의를 배신했다는 그 사실이 참을 수 없었던 것이다.

세상엔 자기 이상 가는 사내가 없다고 자부하고 있던 판에, 사랑하는 여자가 일개 악인樂人하고 줄행랑을 놓았다는 게 잔뜩 마땅찮았다.

군졸을 시켜 나주 성내를 샅샅이 뒤져도 나오지 않자, 목사는 재차 형방을 불렀다.

"네게 넉넉잡아 두 달 동안의 유예를 줄 터이니 그 연놈을 잡아들여라. 불연이면 네놈을 공범으로 몰아 치죄할 터이니라. 그 대신 군졸은 물론이고 성민 가운데 필요한 놈은 얼마든지 동원해도 좋다. 출비出費도 내가 대어주리라. 아무튼 연놈을 잡지 못하면 네 생명이 없다는 것을 각오하라."

이쯤 되었으니 나주 성내는 물론이요, 그 인근에 소동이 전파되지 않을 수가 없었다. 심지어 전라감찰사 정건조鄭健朝는 관의 위신을 위해서도 그들을 찾아내야 한다며, 필요하다면 금품과 원병援兵을 보내겠다는 격려까지 하였다. 정건조는 특히 나주목사 구도윤을 총신하고 있었기 때문도 있었다.

징건조는 또한 그의 관하의 목·군·현 등에 적극 협조할 것을 지시하기도 했다. 전라도 방방곡곡에서 순정과 방초의 사상寫像이 나붙기도 했다.

바로 이 무렵 최천중은 부인 박숙녀를 데리고 부안에 내려와 있었다. 박숙녀의 모친, 그러니까 최천중에겐 장모인 여인의 무덤을 수장하고 비석을 세우기 위한 행차였다. 겸하여 오천여 두락으로 불은 소유 농토의 실정을 파악할 목적도 있었다.

최천중은 박숙녀를 그녀의 이모 집에 묵게 해놓고, 본인은 부안 성내로 들어오는 길에 성문 옆에 붙은 서순정과 방초의 화상을 보았다.

"이게 뭐요?"

파수꾼에게 최천중이 물었다.

"귀신같은 악인樂人 서순정과 그의 애인의 그림이옵니다."

원래 '구년龜年 같은 악인'이라고 했던 것인데 어느덧 '귀신같은 악인'이라고 와전訛傳된 것이다.

"귀신같은 악인이라…."

하고, 최천중은 한참 동안 그 그림을 바라보고 선 채 움직이질 않았다.

그 그림은 치졸한 것이었으나 그것이 진면목의 반의반을 전하고 있는 것이라고 치더라도 대단한 인물이라고 최천중은 생각했다.

성안 들머리에 있는 주막에서, 최천중은 술을 청해놓고 그림의 사연을 물었다.

"창을 하면 산천이 울고, 거문고나 가야금을 뜯으면 하늘의 별들이 노래를 부르는 신기의 소유자랍니다요."

하고 행인의 하나가 신이 나서 서순정과 방초의 내력을 설명했다.

"그럼 아직 붙들리진 않았겠구려."

"한 달 동안을 설쳐대도 흔적도 찾을 수 없답니다."

"붙들리면 죽을 테지."

"그야 물론이옵죠. 새로 도임한 나주목사는 성미가 여간 아니라고 하니까요."

"그럼 붙들리지 말아야 하겠군."

"하지만 언젠가는 붙들릴 것이오. 감사 나으리까지 가세를 하고 있다고 하니 빠져나갈 수가 있겠사옵니까."

"대강의 짐작도 못 할까? 어디에 있는지."

"나주에 없는 건 확실하고, 뜬소문으론 함평에 숨어 있다는 겁니다요."

"함평? 함평이 이곳에서 머나?"

"한 삼백 리 될 것이옵니다요."

최천중은 부안 성내에 일이 있었던 것은 아니었다. 장모 무덤에 치석할 석물石物이 완성될 때까지 나주와 함평을 다녀오는 것도 나쁘지 않다는 생각이 들었다. 어떻게 하건 서순정과 방초를 구해 주고 싶었던 것이다.

최천중은 그날 밤을 부안 성내에 묵으며, 옛날에 친했던 친구들과 기생들을 불러 호탕한 연회를 베풀었다.

"부안을 재방再訪하니 산천이 나를 반기고, 매창梅窓의 후배들이 화용花容으로 맞아주니 부안 시아향是我鄕이라, 구우舊友와 더불어 환락하지 않을 수 없구나."

하며 노래 부르고 춤을 췄다.

그리고 이튿날 부안의 구우 셋을 동반하여 나주를 향해 떠났다.

최천중의 회중懷中엔 대원군의 친필로 된 '차인통관무난사此人通關無難事 의원방백응수사依願方伯應需事'란 서찰이 있었다. 그 서찰의 위력으로써 혹시 서순정과 방초를 구할 수 있을는지 모른다고 생각해본 것이다. 그 서찰의 의미는,

'이 사람이 관문을 통과할 때 어렵게 해선 안 된다. 이 사람의 원이 있거든 지방관들은 그 요구하는 바를 들어주라.'

는 것이었으니까.

일행은 전주에 가서 전주 기생들과 더불어 호유를 했다. 전주에서 이틀을 묵고 광주로, 광주에선 사흘을 묵었다.

광주서 나주 길은 백 리 남짓. 가는 곳마다에서 서순정의 소식을 물었다. 아직 붙들리지 않았다는 것이었다.

나주에 들어선 최천중과 그 일행은 서문 안의 객사에서 여장을

풀었다.

그날 밤도 역시 호탕한 연회를 베풀어, 나주의 명기들을 총망라 했다. 그 자리에서 최천중은 서순정의 신기에 관한 소상한 이야기를 들었다. 유담의 잠룡을 일깨우고 심산의 선학을 춤추게 한다는. 방초에 대한 칭송도 자자했다.

최천중은 결의를 더욱 굳게 했다.

최천중은 나주목사 구도윤에게 통인을 통해 면회 신청을 해두었다. 목사 구도윤은 여간해선 외인, 특히 객인과는 만나지 않는 사람이지만, 대원군의 서찰을 통인이 확인했다는 얘기를 듣곤 범역할 수가 없었다. 신시申時를 정각하여 동헌에서 만나기로 절차를 정하고 객사에 전갈을 보냈다.

최천중이 정시에 나타났다. 구도윤이 격식을 차려 마루까지 나가 그를 맞아들였다. 최천중의 인사는 정중했다.

"목민지사牧民之事에 영일寧日이 없을 것이온데, 하찮은 과객에게조차 배알의 혜택을 주시니 실로 흥감이오."

이에 대한 구도윤의 응수도 만만치 않았다.

"한양과 나주와는 천리 도정道程이온데 객고客苦가 여간이 아니겠소. 나주의 영객迎客 법도에 무리함이 없었으면 하오만."

"고마우신 말씀. 나주의 인심은 가히 나심羅心인가 하오. 순후한 인심이 모두 목관의 덕치德治에서 비롯된 것인가 하오."

치언장사治言粧辭를 주고받다가 구도윤이 물었다.

"소관을 찾은 데는 혹시 청탁지사가 있어서가 아닌지요."

"순전한 예방禮訪이오. 청탁지사가 있을 리 만무하오."

최천중이 잘라 말하고 물었다.

"소인은 천하를 주유하고 희귀한 미담을 모으는 사람인즉, 혹시 목사께서 희귀하다고 생각되는 일이 있거든 들려주사이다."

"소관은 도임한 지 일천하여 아직 그런 얘기를 듣지 못하였소."

"혹시 나주에, 천하에 내세워 자랑할 만한 것은 없사오이까?"

"글쎄요. 나주의 배가 유명하다고 들었으나 역시 도임 일천하여 아직 맛보지 못했소이다."

"특히 일러 칭송할 민한 인물은 없사오이까?"

"나주는 대주大州요, 그런 인물이 어디 하나둘이겠소만, 역시 도임 일천한 관계로 인물을 천거하자니 아직 그 행적에 익숙하지 못했소."

"고을을 맡아 들어가면 그 고을 인물을 알아보는 것이 목민관으로서 가장 보람 있는 일인가 합니다만…."

"그렇소. 그러나 민의 생계가 첫 관심사요, 다음의 관심사는 민의 기강이며, 셋째쯤이 인물의 현창이라고 생각하오. 그러니 아직 거기까진 힘이 미치지 못했소이다."

"나주는 옛날 정도전의 배소配所*라고 알고 있소. 혹시 그 유적이 남아 있는지요."

"생자의 생계를 두루 살피지 못한 처지에, 사자의 유적에 괘념할 시간이 있사오리까."

구도윤의 간발을 넣지 않는 응수에 최천중은 감탄했다. 단도직입

---

* 귀양지.

적으로 물을 수밖에 없다고 생각하고,

"천리 밖 한양에서 듣건대 나주엔 이구년을 방불케 하는, 천년에 하나 있을 악인樂人이 있다고 하여 불원천리 이렇게 달려왔사온데, 목민관 어른의 호의로써 그를 한번 만나보고 그 악음을 들을 수 있었으면 소인의 지극한 영광이라고 생각하오이다."

구도윤의 얼굴에 긴장하는 빛이 돌았다.

그러나 곧 침착을 되찾은 구도윤은,

"나는 아직 그런 신기의 소유자가 나주에 있다는 것을 듣지 못했소."

하고 결연하게 말했다.

"산도 너무 가까이에서 보면 그 높이를 알 수 없는 것인즉…."

최천중은 이렇게 말하고,

"그럼, 주위에 있는 사람들에게 물어주실 순 없겠습니까?"

하고 공손하게 말했다.

"한번 알아보겠소."

했을 뿐 구도윤은 더 이상 말이 없었다.

"이왕이면 지금 물어주시면 어떠하오리까. 그 일 때문에 번번이 사또님을 찾아뵐 수도 없고, 객지에 오래 머물 수도 없는 사정인 즉…."

그러자 구도윤이,

"여봐라."

하고 소릴 질렀다.

"예이."

하는 통인의 기척이 있자, 구도윤이 물었다.

"이 나주 고을에 귀신이 탄복할 만한 악인이 있다는 소리를 들은 적이 있느냐?"

"예이, 있사옵니다."

"그자가 도대체 누구냐?"

"서순정이란 사람이옵니다."

그러자 구도윤의 대갈이 있었다.

"네 이놈, 그놈은 죄인이 아니냐. 죄인이 어찌 신기를 가진 악인일 수 있느냐?"

하곤 최천중더러는,

"얼마간의 잔재주가 있는 놈의 평판이 그처럼 과장되어 퍼진 것 같소."

"결코 과장이라곤 듣지 않았습니다."

최천중의 이 말에 구도윤이 살큼 노기를 비쳤다.

"비록 재주 있는 악인이기로소니 인간으로선 용서할 수 없는 짓을 하고, 관의 기강을 문란케 하는 놈의 재주는 인정할 수가 없소."

"그러하오나 죄는 죄, 재才는 재가 아니겠소. 재를 아껴 죄를 사하는 경우를 소인은 사서史書에서 읽었소이다. 사정이 여의치 못해 죄를 사하지 못한다고 하더라도, 한양에서 천리를 멀다 않고 찾아온 소인에게 한 번쯤 그 악음을 듣게 해주실 순 없겠사오이까?"

"그놈은 지금 도망 중이오."

최천중은 놀란 체했다.

"그만한 악인이 도망 중이라니 그게 무슨 말입니까?"

"그러니 아까 죄인이라고 하지 않았소."

"무슨 죄이길래 도망을 쳤습니까? 혹시 살인이라도…."

"아니오."

"역모라도?"

"아니오."

"방화범인가요?"

"아니오."

"그렇다면 무슨 죄로 도망까지…."

"그놈은 야밤에 남의 집에 침입하여 그 집 사람들을 결박하고 여자를 납치해간 무뢰한이오."

"과연 무서운 죄를 범한 놈이로군."

최천중은 혼잣말처럼 해놓곤 구도윤을 향해 말했다.

"대죄를 무죄로 만드는 것도 덕치德治가 아니겠소이까?"

"명명백백한 죄를 어떻게 죄가 없는 것으로 할 수 있겠소. 정사와 목민에 기강이 제일이오. 기강을 세우는 일을 나는 가장 긴요한 일로 알고 있소."

"그러하오나…."

하고 최천중은 목청을 다듬었다.

"남의 몸에 상처를 입혔거나, 남의 재물에 축을 냈거나, 남의 위신을 떨어뜨렸거나 한 죄가 아닐 경우는 충분히 용서할 수가 있는 것이 아니오리까."

그러나 나주목사 구도윤의 태도는 누그러들지 않았다.

"나는 기강을 존중할 뿐이오."

하는 그의 말은 단호했다.

"엄치嚴治하여 기강을 세우는 것보다 덕치하여 화동和同함이 가하지 않으리까."

최천중의 말은 간절했다.

"나도 그 이치는 아오. 그러나 서순정만은 용서할 수가 없소."

"서순정이니까 용서하겠다는 마음을 가질 수가 있지 않겠습니까. 서순정은 악樂에 능한 자라고 하옵니다. 옛말에 '심악이지정審樂而知政'이란 말이 있지 않습니까. 악인을 존중하는 마음이 곧 심악審樂이 아니겠습니까."

"최공이 무슨 말을 해도 나는 그자를 용서할 생각이 없소."

그러자 최천중의 얼굴에 살큼 노기가 서렸다.

"'예절민심禮節民心이요, 악화민성樂和民聲'이라고 했는데, 악인을 탄압함은 도에 어긋난 일이라고 생각하오."

"나는 악인을 탄압하는 것이 아니라, 죄인을 다스리려고 하는 것 뿐이오."

"서순정이 그의 죄를 사하고도 남음이 있는 능력의 소유자란 것을 알고도 사또께선 꼭 그렇게 고집하십니까?"

"나는 그의 능력을 인정하지 않소."

"그 말을 나는 악을 인정하지 않겠다는 말로 알겠소. '악자樂者는 덕지화德之華'라고 하였거늘, 사또의 그런 태도는 심히 유감스럽소이다."

"그렇다면 묻겠소."

하고 구도윤이 노기를 띠고 말했다.

"최공은 서순정의 악을 아직 듣지 못했다고 하지 않았소. 그런데 어찌 그를 덕지화라고 할 수 있는 악자란 말까지 들먹여 두둔하려는 것이오?"

"풍문은 민성이며, 민성은 곧 천지성天之聲이라고 믿고 있소이다."

"그건 최공이 야野에 있으니 하는 말이오. 치자 입장에선 풍문을 경경하게 믿을 순 없소. 하물며 덕음德音을 악樂이라고 한다는 성인의 말씀이 있소. 그런데 서순정 같은 패륜지인이 어찌 덕음을 전할 수가 있단 말이오?"

"격한 마음에 한때 과오를 범했다고 해서 패륜지인으로 치는 건 너무나 가혹하다고 생각합니다."

"최공은 하나를 가지고 열을 알 수 있다는 이치를 모르시는 것 같구려."

"아무튼 사또 어른, 서순정을 붙들면 그 죄를 다스리기에 앞서 그의 말을 들어봅시다. 그런 연후에 치죄가 있도록 배려가 있으면 고맙겠소."

"그놈을 붙들고 나서 한번 생각해보겠소."

이때 최천중은 나부시 절을 하며 간청했다.

"사또 어른, 한양에서 불원천리하고 온 자의 소원이오. 그를 붙들거든 먼저 그 악부터 들어보신 연후에 치죄토록 하소서. 악은 천지의 정이 마련한 것이요, 악인은 그 천지의 정을 전하는 고귀한 사람이오…"

도도하기도 한 구도윤의 성격으로선 당장 하졸을 시켜 최천중을 끌어내도록 명령하고 싶었지만, 대원군의 서찰을 가지고 나타난 객인을 그렇게 할 수는 없었다.

그런데 서순정을 붙들면 먼저 그 악을 들어보자는 부탁마저 들어주지 않으면 그 자리를 뜨지 않으려는 기색마저 보이는 것이고 보니 달리 도리가 없었다. 드디어 구도윤은 최천중의 부탁을 들어주겠다는 의향을 비쳤다. 그러자,

"서순정의 악을 듣는 그 자리에 소인도 동석케 해주소서."

하는 최천중의 청이 있었다.

"언제 붙들지 모르는 놈을 최공은 기다릴 셈이오?"

하고 구도윤이 물었다.

"사또의 그만한 아량을 들으면 서순정이 자수할 것이외다. 자수한 자에겐 그 죄를 감일등 하는 건 천하의 공리인지라, 관대한 처분이 있을 것으로 믿고 그에게 자수를 권하리다."

"그렇다면 최공은 서순정이 있는 곳을 안단 말이오?"

하고 구도윤이 흥분했다.

"천만의 말씀, 나는 바람결로 사또 어른의 아량을 실어 보내겠다는 뜻입니다."

구도윤은 최천중에게 휘둘리고 있는 것 같아 불쾌했으나 어떻게 할 수가 없었다.

최천중은 객사로 돌아가자 부안에서 데리고 온 세 친구들과 은밀한 의논을 했다. 그 의논의 내용이 어떤 것인지 곧 밝혀졌다.

그 이튿날부터 최천중은 나주 고을의 선비들을 초청해서 연일 잔치를 벌였다. 잔치는 시회詩會를 겸했는데, 그 시제詩題는 악樂

과 정政으로서 나주목사 구도윤과 악인 서순정을 칭송하는 글이 되도록 유도했다.

구도윤의 관인寬仁*을 찬양하는 시들이 매일처럼 정청政廳에 반입되었다. 영리한 구도윤은 최천중의 장난이란 것을 알았으나 그다지 불쾌하진 않았다.

선비들을 모아 잔치를 하는 한편, 장마당에도 사람을 보내 나주목사가 서순정과 방초를 용서할 뜻을 가졌을 뿐 아니라 두 남녀의 앞날을 축복할 것이란 소문을 돌렸다. 그리고 그 소문을 듣고 모든 고을 사람들이 환호하게끔 일을 꾸미기도 했다.

날마다 자기를 칭찬하는 시가 들어오고, 한편 그런 소문이 나돌고 보니 구도윤은 서순정의 치죄를 단념하지 않을 수 없었다. 그는 서순정을 잡기 위해 각지에 파송한 수색대에 철수를 명령했다.

철수를 명령한 그 이튿날, 서순정은 최천중이 묵고 있는 객사에 나타났다.

이렇게 되도록 최천중이 사전에 일을 꾸며두었던 것이다. 최천중은 서순정과 방초를 데리고 동헌으로 나주목사를 찾아갔다. 그날은 마침 장날이어서 많은 사람들이 동헌 밖에 운집했다.

"사또 어른, 우리 서순정의 음악을 들어보도록 합시다."

하고 최천중이 아뢰었다.

"그렇게 합시다."

하는 구도윤의 승낙이 있었다. 동헌 마루에 자리를 마련하여, 서순

---

* 너그럽고 어짊.

정이 가야금을 앞에 하고 방초는 장구를 앞에 하고 앉았다. 하늘은 맑고 바람은 자고 있었다. 긴박한 시간이 흘렀다.

"그럼, 소인이 지은 사계송四季頌을 탄주하오리다."

서순정의 나직한 말이 있었다.

최천중은 숨을 죽였다.

"핑."

하는 고음이 퉁겨지자, 금시에 회오리치는 북풍이 늠렬한 한기를 느끼게 하더니, 부드러운 음향이 그 사이를 누비고 울려 퍼졌다. 북풍 사이를 불기 시작한 동풍의 소식. 이윽고 얼음이 녹았다.

계류의 잔잔한 흐름이 있었고 다소곳한 미소처럼 돋아나는 새싹, 함수含羞*의 꽃봉오리, 피어오르는 꽃, 꽃, 꽃의 환희, 새들의 노랫소리. 어느덧 아지랑이 삼삼한 들이 전개되고 아득히 연산의 능선이 조는 듯 나타나는데, 화려한 춘색이 열두 줄 현 위에 엮어지는 것은, 어떤 조화의 묘妙란 말인가.

음으로써 색이 이루어지고 그 색이 다시 음으로 화하여 울리니 색즉시음色卽是音인가, 음즉시색音卽是色인가. 도도연陶陶然하고 황황연恍恍然에 장구를 치는 방초는 어느덧 천녀의 모습을 닮아 거의 투명하고, 주자奏者 서순정은 보랏빛 구름을 허리에 두른 천인의 모습이었다.

가락이 흥에 따르고 흥에 가락이 따른 듯 격앙된 흥취로 서순정의 상아빛 얼굴에 일점홍一點紅이 돋아나는 듯하더니, 맑은 목청

---

* 부끄러워함.

116

이 춘곡春谷의 폭포처럼 터져 나왔다.

"어시호 이태백이 황학루黃鶴樓에서 친구 맹호연孟浩然을 작별할 제, 때는 바야흐로 연화삼월煙火三月, 칠언절구 그 정화를 담아 읊되, 고인서사故人西辭 황학루黃鶴樓 하고 연화삼월 하양주下揚州로다. 고범원영孤帆遠影이 벽공진碧空盡하매, 다만 보노라, 장강 천제長江天際로 흐르는 것**을."

소리는 읍泣하듯 처량하고, 금琴은 소訴하듯 수연하니 만생은 깃을 여미고 정적할 뿐인데, 순정이 함구하고 손만을 놀려 금으로 하여금 자가자창自歌自唱케 한 후 다시 목청을 다듬은 노랫소리는,

"낙성동洛城東에 고인古人은 이미 없고 금인今人이 낙화落花의 바람을 대하는구나. 연년세세화상사年年歲歲花相似인데 세세년년 인부동歲歲年年人不同***이로다. 바라거니 홍안紅顔의 청년들이여, 반사半死의 백두옹白頭翁을 불쌍히 여겨다오."

봄의 환락도 극하면 슬픔이 오는 것. 서순정은 음을 통하고 악을 통하여 스스로의 애상을 그렇듯 엮어놓고 돌연 손길을 멈췄다.

깨지 않는 꿈길 같은 황홀의 여운이 꽃바람을 동반하고 동헌의 언저리에 그윽하게 괴었다. 이곳저곳에서 새어나오는 한숨 소리. 서순정의 나지막한 소리가 있었다.

"이상이 춘곡春曲이로소이다."

** '옛 친구 황학루를 떠나 서쪽으로 간다고. 꽃 안개 피어오른 삼월 양주로 내려가네./ 외로운 돛대 멀리 그림자 던지며 푸른 하늘로 사라지고/ 보이는 것은 장강이 하늘로 흐르는 것뿐.'

*** '해마다 꽃은 똑같이 피는데, 해마다 사람은 똑같지가 않구나.'

최천중은 넋을 잃었다.

나주목사 구도윤의 얼굴에도 깊은 감동의 빛이 일었다. 침묵이
너무나 길게 계속되자, 뚜벅 나주목사 구도윤의 입으로부터 다음
과 같은 말이 떨어졌다.

"춘곡이 있었으면 하곡夏曲이 있어야 할 것이 아니오."

서순정이 가볍게 고개를 숙여 보이곤 손을 다시 가야금 위에 얹
었다.

하경夏景의 시작이었다. 고저 갖가지로 엮어지는 소리는 백열의
태양과 농록의 수목이 합성하는 강렬한 대기의 묘사일 것이었다.
이윽고 흑운이 덮이듯 암울한 기가 돌더니 벼락과 뇌성이 모골을
송연하게 했다. 줄기찬 소낙비의 처절한 통곡, 광풍노도의 포효.

그것을 받아 서순정의 육성이,

"장 주부張主簿의 초당에서 대우大雨를 부부賦한 원유산元遺山의
율시律詩는…."

이렇게 서두하고 낭랑하게 울렸다.

"절수와명고우기浙水蛙鳴告雨期에 홀경은전사산비忽驚銀箭四山
飛더니, 장강대랑욕횡궤長江大浪欲橫潰고 후지고천여합위厚地高天
如合圍라. 만리풍운개위관萬里風雲開偉觀일세, 백년모발늠여위百年
毛髮凜餘威로다. 장홍일출임광동長虹一出林光動 적력촌허공락휘寂
歷村墟空落暉라."

육성과 금성琴聲이 어울려,

"개구리가 울어 우기를 고했는가 하더니, 은화살 같은 빗발이 사
방의 산에 쏟아지는데, 장강엔 거센 파도가 일어 터져 나갈 것 같

고, 대지와 하늘이 하나로 되어 둘러친 비의 장막. 만리에 걸쳐 퍼져 나가는 바람과 구름은 위대한 경관이며, 그 여세는 백 년까지도 모골을 송연하게 할 것 같다. 그런데 기다란 무지개가 걸리니 나무 끝의 빗방울은 빛나고 적막한 마을에 낙일이 허허하다."

는 그 광경을 그림처럼 그려놓았다.

하곡에 이어 추곡秋曲으로 넘어가는데, 주변의 풍경이 완연 추색으로 변하여 소조*한 느낌을 풍겼다. 추곡에 이르러 가야금은 더욱더 유연하고 더욱더 슬펐다. 가을의 슬픔을 위해 가야금이 있는 것인가, 가야금의 슬픔을 위해 가을이 있는 것인가. 여기에 서순정의 가창이 어울렸을 때 음악의 신비는 이에 극하는가 보았다.

"당신은 듣질 않았는가. 슬피 부는 호가胡笳의 소리를. 자염녹안紫髥綠眼**의 호인胡人이 부는 그 호가 소리를. 취지일곡유미료吹之一曲猶末了인데 수살누란정술아愁殺樓蘭征戌兒, 양추팔월소관도凉秋八月蕭關道 북풍취단천산초北風吹斷天山草, 곤륜산남남산남崑崙山南에 월욕사月欲斜에 호인향월취호가胡人向月吹胡笳로다. 호가원회胡笳怨會 장송군張送君에 진산秦山 아득히 농산隴山의 구름이 보이도다. 변성야야다수몽邊城夜夜多愁夢에 향월호가向月胡笳를 누가 듣길 원할쏜가."***

---

*   蕭條: 고요하고 쓸쓸함.
**   붉은 수염, 푸른 눈.
*** '(…) 한 곡을 다 불지도 않았는데/ 누란에 출정한 병사들 우수에 젖게 한다./ 서늘한 가을 팔월의 소관 길/ 북풍이 불어와 천산의 풀을 시들게 한다./ 곤륜산 남쪽으로 달이 기우는데/ 호인은 달을 향해 호가를 부는도다./ 호가 소리 원망스러워라, 그대를 보내려니/ 진산에서 아득히 농산의 구름이 보이도다./ 변방의 성채에

최천중은 뭉클한 슬픔이 솟아오름을 느꼈다. 그 비애는 우주에 사는 모든 생물의 생득적인 슬픔일지도 몰랐다. 우주의 대大에 왜소한 인생의 모습을 슬퍼하는 감정일지도 몰랐다. 서순정은 가야금을 탄주하고 있는 것이 아니고 우주의 비리秘理를 가르치고 있는 것이다. 천지의 신비를 열어 보이고 있는 것이다. 최천중은 서순정의 모습에 신神을 느꼈다. 성聖을 느꼈다.

추곡에 이어 동곡冬曲.

추곡까지는 그것이 아무리 슬프다고 해도 이승의 슬픔이었다. 그런데 동곡에 이르러선 아연 그 취향과 색채와 호흡이 달랐다. 그것은 저승의 것이었다. 신원귀곡神怨鬼哭하는 저승의 음침한 바람이 측측惻惻한 가락이 되어 가야금 열두 줄에 전면*하는데, 아아, 이 무슨 신묘의 술이냐.

서순정은 가야금 줄에서 소리를 내고 있는 것이 아니었다. 그 줄을 퉁겨 저승의 소리를 유도해내고 있는 것이다. 저승의 신귀神鬼들이 서순정의 마력에 걸려 꼼짝달싹을 못 하여 그가 시키는 대로 음을 제공하는 것 같았다.

십만억토十萬億土 서방西方에 있다는 저승, 거기에 이르는 삼도천三途川, 아아峨峨**한 연봉과 빙벽. 그 빙벽에 월광이 미끄러지고, 생명 없는 절벽으로 폭포가 회색의 비말을 올린다.

그러나 저승에도 한 줄기의 광명은 있는 듯 상현上絃이 우아하

는 밤마다 슬픈 꿈 꾸는 이 많은데/ 달을 향한 호가 소리를 누가 듣길 원할쏜가.'
* 纏綿: 얽힘.
** 험하게 우뚝 솟음.

게 요동하더니, 서순정의 몽환 속을 헤매는 듯한 소리가 그 상현의
가락을 짚고 울려 퍼졌다.

노토한섬읍천색老兎寒蟾泣天色

운루반개벽사백雲樓半開壁斜白

옥륜알로습단광玉輪軋露濕團光

난패상봉계향맥鸞珮相逢桂香陌

황진청수삼산하黃塵淸水三山下

경변천년여주마更變千年如走馬

요망제주구점연遙望齊州九點煙

일홍해수배중사一泓海水杯中瀉

우리말로 풀이하면,

'늙은 토끼, 쓸쓸한 두꺼비가 하늘을 향해 울고 있는 듯한 슬픈
달빛. 구름의 궁전은 문이 반쯤 열렸고 벽은 비스듬히 희다. 옥의
수레바퀴가 이슬 위를 굴러 가면 단광이 젖는데, 천상의 귀남귀녀
가 만나는 곳은 계수나무의 거리. 황진 속에서도 살아보고 청수
나는 곳에서도 살아보고 하다가, 삼신산三神山 아래로 거처를 옮
겼는데, 그 천년 동안의 변화라고 해도 질주하는 말이 달리는 것
같은 일순간의 일이다. 아득히 대륙을 바라보면 아홉 개 작은 안개
속에 가물거리고, 맑은 해수海水는 한 개의 잔 속에 괸 것 같다.'

최천중은 그 심장한 의미 속에 서순정의 철리哲理를 보았다. 아
니, 그의 음악 자체가 철리였던 것이다.

121

정신을 차리지 못한 가운데 최천중은 서순정의 말소리를 들었다.

"이것이 동곡이오. 이로써 사계송이 끝났습니다."

그러자 선뜻 구도윤이 일어서더니 자세를 고쳐 무릎을 꿇고 앉아 서순정을 향해 정중하게 절을 하곤 얼굴을 들어 다음과 같이 말했다.

"진정 하늘의 소리를 들은 것 같소이다. 인생 백 년 이러한 묘음에 접하는 것은 망외望外의 행幸으로 믿사오이다. 작자지위성作者之謂聖이요, 술자지위명述者之謂明*이라고 했는데, 서공이야말로 성聖이라고 하겠소."

그리고 사람을 몰라보고 죄인 취급을 한 스스로의 불명不明을 깊이 사과했다.

구도윤은 즉일로 잔치를 벌여 그날 장터에 모인 사람들을 불러모았다. 나주목사가 된 행운을 오늘 비로소 알았다는 구도윤은 최천중을 향해 그 사람을 알아보는 명明에 대해 칭찬을 아끼지 않았다.

수일 후 나주목사 구도윤의 매작媒灼**으로 서순정과 방초의 혼례식이 있었다. 그 혼례식은 나주 시작 이래의 성사라고 할 수 있었다. 대연大宴이 사흘 동안 계속되었다. 나주의 기생과 예인이 총출동해서 벌인 노래와 춤 잔치에 곁들여, 고을 사람들은 그야말로 춤과 노래와 술에 취했다.

그쯤 되고 보니 최천중과 구도윤은 서로 농을 주고받는 사이로

---

* 만드는 사람을 성(聖)이라 하고, 서술하는 사람을 명(明)이라 한다.
** 중매.

그 교의交誼***가 익었다. 어느 날 밤의 주석에서 최천중이 넌지시 한마디 했다.

"자정모란自庭牧丹을 타정견他庭見****하는 기분이 어떠하오?"

원래 소실로 삼으려던 방초를 남에게 시집보낸 기분이 어떠냐는 우의寓意였다.

구도윤이 껄껄 웃으며 받았다.

모란시명화牧丹是名花

명화시청심名花是淸心

자정타정간自庭他庭間

오심벽천월吾心碧天月

모란은 명화이고 명화는 마음을 맑게 하는 것이니, 내 뜰에 피었건 남의 뜰에 피었건 내 마음은 푸른 하늘의 달처럼 청랑하다는 것이다.

최천중이 무릎을 치고 감탄하길,

수연나주명운나雖然羅州名云羅

불여나회군자정不如羅會君子情

수연나주지운활雖然羅州地云闊

나주의 이름을 고을라羅라고 하지만 군자의 정情처럼은 아름다울 수가 없고, 나주의 땅이 넓다고 하지만 태수의 마음처럼 넓지는 않다는 것인데, 구도윤은

"신기에 접하면 천인의 정도 아름다워질 수밖에 없고, 명인을 만나면 소인의 마음도 넓어지지 않을 수 없는 것이 아니오."

하고 겸손해했다.

이렇게 해서 두 사람은 결국 서순정을 경모하는 마음의 피력으로 화제를 옮겼다.

"조선 팔도를 '강불천리, 야불백리'라고 화인華人들이 깔보는 모양이지만, 서공과 같은 명인이 탄생하는 것을 보면 함부로 자하自下*할 나라는 아닌 것 같소."

한 것은 나주목사 구도윤.

"산수는 영기靈氣를 타고 탁월한 인재를 낳기도 하는데, 정사가 들어 크지 못하게 하는 것이 교목喬木도 부당적부不當敵斧**란 한恨이 아니겠소."

한 것은 최천중.

"그럼 최공은 정사가 어떻게 되어야 인재를 거목으로 가꿀 수 있겠소?"

---

* 자기비하.
** 장차 크게 될 나무가 부당하게 도끼질을 당한다.

구도윤의 이 질문에 최천중은 주저 없이 답했다.

"극형을 없애면 대재를 보전할 수가 있소."

"역모의 죄를 그럼 어떻게 다스리란 말이오?"

"원도유배遠島流配면 족할 것이오. 맹자의 말에 죄인불노罪人不
孥, 즉 죄인을 처벌하되 처자에게까지 그 죄를 끼쳐선 안 된다고
했는데, 그것은 흉악의 죄가 아닐 경우엔 사死에까지 미치지 말라
는 겁니다. 서경書經엔 불고不辜***를 죽이느니보다 영실불경寧失不
經, 곧 법에 어긋나도 용서하는 것이 옳다는 가르침도 있지 않습니
까?"

최천중의 말은 간절했다.

구도윤의 얼굴에 경청하는 빛이 있었다. 최천중은 말을 계속했다.

"그렇지 않습니까. 억울하게 백성을 죽이는 것보다는 법을 폐하
는 편이 옳은 겁니다. 누구를 위한 정사입니까? 그런데 이 나라엔
너무나 억울한 사람이 많소. 억울하게 죽은 사람이 많소. 삼족을
멸하는 법이 자행되고 있소. 그게 모두 인재를 위축되게 하는 것이
오. 위축된 인재가 어떻게 나라를 흥하게 합니까. 위정재인爲政在
人이거늘, 인재를 없애놓고 무슨 정사가 보람을 갖겠습니까. 인재를
위축케 한다는 것은 곧 인재를 없앤다는 뜻과 같소이다."

"최공의 말은 옳소이다. 그러나 나라의 정사는 경서經書의 가르
침대로만은 할 수 없는 것이올시다."

"그러나 경서의 가르침대로 할 수 없는 사정이란 그다지 흔한 것

*** 억울한 죄인.

이 아니올시다. 그런데도 도통 경서의 가르침을 무시하고 드는 게 요즘의 정사가 아니오이까."

"최공의 뜻은 알겠소. 신왕의 정사가 시작되었으니 머잖아 신풍이 불 것이오. 대원위 대감께서 민정을 모르는 바가 아니니…."

최천중은 현직의 목사를 상대로 심각한 정담政談은 그 정도로 하는 것이 무난하다고 생각하고,

"그렇소이다. 신왕의 정사를 기다려볼 만하지요."

하는 말로써 화제를 바꿨다.

"목민관으로 계시는 동안 기인奇人을 보시거든 언제이건 천거해주십시오. 어떤 기인이라도 좋습니다. 무술, 학예는 물론이고 물 재주, 나무 재주 잘하는 놈도 좋으니, 심지어 거짓말 잘하는 놈도 무방합니다. 천거해주시면 삼전도장에서 후히 대접하겠소이다."

그러자 구도윤이 놀라며 물었다.

"최공이 삼전도장을 알고 계시오?"

"알고 있소이다."

"나도 그 삼전도장인가 하는 소문을 듣고 있습니다만…."

하고 갖가지를 물었다.

최천중이 상세한 설명을 하는 가운데 원여운 선생의 이름이 나왔다.

"원여운 선생이면 박규수 대감께서 존경하시는 그 어른입니까?"

하고 구도윤이 물었다.

"그렇소이다."

"세상은 좁습니다그려."

구도윤이 탄성을 올리며, 자기는 박규수와는 인척간이며 그 문하생이기도 하다는 얘기를 했다.

얘기가 이쯤 되고 보니 서로의 의기가 맞았다. 두 사람은 밤이 깊도록까지 담소하며 술을 마셨다.

헤어질 무렵 구도윤이 물었다.

"그럼 최공께서 서순정과 방초를 삼전도로 데리고 갈 작정입니까?"

"본인들이 원한다면 그럴 작정으로 있습니다만…."

"나주의 보물을 한양에 뺏기는 셈이 되겠습니다."

구도윤이 이렇게 말했다.

"서순정을 데리고 가서 대원군 앞에 그 음곡을 들려줄 작정입니다. 그때 사또께서 얼마나 현명한 처리가 있었는가를 여쭐 겁니다."

"고맙소이다."

"한양으로 오시면 꼭 삼전도를 찾아주십시오."

나주의 밤은 깊어만 갔다.

4월 초순 서순정과 방초를 데리고 최천중의 일행은 나주를 떠났다. 서순정과 방초를 태운 가마가 둘, 최천중과 부안에서 같이 온 선비들이 탄 나귀 네 마리가 성문 밖으로 나설 때 나주목사 구도윤이 성문 앞에서 그들을 전송했다.

이때 소리 없이 봄비가 내리고 있었다. 비가 오는데 출향이 뭐냐고 만류하는 사람도 있었지만, 최천중과 서순정의 풍류는 촉촉이 젖어가는 여정을 즐길 참이었다.

"위성渭城의 아침 비가 경진輕塵을 적시는데*, 나주의 봄비도 먼지를 일게 하지 않는구먼."

하고 최천중이 활짝 웃으며 구도윤에게 마지막 인사를 했다.

구도윤은 짐을 가득 실은 나귀를 나졸에게 끌려 보내며 원여운 선생에게의 선물로 하라고 했다.

석별의 교정**을 지켜보며 성내외의 백성들도 흐뭇한 모양이었다. 서순정의 가슴엔 나주 석별곡의 가락이 엮어지고 있을 것이었다.

봄비에 젖은 돌길엔 봄꽃이 비에 씻긴 청결한 미소를 꽃피우고 있다. 산길에선 촉촉한 신록의 냄새가 향기로웠다. 당나귀 네 마리에 가마 두 개를 끼운 일행이 봄비에 젖은 춘경春景 속을 누비고 있는 것은 그야말로 한 폭의 그림이었다.

최천중이 나직이 읊었다.

"그 언제 나주에 올 줄 알았던가. 그 언제 나주에서 친구를 사귈 줄 알았던가. 그 언제 신기를 나주에서 만나 황홀할 줄 알았던가. 전연 설기도 했던 이 풍경이 이처럼 정다울 줄 그 누가 알았던가. 석별의 정 마냥 가슴이 우는 것은 나주의 정화를 봄비가 적심이로다."

부안에서 같이 온 선비 하나가 이에 응했다.

"구슬도 볼 눈이 없으면 돌멩이와 같고, 화초도 보아주는 눈이 없으면 잡초와 다를 바 없는 것이거늘, 나주의 풍광 아름답다고 해

---

* 왕유의 '위성곡渭城曲' 중 일부. 위성조우읍경진(渭城朝雨浥輕塵).
** 交情: 사귐의 정.

도 군자의 눈 없인 무슨 소용 있으리까. 나주에 인물이 있다고 해도 대인의 마음 없었으면 어떻게 나타나리까. 한양 대인 최공이야말로 경景으로도 수일***이요, 인물로도 탁월이오."

그러자 또 하나의 선비가 받았다.

"봄비 속에 주고받는 말마다에 정이 있어, 그 정 말로써 새겨 저 산언저리에 걸었더면 경색과 인정이 서로 어울려 기막힌 절경이 되었을 것을."

다른 하나도 가만있을 수 없었던지,

"사람이 나주를 만든 것이 아니고 나주의 산수가 사람을 이처럼 부드럽고 정답게 만들었다고 하면, 나주를 송頌하는 시장詩章이 마땅히 있어야 할 것 같구나."

이렇게 저마다의 감회에 도취하며 길을 가고 있는데 서순정과 방초의 마음은 어떠하였을까. 방초는,

'어사가 되어 돌아온 이 도령을 만난 춘향이 나만큼 행복할 수 있었을까.'

하며 풍경보다도 스스로의 마음을 다지는 데 여념이 없었고, 서순정은 최천중의 짐작 그대로 나주를 석별하는 정과 봄비에 젖고 있는 스스로의 정화情話와 정화情化****를 어떻게 노래 부를까 하는 궁리에 몰두하고 있었다.

이처럼 신록으로 치장하고 있는 산야는 봄비에 환희하는데, 그

*** 秀逸: 빼어남.
**** 情話: 정담(情談). 情化: 정의 분위기에 동화됨.

환희의 축복 속으로 일단의 여인旅人들은 운명의 길을 걷고 있었던 것이다.

봄비 가운데의 도행道行이 한편 흥겨웠다고 하지만 노상 비를 맞고만 갈 순 없었다. 일행은 나주에서 삼십 리허에 있는 큰 마을에서 하루를 묵고 비가 개길 기다렸다.

그런데 그 이튿날 아침, 나주목사 구도윤의 서신을 들고 최천중을 찾아온 사람이 있었다. 그 서신에 가로되,

'…최공이 떠난 지 얼마 후 전라감사 성건조 공으로부터 내게 전갈이 있었소. 내가 상신한 가운데 서순정 공에 관한 것이 있었사온데, 감사께서 꼭 서순정을 보고 싶다는 것이오. 부안까지 가는 길로서 회로回路*가 되겠지만, 모처럼의 감사의 간청이니 부디 전주에 들러 하루의 청유를 정건조 감사와 더불어 하기 바라오…'

그 청탁을 거절할 수가 없었다. 최천중은 영광, 무장茂長으로 해서 변산으로 빠지려는 노순路順을 바꾸어 장성, 정읍으로 방향을 돌렸다.

삼 일을 걸려 봉두산 밑에 도착하여 거기서 하룻밤을 묵고 그 이튿날 오후 전주에 도착, 객관에서 몸을 푼 뒤, 전라감영으로 사람을 보내서 순정의 내도를 알렸다. 즉시 감영에서 소식이 있었다. 그날 밤 매월정梅月亭에서 설연設宴**할 것이니, 서순정과 그 일행의 참석을 바란다는 요지였다.

---

*   돌아가게 되는 길.
** 잔치를 베풂.

방초만은 객관에서 쉬게 하고, 최천중은 서순정과 동행한 벗들을 데리고 황혼이 서려 있는 매월정에 도착했다. 정상에 수십 명의 기생을 곁들여 연회의 준비를 해놓고, 감사 정건조는 전주부윤을 대동하여 일동을 기다리고 있었다.

뿐만 아니라 정건조의 영빈 태도는 당당한 장부 풍으로 극진한 데가 있었다.

서순정에겐,

"나주목사로부터 그 명성 잘 들었소이다. 원로를 무릅쓰고 와주셔서 감사하오."

했고, 최천중에겐

"대원위 대감의 지우를 받고 계시다는 소릴 들었소. 금번의 전주 왕림을 기쁘게 생각하오."

라고 했다.

전주부윤의 정중한 환영사가 있었다.

이윽고 거배례擧杯禮가 있었는데, 수십 기생들의 권주가 제창이 초장부터 객인들의 기분을 황홀하게 했다.

연회가 진행됨에 따라 기생들의 창과 춤이 점점 가경에 들어갔다.

"전주시호향全州是好鄉***이라고 할 만하지 않소이까?"

정건조가 맞은편의 최천중에게 헌수****하며 이렇게 말하고 너털웃음을 웃었다.

*** '전주는 좋은 고장'.
**** 獻酬: 잔을 올림.

"전주가 호향임은 이들 가부의 탓이 아니라, 감사의 선정善政에
그 까닭이 있는가 합니다."

하고 최천중이 응수했다.

"과찬의 말씀."

이라고 하였으나, 정건조는 최천중의 찬사가 싫지 않은 모양이었다.
연회가 한창 무르익었을 무렵, 정건조는 손을 저어 장내를 조용하
게 한 후,

"오늘 여기 나주가 낳은 신기를 모셨으니, 그분의 음곡을 들으며
옛날 장안의 선비들이 이구년의 악곡에 취하듯 한번 취해봅시다."

하고 대배를 서순정에게 돌렸다.

물을 뿌린 듯 장내는 조용해졌다.

서순정이 주상酒床을 떠나 좌중 앞으로 나왔다.

좌중간에 나서더니 서순정이 고수들을 불렀다. 그리고 소곤거리
더니 고수 둘을 각각 좌우로 앉게 하고 서순정이,

"이 밤은 감사 어른의 후의에 보답하기 위해 판소리 '토별가' 불
러 올리겠습니다."

하고 공손히 절을 한 뒤,

"지정 갑신세甲申歲에 남해 광리왕이 영덕전 새로 짓고 복일낙성
卜日落成할새…."

나직한 목소리를 시작하더니 용왕이 병이 나서 백관에게 문의하
는 장면으로 옮아갔다.

토끼 간이 선약仙藥이란 선관仙官의 말을 듣고 토끼 간 구할 사
신을 선정하는 자리의 대목에 이르자, 좌승상 거북이 등장하면 거

북의 소리, 우승상 잉어가 등장하면 잉어의 소리, 대장大將 고래가 등장하면 고래의 소리, 한림학사 깔따구는 깔따구 소리, 표기장군 驃騎將軍 벌덕게가 등장하면 벌덕게의 소리⋯. 이처럼 등장하는 수십의 소리를 각각 다르게 발성하며,

"호부상서戶部尙書 문어는 팔족八足이니 팔조목八條目으로 응하였고, 숭어는 용맹 있어 뛰기를 잘하옵고⋯."

하는 대목으로 흘러갈 즈음에는 만당의 청중들이 이미 넋을 완전히 잃고 있었다. 그 극적인 사설에 취하고 그 음성에 녹았다.

극은 이윽고 클라이맥스에 이르렀다.

"용왕의 병 중하여 국사가 위태키로 의논차 모셔와서 입시동참入侍同參 되었더니 궐어가 여짜오대 '지신知臣은 막여주莫如主라, 대왕이 정합소서. 불승기임不勝其任할 신하는 불가不可타 하오리다.' 남의 재기才氣 짐작하기 좀 어려운 노릇이냐. 요堯임금이 곤鯀을 시켜 홍수를 다스리고 공명이 마속馬謖 보내 가정街亭을 지켰으니, 하물며 병든 용왕, 신하 재주 알 수 있나. 묻는 족족 당찮구나. '합장군蛤將軍은 조개 갑주甲胄 전신이 단단하니 보내어 어떠한고.' '합장군 진장부眞將夫라 보내면 좋을 테나 황새와 원수 있어 둘이 서로 다투다가 어인공漁人功*이 쉽사오니 보내지 마옵소서.' '적제공赤鯷公 메기가 철관장염鐵冠長髥 점잖으니 보내어 어떠한고.' '요사이 종피가루 돌 밑마다 풀어놓으니 민물 근방近方 못 가지요.' '중록지국重祿之國 필유충신必有忠臣, 도미가 벌써부터 상서尙書

---

* 어부지리(漁父之利)를 말함.

되기 원이라니 다녀오면 시키기로 도미를 보내볼까.' '사월 팔일 가까우니 서울은 쑥갓이요, 시골은 풋고사리, 송기탕, 찜감 보내는 셈 될 테지요.' '올챙이 배부르매 경륜經綸을 품었으니 보내어 어떠할꼬.' '한두 달에 못 올 테니 개구리 되고 나면 과두지사蝌蚪之事* 모를 거요.'"

최천중은 이 대목에서 포복절도할 뻔했다. 정건조를 슬큼 보니 그도 역시 폭소를 기를 쓰고 참고 있는 듯했다.

장장 일각은 지났으리라. 서순정의 장광연長廣演이 끝났을 땐 모두들 약속이나 한 듯 한숨을 내쉬었다.

"신통하고 장하도다."

정건조의 탄성이었다.

"창도 창이려니와 그 유식有識이 비범하외다."

전주부윤의 감탄이었다. 서순정이 약간 상기된 얼굴로 감사 맞은편 본디 자리로 돌아왔다.

"경서經書뿐만이 아니라 널리 사서를 익힌 식견이 있어야만 해득할 수 있는 함축 있는 사설이었소."

하고, 정건조가 먼저 서순정에게 잔을 건넸다.

아닌 게 아니라 '토별가'는 용왕의 병을 고치는 덴 토끼 간이 좋다고 하여, 그 토끼 간 구하러 가기까지의 용궁에서의 토론으로부터 시작해서, 거북이 가게 된 내력, 거북과 토끼와의 응수, 그리고 토끼에게 속고 마는 대목으로 엮어진 것인데, 그 사설은 넓게 사실

---

* 개구리가 올챙이였을 때의 일.

史實과 고사를 방증하여 이루어진 것으로서 무식한 사람은 이해하기 어렵다. 정건조는 그런 뜻을 말한 것이다.

"듣기에 따라선 조정 대신들을 풍자한 것 같지 않습니까?"

최천중이 넌지시 한마디 하자 전주부윤은 고개를 끄덕이며,

"내직하는 대감들이 들으면 거북하겠소이다."

하고 웃었다.

"한데, 그 사설은 여태껏 듣지 못했던 것인데, 서공이 직접 소작所作한 것이오?"

정건조가 물은 말이었다.

"아니오라 소인과 친교가 있는 동리桐里 신재효申在孝 선생님이 지으신 사설이옵니다."

서순정의 대답이었다.

"실로 대단한 재능이로구려. 대문장이요. 그분의 춘추가 얼마쯤 되는지요?"

정건조가 물었다.

"오십을 서넛 넘었다고 들었사옵니다."

"그런데 그런 어른이 야에 묻혀 사시다니…. 지금은 어디에 계시는지요?"

"고창에 살고 계십니다."

"그렇다면 당장이라도 그분을 찾아뵈야 하겠소."

하고 정건조는 소상하게 주소와 행적을 물었다.

서순정은 자기가 이 세상에 나서 가장 존경하는 분이라며 그 어른으로부터 사설을 통해 학문을 배웠다는 얘기와 탁월한 재능을

겸비한 분이란 설명을 했다.

"그분은 학식에 있어서 뛰어나 있을 뿐 아니라 중서衆庶*들의 고달픈 처지에 동정적이며, 그 적선의 행적은 이루 헤아릴 수가 없습니다."

하고 서순정이 덧붙이기도 했다.

"학學과 정情을 겸비한 어른이군. 성인의 말에 야무유현野無遺賢**이라고 하였거늘. 내 내일 당장에라도 고창현령에게 영을 내려 존귀하게 모시도록 하겠소."

정건조의 말이었다.

"그저 감사할 뿐이옵니다."

서순정이 감격에 어린 말을 했다.

그리고 몇 순배 술을 마시곤 정건조는,

"기막힌 인재를 만난 기쁨 한량없지만 양소良宵***가 짧구려."

하며 연을 파하도록 선언했다.

그 이튿날 아침, 서순정과 최천중이 묵고 있는 객사의 뜰에 정건조가 장만한 선물을 잔뜩 실은 당나귀 여섯 필이 도착했다. 필목이 50필이며 돈이 수천 냥이었다.

전주부윤의 선물도 만만치가 않았고, 유지들의 정표情表 또한 대단했다. 그렇게 하여 전주서 부안으로 가는 길에 20여 마리의 당나귀를 거느린 행렬이 늘어서게 되었다.

---

* 뭇사람.
** 현명한 사람을 민간에 그냥 두지 않고 전부 기용함.
*** 아름다운 밤.

부안으로 향하는 도중 서순정이 가마를 버리고 당나귀를 탔다.

그러고는 최천중과 말 머리를 나란히 했다.

"최공께서 군이 부안에 들르는 까닭이 뭡니까?"

서순정이 물었다.

"부안은 좋은 곳이오. 나는 그 산천에 정이 들었소이다."

최천중이 감개를 섞어 말했다.

"산수가 좋아서 부안으로 드시는 겁니까?"

순정이 다시 물었다.

"부안에서 배편으로 한양에 가는 게 수월합니다."

하고 최천중이 얘기를 계속했다.

"부안은 나의 처가 자란 곳이오. 이를테면 처가 곳이오."

"아아 그래요. 한데 부인께선…?"

"지금 부안에 있소. 서공 같은 명인을 모시고 올 줄은 꿈에도 모르고, 왜 오지 않는가 하고 일구월심**** 기다리고 있을 겁니다."

"아마 소인이 폐가 되었는가 합니다. 제 일 때문에 여러 날을 나주에서 머무셨으니…."

"서공의 일이라면 나는 백날이라도 그곳에 머물렀을 겁니다."

"그 은혜 어떻게 갚으리까."

"천만의 말씀을."

"생각할수록 오싹한 마음입니다. 최공이 나서주시지 않았더라면, 저는 지금도 함평 친구 집의 다락방에서 전전긍긍하며 숨어 있어

**** 日久月深: 날이 오래고 달이 깊어간다는 뜻으로, 세월이 흐를수록 더함을 이르는 말.

야 했을 것 아닙니까. 어쩌다 붙들리기라도 했더라면 장독으로 죽었을지도 모를 일이구요."

"무슨 그런 말씀을 하시오?"

하고 최천중이 껄껄 웃었다.

"하늘이 서공 같은 사람을 내었거늘, 어찌 장독에 죽게 하겠소."

"아니올시다. 최공의 은혜 아니었더면…."

"은혜가 다 뭐요. 나는 이렇게 서공을 모시고 한양에 가게 된 것을 다시없는 영광으로 생각하오."

하고 최천중은 부안에서의 장모의 묘소 일을 끝내면 바로 한양으로 출향하자고 했다.

"한양으로 가는 건 기쁩니다만 앞날이 막막해서…."

서순정이 말꼬리를 흐렸다.

"앞날의 걱정은 마슈. 최천중이 천박한 놈이긴 합니다만, 서공과 같은 명인을 마음 편하게 모실 수 없을 정도로 못난 놈은 아니오. 그리고 나보다는 우리 삼전도장에 가면 원여운 선생이 계십니다. 삼전도장의 주인어른이죠. 그 어른이 서공을 만나면 아들을 만난 듯 기뻐할 것이오. 우리 삼전도의 권속 전부가 반길 것이오. 추호도 걱정일랑 마십시오."

서순정은 수미愁眉를 풀었다. 그리고 원여운 선생과 삼전도에 관한 갖가지 얘기를 물었다.

최천중이 소상한 설명을 하고 나서 말했다.

"백문이 불여일견이라, 가보면 알 것이외다. 우리 삼전도는 참으로 좋은 곳이오. 거듭 말하거니와 서공을 위한 대접도 소홀하지 않으리다."

"송구하오이다."

"송구하긴. 우선 부안으로 가시거든 부안의 노래나 하나 지으슈. 부안도 나주에 못지않게 아름다운 곳이오. 인심 또한 곱죠. 부안국扶安國 부안민扶安民할 인재가 나옴직한 고을이죠."

최천중의 정실 박숙녀의 어머니 묘에 비석을 세우는 행사가 있은 그 이튿날, 부안이 낳은 명기이며 명시인인 이매창의 무덤 앞에서 야연野宴이 베풀어졌다.

참석한 인사는 현감을 비롯한 부안의 명사들과 기생들. 주최자는 물론 최천중. 최고의 빈객은 서순정과 방초.

만춘의 춘색과 더불어 주흥이 무르익어갈 무렵에 임시로 만든 대좌臺座 위에서 순정이 가야금을 앞에 하고 방초는 장구를 끼고 좌정했다.

오묘한 가야금의 선율이 춘풍을 탈 무렵, 서순정의 착 가라앉은 목청이 호소하듯 하는데….

"수련녹기소단충誰憐綠綺訴丹衷일꼬. 만한천수일곡중萬恨千愁一曲中이로다. 뉘라서 가야금을 마련하였는고. 만한과 천수를 한 곡에 담았구나. 중주강남춘욕묘重奏江南春欲墓에 불감회수읍동풍不堪回首泣東風이로다. 강남곡江南曲을 거듭 뜯으니 봄은 저물려 하고, 차마 시름을 견딜 수 없어 머리를 돌려 동풍에 운다."

방초의 장구가 가야금의 가락을 누벼 더덩덩 울려 퍼지곤 다시 서순정의 명창이 이어졌다.

"죽원춘생서색지竹院春生曙色遲한데, 소정인적낙화비小庭人寂落

花飛로다. 깊은 봄 대설엔 새벽도 늦어, 사람 없는 작은 뜰에 꽃잎만 내리누나. 요금탄파강남곡瑤琴彈罷江南曲하니 만곡수회일편시萬斛愁懷一片時로다. 강남곡의 탄주는 끝났는데도 벅찬 수심은 한때도 가시지 않는구나."

이렇게 이매창의 시만으로 수곡을 부르니 아지랑이 속에서 매창의 우아한 모습이 솟아나는 듯, 그 아름다운 미소가 꽃으로 핀 듯, 정서가 흐뭇하게 서렸다.

이어 부안 기생들의 재창에 의한 창화가 있어 모춘暮春*의 화락은 끝 간 데가 없었다.

"내 평생 이러한 창유는 지난날에도 없었거니와 앞으로도 있지 못할 거요."

라고 부안의 어느 노인은 눈물을 흘렸다. 정히 환락극혜애정다歡樂極兮哀情多**인가.

최천중이 흥에 겨워 번쩍 대배를 들고 일어서더니 읊기를,

"석일매창영풍월昔日梅窓咏風月을 금일순정창정회今日淳正唱情懷로다. 명일호연귀거후明日浩然歸去後면 부지하처우기유不知何處又羈遊일꼬. 옛날 매창이 읊은 시의 정회를 오늘날 순정이 노래 부르는구나. 내일 우리들 돌아가고 나면 어느 곳의 나그네 될지 모르겠구나."

그러자 현감도 따라 일어서 대배를 마시고 읊었다.

---

* 늦봄.
** 환락이 극에 달하면 슬픈 정도 많아진다.

"인연매창혼因緣梅窓魂에 천재일우악千載一遇樂이니, 막담명일사莫談明日事하고 족이금일환足以今日歡이니라. 매창의 혼을 인연으로 하여 천년에 한 번 있음직한 기회를 만났으니, 명일의 일이사 말하지 말고 오늘의 기쁨이나 즐기자."

이렇게 최천중이 부안의 봉두메, 이매창의 무덤 앞에서 주흥과 시흥에 도취해 있을 무렵, 영남의 소년 박종태의 일행은 충청도 온양에, 삼수갑산 청년들은 경기도 가평에, 서흥의 강원수는 마전麻田에 각각 도착하고 있었다.

오양 한일월

温陽閑日月

박종태의 일행이 온양 시흥역에 도착한 것은 늦은 봄의 긴 해가 서쪽으로 기울어들고 있을 때였다.

　다리가 아프다고 줄곧 낑낑거리고 있던 강두가 얼씨구나 하고 주막을 찾아들려고 하는데, 일행에 끼여 온 장풍이,

　"안 돼, 여기서 머물면 안 돼. 온천으로 가야 해여, 온천으로."

하고 고집을 부렸다.

　"지랄이네, 참말로."

　강두가 으르렁댔다.

　"모처럼 온양까지 왔는디 이왕이면 온천에서 자야 할 것 아닌가?"

　장풍이 맞섰다.

　"온천에 가면 떡에 꿀 발라놓고 기다리는 사람 있는가?"

　"꿀 발라놓은 떡보다 더 좋지. 온천에 척 몸을 담가봐. 우화등선은 아무것도 아니다."

　이렇게 신이 나 있는 장풍에게 박종태가 물었다.

"온천까진 얼마나 되는가요?"

"물어보면 알지."

하고 장풍이 길 가는 사람을 붙들었다.

"여보이소, 말 좀 물읍시다. 온천까지 몇 리나 되오?"

"한 시오 리쯤 될 게유."

시오 리라고 듣자, 강두가 펄쩍 뛰었다.

"또 시오 리나 더 가? 나는 한 발도 더는 못 걷겠다."

강두가 길가에 퍼더버리고 앉았다.

"강두 다리가 매우 아픈 모양인디."

하고 창두가 머리를 긁적긁적했다.

잠깐 생각하고 있더니 박종태는,

"강두, 힘을 내라. 오늘 밤은 온천에서 푹 쉬자."

하고 앞장을 섰다. 장풍이 좋아라고 뒤따랐다. 창두와 황두는 길에
퍼더버리고 앉은 강두를 내려다보곤 도리가 없지 않느냐는 눈짓을
했다.

"제에미, 도련님은 자꾸 장풍인가 강풍인가, 저놈 편만 든다니
까."

하고 투덜투덜하며 강두가 일어섰다.

"나도 저놈 미워 견딜 수가 없어."

황두가 맞장구를 쳤다.

창두도 동의하듯 고개를 끄덕였다.

이들 셋은 처음 만났을 때부터 장풍을 싫어했다. 사사건건 깔보
고, 알아들을 수 없는 문자를 써선 그들을 당황하게 했기 때문이다.

그래서 석천사에서 장풍이 그들 가운데 두 놈은 머리를 깎고 중의 행세를 해야 한다는 제안을 한사코 거절했다. 중이 돼 갖고 오래 사는 것보다 차라리 붙들려 일찍 죽는 게 낫다고까지 했던 것이다.

게다가 또 장풍은 그들의 비위를 거스르는 소리를 했다. '세 놈다 성을 도가라고 하는 건 남의 의혹을 살 염려가 있으니, 창두는 도창두로 하되, 다음은 무황두, 지강두로 하라'며 박종태를 보곤 '도무지 되어먹지 않은 놈들이니 성을 그렇게 붙였다'고 떠벌린 것이다.

박종태는 장풍이 그런 말 하는 건 좋지 못하다고 힐난하긴 했으나, 창두, 황두, 강두에겐 그 힐난의 도가 약했던 게 불만이었다.

그래 놓으니 그들이 석천사를 떠나려고 할 무렵, 장풍이 따라나서겠다고 했을 땐 한 소동 있었다. 모두가 반대했던 것이다. 그러나 박종태는,

"그 사람 쓸모가 있는 사람이다. 우선 내가 그 사람으로부터 글을 배우고 있지 않나."

하며 그들의 의견을 눌러버렸다.

아닌 게 아니라 박종태의 말 그대로 장풍은 쓸모가 있는 인간이었다. 박종태는 그로부터 글을 배움으로써 급속도로 두뇌가 개발되어갔다. 하나를 배워 열을 아는 총기였으니, 한두 달 접촉하는 가운데 박종태는 무척이나 유식해져 있었다.

장풍의 영향도 있었지만 종태는 경서經書보다는 사서史書에 마음이 끌렸다. 사마천의 사기는 물론 반고의 한서漢書를 비롯해 이

십오사二十五史를 모두 섭렵하려는 왕성한 의욕을 보이기까지 했다. 특히 초한전 삼국지는 횅하게 이를 욀 만큼 되었다. 두 달 동안의 공부로선 실로 놀랄 만한 진보였다.

그런데도 박종태는 장풍을 선생으로 취급하진 않았다.

"도를 가르쳐야 선생이지 유식만 가르쳐 갖곤 선생이 안 되는기라."

장풍이 풍기고 있는 왠지 거짓된 것에 대해 종태는 민감한 후각을 발동하고 있었던 것이다.

"나는 장자의 가르침을 내 도로 삼고 있는데 왜 도를 가르치지 않는단 말인가?"

하는 장풍의 반발이 있었을 땐,

"장자의 가르침을 도로 하는 사람이 그렇게 배고픈 걸 참지 못해? 봉비천인鳳飛千仞에 기불탁속飢不啄粟이란 말은 누가 한 말인고?"

하고 종태는 장풍으로부터 들은 말로써 장풍의 코를 납작하게 만들어버렸다. '봉비천인 기불탁속'은 주자朱子의 말이지만, 장자의 기우氣宇*를 표현하는 덴 그 이상 가는 것이 없다. 천인의 높이를 나는 봉은 굶주려도 조粟 따위는 쪼아 먹지 않는다는 것이니 말이다.

그 후 장풍이 박종태로부터 사사지례師事之禮를 받고 싶어 하는 태도를 노골적으로 보였을 땐,

"나는 당신의 기갈을 면해주는 대신 그 값으로 지식을 받는 것

---

* 기개와 도량.

이니, 상거래가 있을 뿐이지 그 이상의 것이 있을 수 없어. 쓸데없는 건 바라지도 마시오."

하고 잘라 말했다.

입으론 고상한 소릴 지껄이며, 하는 짓은 추잡한 장풍을 박종태는 스승 대접하기가 싫었던 것이다.

"견사지제見師知弟, 즉 스승을 보면 그 제자의 정도를 알 수 있을 것인데, 어찌 내가 당신을 스승이라 하겠는고. 고언이식부육자高言而食腐肉者**의 제자가 되어 유식해지는 것보다 나는 무식한 채 있어도 좋아. 돈 받고 물건이나 기술을 파는 가인賈人*** 이상의 대접을 바랄 양이거든 내 곁을 떠나도 좋소."

이런 선고를 받고도 장풍이 박종태의 곁을 떠나지 못했을 때 그의 위치는 결정되었다. 장풍은 학식 있는 시자侍者로서 종태를 받드는 위치에 만족해야 했던 것이다.

그 대신 장풍의 의견이 옳다고 생각했을 때는 서슴없이 종태는 그 의견을 취했다.

창두 등 세 사람의 불만이 그런 데 있었지만 일단 의견이 대립되고 보면 장풍의 것이 타당한 덴 어쩔 수가 없었다.

긴 여로에 지쳐 있다고 해도 시오 리 길이 대단할 건 없다. 박종태 일행은 어둡기 전에 온천에 도착할 수가 있었다. 온천에 도착한 박종태는 그 근처에서 제일 좋은 객사로 찾아들었다. 귀한 도련님

** 말은 고상하게 하면서 썩은 고기를 먹는 자, 즉 말과 달리 행실이 좋지 않은 자.
*** 장사꾼.

을 모시는 일행으로 보고 객사의 주인은 그들을 반겼다.

"팔자 한번 늘어졌구마."

하고 창두는 눈을 지그시 감고 온천물에 발을 뻗었다.

"이런 데서 살몬 백 살이나 안 살것나."

한 황두의 기분도 여간이 아닌 모양이었다. 강두가 아무 말 없었던 것은 온천장으로 오는 것을 반대한 때문일 것이다.

"어른 시키는 대로 해서 나쁠 게 없지 왜."

하고 장풍이 생색을 냈다.

"생색은 남이 내어주는 거라야 해."

박종태가 핀잔을 주었다.

"고마워할 줄 모르는 놈들에게 고마워할 줄을 가르치느라고 하는 거라."

장풍이 으스댔다.

"당신은 그 자꾸만 가르치려는 버릇이 탈이오."

박종태가 한 방 쏘았다.

"아아, 이런 데서 살몬 백 살도 더 살것다."

고 황두가 다시 되풀이했다.

그 말을 받아 창두가 축 늘어진 불알을 오른손 바닥으로 툭 치며 한탄했다.

"제기랄, 평생 가야 오줌 대롱밖엔 안 되는 놈을 차고 살몬 뭣할 끼고."

그러자 강두란 놈이 흥얼거리기 시작했다.

"목침이 삿침이 벌어진 곳엔 빈대 새끼가 제격이요, 곡식창고 벽

틈엔 쥐새끼가 제격이요, 과부 사타귀 벌어진 곳에 홀아비의 거시기가 제격이요, 처녀 거시기가 벌어진 곳엔 총각이 제격이라. 에헤 품밟아 가절아!"

박종태는 허허 하고 웃었다.

"천한 놈을 데리고 다닐라궁께 귀까지 버리겠다. 에헴."

하고 장풍이 점잖은 체했다.

"뭐라꼬?"

강두가 눈을 부릅떴다. 그러곤 거침없이 뇌까렸다.

"길에서 신중*만 봐도 상내 맡은 수캐처럼 눈가죽을 뒤집고 코를 벌름거리더만, 무슨 소리 하고 있노?"

"저걸 당장."

하고 장풍은 주먹을 불끈 쥐었지만 강두에게 덤빌 수야 없다. 강두의 한 주먹에 날아가버릴 것이 뻔했다.

"당장 우쩔끼고, 내가 거짓말했나?"

강두가 악을 썼다.

"정말 저걸."

장풍은 부들부들 떨었다.

"기분 좋은 온탕에 들어앉아 싸울 건 또 뭐꼬?"

황두가 한 말이다.

"똥덩어리 장덩어리 나무란다 하더니 백제** 아무것도 아닌 기

---

* 여승.

** 괜히.

지랄 같은 소리만 한께 그러는 것 아니가."

강두가 투덜투덜 볼멘소릴 했다.

"모두들 참아."

박종태가 말했다.

박종태의 말이 떨어지면 어떤 시비도 그 자리에서 끝장이 난다. 모두를 조용하게 해놓고 박종태가 강두에게 시켰다.

"아까 그 노래 한 번 더 해봐라."

강두는 신이 나서 흥얼거리기 시작했다.

"목침이 삿침이 벌어진 곳엔…"

강두의 각설이 타령이 끝나자 종태가 물었다.

"그처럼 여자하고 자고 싶나?"

"그렇다마다. 여자하고 하룻밤이라도 자보기만 하몬 원도 한도 없겠다."

강두의 말은 한탄조였다.

"너도 그러나?"

종태는 황두에게 물었다.

"말해 뭣 해."

황두는 얼굴을 딴 곳으로 돌려버렸다.

"창두 넌?"

"나도."

하며 창두는 헤벌레 웃었다.

"장 거사, 당신은 어떻소?"

이번엔 장풍에게 물었다.

"날 그런 지각없는 놈들과 같이 칠 낀가?"

"여자가 필요 없다 그거지?"

종태가 따졌다.

장풍이 우물쭈물했다.

"확실하게 말해요. 여자하고 자고 싶소, 안 자고 싶소?"

"지각 있는 사람인디 감히…."

하고 강두가 빈정댔다.

"먼 훗날은 몰라도 지금은 안 해."

장풍이 체면상 한 말일 것이었다.

그 말을 받아 종태가 단정했다.

"장 거사는 여자하고 자지 않겠다고 정했소이."

박종태가 이렇게 따진 이유를 곧 알 수가 있었다.

"느그들 소원이 그렇다면 내가 차례로 장가보내주지."

종태가 뚜벅 말했다. 세 놈의 눈이 빛났다. 장풍의 얼굴엔 당황한 빛이 있었다. 종태가 명령조로 말했다.

"그러나 한꺼번엔 안 돼. 창두부터 시작이다. 그러니 창두 장가가는 덴 모두들 협력해야 할끼다."

황두와 강두가 고개를 끄덕였다.

"장 거사도 힘을 합해야 하오."

장풍도 하는 수 없이 고개를 끄덕였다.

"그럼 창두는 내일 장가간다."

종태는 엉뚱하게도 이렇게 선언했다. 엉뚱했지만 아무도 의심하는 사람은 없었다. 박종태는 한다고 결정한 일은 꼭 그대로 하고야 말았기 때문이다.

온천욕을 하고 나니 먼길을 걸은 피로가 일시에 덮쳤다. 저녁밥을 먹기가 바쁘게 모두들 그 자리에 고꾸라져 잤다.

"놈들!"

하고 종태는 혀를 찼다. 어떤 경우라도 한 놈씩 교대로 하여 짐을 지키기로 돼 있었던 것이다. 그들의 짐 속엔 모두 20관의 은괴가 있었다.

종태는 조금 있다가 황두를 깨웠다.

"모두들 자버리면 되나, 너나 깨어 짐을 지키고 있거라."

하는 말을 남겨놓고 주청으로 나갔다. 주청엔 근방에서 모여든 탕객湯客들이 술자리를 벌여놓고 있었다.

종태는 등불이 잘 비치고 있는 주청 한구석에 자리를 잡곤 주모에게 말을 건넸다.

"돼지고기 좋은 데로만 해서 여남은 근 가지고 오소. 내 오늘 밤 온양 손님들에게 한턱낼랍니다."

모두들 종태를 보았다. 그런 푸짐한 인심을 쓰려는 사람을 보아두겠다는 그런 표정들이었다.

"나는 영남에 사는 박종태요. 소년 등과할 요량으로 한양으로 가는 길에 온천이 유명하다고 듣고 여겔 온 깁니다. 와보니 온천 좋고 인심 좋고 그러네여. 그래 이 지방 얘기나 들어볼까 하여 여러분을 모실라쿠는 겁니다."

하고 종태는 한마디 인사를 했다.

"그 소년 똑똑하기도 허이."

154

그중 하나의 말이었다. 모두들 고개를 끄덕끄덕했다.

박종태의 대접이 지극한 탓에 술기가 돌자 좌중의 사람들은 제
각기 온양의 얘기를 자랑삼아 지껄였다.

"배방산排方山이 있지라우. 봉우리 네 개가 쭈뼛쭈뼛 솟은 게 가
관이라우. 거겔 가면 배방산성이 있구유. 석축의 둘레가 3천313척
이구 높이는 13척…"

"대청루大淸樓가 좋쇠다…"

"뭐니 뭐니 해도 온천이 온양의 명물이지라우. 온천욕만 하면 만
병이 통치라우. 태조께서도 오셨고, 세종대왕도 오셨구, 세조도 오
셨지라우. 어실御室 구경하셨수?"

"온양의 명산은 뭐니 뭐니 해도 칠漆이우. 대추도 유명하지만서
두…"

"좋은 절도 많지라우. 서달산西達山엔 과안사, 기린사, 남산사가
있구, 배방산엔 목사木寺가 있구, 화산華山엔 현우사 중암中庵이 있
구, 송악산松岳山엔 석암사가 있구 또…"

중구난방으로 떠들어대고 있는 그들의 소리를 웃음을 머금고 듣
고 있다가 박종태는 뚜벅 물었다.

"이곳 원님은 어떤 사람이오?"

좌중의 사람들은 종태의 묻는 뜻을 모르겠다는 표정으로 서로
의 표정을 훔쳐봤다.

"백성을 다스리는 데 인정이 있는가 없는가를 묻고 있는 겁니다."

종태가 이렇게 덧붙여 물었다.

"인정이야 없을 까닭이 없지만서두."

그 가운데 나이 많은 사람이 어물어물 말했다. 그러자 박종태가,

"우리 고을 원님은 과부나 홀아비의 사정을 살펴 짝을 지어주는 등, 인정이 많소. 이곳 원님은 어떤가 하고 물은 기라요."

하고 좌중을 둘러봤다.

"우리 고을 원님도 간혹 그런 인정은 베푸지라우. 그러나 그게 그렇게 쉬운 일인가비유?"

중늙은이의 말이었다.

"이 온양 고을엔 젊은 과부가 없는 모양인가 보네요?"

종태가 슬그머니 눈치를 보았다.

"왜 없겠수. 동네마다 과부가 있지라우. 작년엔 이질이 심하더니만 많은 과부가 생겨났고, 병정으로 가서 돌아오지 않고 죽은 사람 아내도 있구! 하여튼 이 온양 고을에도 과부는 많지라우."

그중 하나가 이렇게 말하자 다른 사람이 말을 보탰다.

"상곡上谷이란 마을에는 과부가 셋이 있는데, 오 생원 집 과부는 금년 서른세 살이래요. 얼굴 좋고 행실 좋다고 소문이 나 있다니께 머잖아 업어 갈 놈이 나타날 것이구먼."

"여게도 과부 업어 가는 풍습이 있습니꺼?"

종태가 말했다.

"과부 개가할 땐 업혀 가지 제 발로 걸어가겠수?"

하고 누군가가 웃었다.

법령으로선 과부의 개가를 금해놓고 있었지만 약탈 식으로 과부를 데려가는 행위는 묵인하고 있는 당시였던 것이다.

박종태는 상곡이란 마을의 사정과 오 생원 집 사정을 차근차근

물었다. 상곡은 온천장에서 십 리허에 있었고, 오 생원 집은 양반이라 할 수도 없으며 살림이 꽤 구차하다는 사실을 종태는 알았다. 종태의 가슴속에 계획이 익어갔다.

나락 한 섬에 석 냥을 할 때 다섯 냥의 삯이면 횡재에 가깝도록 후하다. 박종태는 한 사람당 다섯 냥의 삯을 주겠다고 하고 가마 하나와 교군 네 명을 준비했다. 그러고는 해가 지고 일각쯤 후에 그 교군들을 데리고 상곡부락 앞까지 오라고 황두와 강두에게 일렀다.

"너는 온천욕이나 하고 옷 깨끗이 입고 이 방에 누워 있어."

이건 종태가 창두에게 한 말이었고,

"당신도 목욕하고 옷을 얌전히 입고 기다려. 홀로 불러야 할 낀께."

이건 종태가 장풍에게 한 말이었다.

그러고는 은괴 두 덩어리를 괴나리봇짐 속에 넣어 메곤 종태는 점심때를 지났을 무렵 혼자 상곡부락으로 향했다.

오 생원 집은 곧 찾을 수가 있었다.

흙담이 무너져 있는 것이 그 가세가 옹색하다는 것을 알려주고 있었다. 열려 있는 사립문으로 들어가 명색이 사랑으로 보이는 방 앞에 섰다.

"오 생원님 계시오?"

하고 방문을 향해 불렀는데,

"뉘기슈."

하는 소리가 들린 것은 등 뒤였다.

쉰 살은 넘어 보이는 사나이가 망건 언저리에 지푸라기를 걸치고
종태를 바라봤다.

"오 생원님을 찾는데요."

"내가 오 생원이유. 한데, 무슨 일루⋯."

"긴한 말씀이 있어서 왔소이다."

하자 방금 마구간에라도 있었던 모양인 오 생원은 툭툭 먼지를 털
고 방으로 들어가며 박종태를 들어오라고 했다.

방으로 들어가 좌정을 한 종태는,

"나는 영남의 유학幼學 박종태라고 하오."

하며 정중하게 절했다.

"나는 오팔룡이오."

하고 오 생원도 답례를 했다.

인사가 끝나기가 바쁘게 박종태는 본론으로 들어갔다.

"귀댁 작은며느님이 과수라고 들었습니다만⋯."

오 생원의 얼굴에 당황하는 빛이 돌았다. 아랑곳없이 종태는 말
을 이었다.

"그 며느님을 모시러 왔습니다."

"그건 무슨 소리요? 가세가 기울어 있소만, 우린 행세하는 집안
이오."

오 생원은 발끈한 표정으로 말했다.

"행세하지 않는 집안이 하늘 아래 있었소?"

종태의 말엔 위엄이 있었다. 오 생원은 종태가 아직 어리긴 하나,
만만치 않은 인품이란 걸 곧 알 수가 있었다. 더욱이 깔끔하게 가

는 새 무명으로 지은 의복을 통해서도 종태의 귀태를 느끼기도 해서 오 생원은 당장에라도 호통을 쳐서 내쫓아버리고 싶은 감정을 꿀꺽 참곤,

"남의 집 며느리를 들먹이는 것도 비례非禮가 아니우? 그런데다 불측한 소리까지 한다는 건 행세하는 집안에 대한 예의가 아니지 않수."

하고 반박했다.

"예의를 다하기 위해서 이처럼 사전에 의논하러 온 것이오. 젊은 과부를 산송장을 만든다는 것은 나라님도 못 할 짓이오. 그래서 낮의 법으론 금하고 있으되, 밤의 법으론 개가를 권장하고 있는 것이 아니겠소. 집안의 체통과 시부의 체면만 알고 청상과부를 산송장으로 만들 참이오? 정녕 오 생원이 그런 어른이라면 우리도 인정사정 볼 것이 없이 일을 치를 것이오. 오 생원이 아무리 역발산하는 항우라도 백 명 장정은 당해내지 못하리다…."

백 명 장정을 들먹인 것은 박종태의 위협이었다. 아무리 오 생원이 반대해도 소용없다는 것을 알리기 위한 엄포였던 것이다. 그러나 오 생원은 그런 협박에 넘어갈 정도로 호락호락하진 않았다.

"백 명의 장정 아니라 천 명의 장정이라도 어림없을 것이오. 법이 있는 나라에 그런 무리가 통할 것 같소?"

"무리를 하자는 게 아니라 귀댁의 체면을 세워주려는 것이오. 시아버지가 며느리를 개가시켰다는 말을 듣지 않게 해드리려는 겁니다."

"우리 며느리는 개가를 원하지 않소."

오 생원은 퉁명스럽게 말하고 돌아앉았다. 상대도 하기 싫다는 태도의 표명이었다.

박종태는 간절한 투로 말을 엮었다.

"청상과부를 붙들어두는 것만이 며느리를 위하는 노릇이 아닌 줄 아오. 상대로 말하면 성은 도씨요, 이름은 창두라고 하는데 영남 명문의 아들이요, 내겐 스승이 되오. 금번 과거하러 가는 나를 도우려고 한양으로 가던 참이오. 한양에 가서 살림을 차릴 요량인데 재산도 넉넉히 마련되어 있소. 개가를 할 바엔 멀리 떠나가는 게 좋지 않겠소. 스승을 위해 온 것이로되 댁의 며느리를 위하는 결과도 되리라고 믿소. 어른께서 살아 계시는 동안엔 별탈이 없겠지만, 어른께서 별세하고 나면 아들도 없는 홀몸으로 시숙 댁에 얹혀사는 쓸쓸한 몰골이 될 것 아니겠소. 그러니 어른께서 결단을 내리셔서 우리가 댁의 며느리를 모시고 가게 해주시오. 섭섭한 마음이 없지 않을 것이오나 자제분 돌아가신 것부터가 액을 만난 게 아니겠소. 액은 풀어야 하고 불운은 끊어 없애야 하는 법이오…."

종태의 말은 이처럼 간절했으나 오 생원의 태도엔 변화가 없었다.

"말씀이 없으신 것을 승낙으로 믿고 돌아갔다가 자정쯤 해서 오겠소이다."

했을 때 오 생원이 버럭 고함을 질렀다.

"안 된다면 안 된다니까 그러네."

종태는 그 고함엔 아랑곳없이 옆에 둔 괴나리봇짐을 풀어 은괴하나를 꺼내 오 생원의 무릎 밑에 굴려놓았다. 오 생원의 눈이 번쩍하는 것 같았다.

"성의의 표시일 뿐이오. 댁의 보물에 비하면 약소할 줄 아오나 내가 무례한 소청을 하는 것이 아니란 사실만 알아주시오."

박종태는 이렇게 말하며 오 생원의 눈치를 살폈다. 적잖이 마음의 동요가 일고 있다는 것을 알 수가 있었다. 궁색하게 사는 처지에 한 관짜리 은괴가 굴러 들어왔다면 누군들 마음에 동요를 일으키지 않을 수 없는 것이다.

"오늘 밤 며느리 방 앞에 초롱이나 한 개 달아두십시오."

이 말을 마지막으로 하고 종태는 일어섰다. 그런데도 오 생원은 말이 없었다. 이 경우 분명히 그것은 승낙의 의사 표시라고 할 수 있었다.

그날 밤 자정 무렵 교군들을 데리고 오 생원 집을 찾은 박종태는 몸채의 한 방 처마에 초롱이 달려 있는 것을 확인했다.

"저 방이다. 이 홑이불에 싸서 방안에 있는 너희들 형수를 모셔 오너라."

하고 종태가 황두와 강두에게 일렀다.

"도둑질도 많이 해봤지만 사람 도둑질은 처음이네."

강두는 이렇게 나직이 중얼거려놓고 황두와 함께 사립문을 비집고 성큼 들어섰다.

딴 곳엔 불을 끄고 모두들 잠든 체하고 있었을 뿐 오 생원 집의 가족은 어둠 속에 눈을 뜨고 숨을 죽이고 있었다. 그 가운데서도 오 생원의 심정은 복잡했다. 가슴이 터질 것 같았다.

언젠가 이런 일이 있을 것이란 각오를 안 한 바는 아니었지만, 막상 며느리를 떠나보내려고 하니 죽은 아들이 새삼스럽게 원망스럽기도 하고 넉넉지 못한 살림이 원통하기도 했다. 아들이 없이도 살림만 넉넉하면 그 앞으로 양자를 세워 분가를 해서 떳떳이 살 수 있도록 해줄 수가 있었을 테니 말이다.

오 생원은 그러나 은괴에 눈이 멀어 며느리를 팔아먹는 것은 아니었다. 그 은괴를 보고 며느리를 데리고 가려는 사람의 재산 정도를 알 수 있었고, 며느리의 앞날에 유복한 생활이 있을 것이란 짐작을 할 수 있었던 것이 종태의 권유를 물리치지 못한 이유의 하나였고, 또 박종태라고 하는 소년의 몸가짐이나 말솜씨를 통해 하찮은 상대가 아니란 자신을 가질 수 있었던 것도 며느리의 개가를 승낙한 이유의 하나였다.

그래서 며느리의 방문 앞에 등을 달게 하고 오늘 밤 무슨 일이 있어도 놀라지 말라고 며느리와 식구들에게 귀띔을 해두고 오 생원은 기다리고 있었던 터였는데, 사립문으로 들어오는 투박한 발소리를 들었을 때 그의 가슴은 쿵 소리를 내는 것 같았다.

이윽고 방문이 열리고 억센 경상도 사투리가 몇 마디 있더니 며느리의 거동이 있는 것 같은 소리가 들렸다. 이어 소리를 죽여 흐느끼는 울음….

'아아, 저 영특한 며느리가….'

싶으니 오 생원은 금방이라도 뛰어나가 '못 간다, 못 가' 하고 외치고 싶었다.

그러나 참아야만 했다. 견뎌야만 했다. 그렇더라도 이제 가면 다시 볼 수 없는 며느리를 보내며 한마디 인사도 못 한다고 해서야… 세상의 법도라는 것이 그처럼 비정한 것인가.

과부의 개가는 약탈당하는 형식이 아니면 안 되게 돼 있었다. 그러니 이별의 인사가 정식으론 있을 수 없었다.

투박한 발소리와 여자의 흐느껴 우는 소리가 잠시 마당에서 형클어지듯 하더니 사립문 쪽으로 멀어져가고, 가마를 메는 듯 힘을 합하는 기합 소리가 있은 후 비걱거리는 소리와 함께 고요는 다시 되돌아왔다.

먼 곳에서 개 짖는 소리가 났다.

오 생원은 담뱃대를 끄집어 담배를 재기 전에 재떨이를 쾅 쳤다.

이윽고 안방 문이 열리더니 오 생원 부인의 통곡 소리가 울려왔다. 빼앗기고 난 연후엔 외고 펴고 울어도 되는 것이다. 온 집 안은 삽시간에 울음바다가 되었다. 난데없는 밤중의 통곡 소리를 듣고 이웃 사람들이 모여들었다.

"아아. 그 불쌍한 우리 며느리가…."

하는 넋두리를 들었을 때 이웃사람들은 비로소 그 까닭을 알았다.

"드디어 가고 말았구나."

하는 말과 더불어 시어머니를 위로하는 소리가 사방에서 일었다.

그러나 그러한 일은 모두 절차일 뿐이다. 가난한 사람들에겐 정부貞婦는 두 남편을 섬기지 않는다는 말은 한갓 사문서死文書에 불과한 것이다. 집안에서 과부를 없앤다는 것은 짐덩어리를 더는 뜻으로도 통했다. 어느 곳 누구가 데리고 갔느냐고 묻는 것은 비례에 속하는 일이라서 아무도 그런 것을 묻지 않는 것이다.

오 생원의 며느리를 가마에 태우고 온천장 객사로 돌아왔을 때 첫닭이 울었다. 박종태는 미리 마련해둔 방으로 여인을 안내하고 역시 미리 부탁해두었던 노파를 시켜 모시게 한 후 침소로 들어갔다. 모든 절차를 날이 밝기를 기다려 치를 작정이었다. 박종태 자신이 피로해서 견딜 수 없었던 것이다.

잠깐 눈을 붙였다가 아침에 일어난 박종태는 여인의 방으로 갔다. 어느새 여인도 세수를 하고 단정한 치장으로 앉아 있었다. 시중을 들게 한 노파도 같이 있었다. 박종태는 객사에 도착 즉시 자기가 만나 절차를 정하기 전에 누구도 여인을 만나지 못하게 그 노파에게 당부를 해두었었다.

종태는 그 여인을 보는 순간 적이 당황했다. 의젓한 얼굴과 몸매가 풍겨내고 있는 품위가 대갓집의 며느리로서의 관록이었고, 사대부의 부인으로서 알맞은, 그런 여인이었던 것이다. 천인 축에도 못드는 도둑놈의 아내로 하기엔 너무나 심한 모독이란 생각이 종태의 뇌리를 스쳤다.

'이 일을 어떻게 하나.'

잠깐을 망설이다가 종태는 생각한 바가 있어 다음과 같이 입을 열었다.

"나는 영남에 사는 박종태란 사람입니다. 간밤엔 지나친 무례를 범해 죄송하기 짝이 없습니다. 용서를 빕니다."

여인은 살큼 눈을 들어 박종태를 보더니 다시 얼굴을 숙였다.

"나는 나의 형수로서 받들고자 부인을 이곳에까지 모셔왔습니다만 황송한 마음이 듭니다. 그러니 내 말을 살펴 들으시고 좋을 대로 처신하시기 바랍니다. 내가 생각한 것은 약간의 무례를 범해도 뒷일이 좋으면 그 무례를 사할 수 있다는 것이었습니다. 그 이치는 좋은 과일을 얻으려면 과목果木은 본래의 뿌리를 버리고 다른 나무에 접接을 해야 한다는 사실과 통한다고 생각했던 것입니다. 그런데….”

하고 종태는 일단 말을 끊었다가 다음과 같이 이었다.

“그런데 내 형님으로 말하면 그 인품과 출신이 아무래도 부인관 어울릴 수 없을 만큼 부족하옵니다. 이 일을 미리 알았더라면 애당초 무례를 범하지 않았을 것인데, 하는 후회가 듭니다. 다행히 아직까지 아무 일도 없었사오니 부인께선 돌아가시는 게 좋을까 합니다. 곧 교군을 대령할까 하오니 조금이라도 미안한 생각 가지지 말고 뜻대로 하옵시오.”

여인은 다시 한 번 얼굴을 들어 박종태를 보았다. 박종태는 얼른 덧붙였다.

“내 형님이라고 했으나 부모님을 같이한 형님은 아닙니다. 의로 맺은 형이온데 이름은 도창두라 하옵고 일자무식한 천골이옵니다. 오 생원 어른껜 내 스승이라고 거짓말을 했습니다만, 그건 어른의 승낙을 얻기 위한 방편이었습니다.”

그러자 여인의 입에서 조용히 말이 흘러나왔다.

“저는 죽어야 할 목숨이온데 죽지 못해 이런 곤욕을 당하는가 보옵니다. 모진 목숨 스스로 끊지 못해 당하는 곤욕이지만, 다시 돌아가는 창피만은 참을 수가 없사옵니다. 이왕의 친절이시니, 가마를 가리천加里川으로 돌려주시면 곤욕과 창피를 아울러 씻을 수 있지 않을까 합니다.”

그것은 투신자살하겠다는 말이 아닌가. 종태는 도리가 없다고 단념했다.

'이것도 도창두의 복이다.'

하고 처리할 수밖에 없었다.

"꼭 그러시다면 앞으로 제 형수로 모시겠습니다. 사람의 출생에 원래 귀천이 있을 까닭이 없고, 나면서부터 유식한 사람이 없지 않겠습니까. 형수님의 덕으로 돌을 옥처럼 닦을 수도 있을 것이오니 해량하시기 바랍니다. 곤욕과 창피를 죽어서 씻어 무엇 하겠습니까. 살아서 씻어야만 떳떳한 것이 아니겠습니까? 잠깐 기다려주시기 바랍니다."

바깥으로 나온 박종태는 창두를 불러 제반 사정을 말했다.

"이것도 하늘이 내린 복이다. 당장 선비 복장을 하고 혼례를 치러야겠다. 그리고 앞으로 그 부인에게 합당한 지아비가 되도록 노력도 해야겠고. 그런데 내가 창두야, 하고 부르는 것도 지금이 마지막인 것 같다. 부인의 체면을 보아서도 지금부턴 형님으로 모셔야하겠구나."

창두는 종태가 여인에게 한 말을 엿듣고 있었던 모양으로,

"아무래도 나한텐 과한 것 같은디."

하며 지레 겁을 먹은 표정을 했다. 이때 장풍이 쓰윽 아래턱을 쓰다듬었다. 자기에게 돌려줄 수 없느냐 하는 시늉이었다.

"창두, 이것도 네 복이란 말이다. 빨리 얼굴을 씻고 준비를 해."

종태는 결연하게 말했다.

사모관대와 족두리를 마을에서 빌리고 객사의 봉놋방에서 간단

하게 상견례를 했을 뿐이다.

그 대신 잔치는 거창하게 했다.

마을 사람은 물론이고, 온천의 탕객들까지 초청해서 진탕 하루를 잘 놀았다.

상견례가 끝나고 잔치도 파한 뒤, 박종태는 다시 여인을 찾았다.

"성씨를 알고자 합니다."

하고 말했더니 여인의 대답은,

"성씨는 없는 것으로 해두면 좋겠습니다."

종태가 그 까닭을 물었다.

시가나 친정에게 망신을 주고 싶지 않다는 대답이었다.

"그러나."

하고 생각하다가 박종태는,

"온천에서 새로 태어난 셈치고 온씨溫氏로 합시다."

하는 의견을 냈다.

온양에서 이틀을 더 묵고 박종태의 일행은 한양을 향해 떠났다.

창두는 노상 싱글벙글했고, 황두와 강두의 기분도 흡족한 것 같은데, 장풍만이 시무룩했다.

어느 고개를 넘을 때였다. 일행을 앞세워놓고 종태가 뒤에 처진 틈을 타서 장풍이 다음과 같이 투덜댔다.

"도련님 하는 건 모두 좋은데 장가들인 일은 잘못했어…."

종태는 어이가 없어 장풍을 붙들고 길옆으로 가 앉았다.

"장 거사가 항상 들먹이는 장자는 어디로 갔소. 기우 장대하길 가르친 장자가 어디로 갔느냐 말이오."

"장자의 가르침에도 도둑놈에게 양반 규수 짝지어주란 말은 없어."

그러자 종태가 버럭 화를 냈다.

"도리가 없으니 한양까진 같이 가겠지만, 한양에 도착하거든 장 거사는 갈 곳을 달리 찾으시오."

평택의 주막에 들었을 때 박종태는 그 마을 사람들이 술렁대고 있는 것을 알았다.

무슨 까닭이냐고 주모에게 물었다.

"나도 잘 모르겠수다. 한양에서 무슨 영이 내렸는가 봐유. 쉰 살까지의 남자들은 원행遠行을 못 하게 한다는구만유."

주모는 이렇게 말해놓고 중얼거렸다.

"또 무슨 난리가 난 게 아닌지…."

"이미 원행을 해버린 사람은 어떻게 한답디여?"

그때 주청 구석에 앉아 있던 젊은 총각의 말이었다. 그건 박종태가 묻고 싶은 말이기도 했다. 그런데 주모는,

"낸들 그런 걸 어떻게 안답디유."

하고 처량한 얼굴을 했다.

박종태는 장풍을 돌아보고 일렀다.

"장 거사, 그럴싸한 유식한 사람을 찾아 한번 물어보소."

"닥치는 대로 살건 죽건 할 일이지 미리 그런 것 알아 갖고 뭣할끼라."

장풍이 퉁명스럽게 뇌까렸다. 창두가 장가간 후론 영 심기가 좋

168

지 않았다.

"사흘쯤 앞일은 안담시롱?"

강두가 볼멘소릴 했다.

"안다. 알몬 우짤끼고?"

장풍이 괴팍스럽게 받았다.

이때 황두가 불쑥 한마디 했다.

"당신, 도련님 말 곱신곱신 안 들을라몬 우리와 동행하는 것 그 만둡시다요."

장풍의 눈이 사납게 빛났다. 한데, 그다음의 말이 나빴다.

"느그 놈들을 관가에 일러바치지 않는 것만으로도 고맙게 생각해라."

이건 분명히 협박이었다.

"관가에 일러바치면 당신은 성할 줄 아나?"

강두가 흥분했다.

"그만둬."

하고 박종태가 일갈했다. 그러고는 장풍을 보고 말했다.

"장자도 더러운 제자를 가졌구만. 그래 관가에 일러바쳐봐. 일러 바치기에 앞서 세(혀)바닥이 끊어질 긴께."

"내가 어디 일러바친다 캤나. 안 한다고 했지."

장풍은 머리를 긁적긁적하더니 일어섰다. 그리고,

"내 나가서 알아보고 오지."

하는 말을 남겨놓고 밖으로 나갔다.

주모는 먼산을 바라보며 넋을 잃고 앉아 있었다. 술꾼들이 나타나지 않는 게 이상할 지경이었다.

"항상 이렇게 손님이 없소?"

하고 종태가 물었다.

"웬걸유, 이맘때면 손님이 붐벼 눈코 뜰 사이가 없었어유. 필시 금족령禁足令 때문에 사람들이 걱정이 되어 주막에 나올 마음이 되질 않는 건가 봐유."

"온양에선 그런 일을 듣지 못했는데."

종태가 이렇게 주모의 마음을 끌어보았다. 주모가 말했다.

"한양에서 오늘 아침 평택에 닿은 영이니께유. 손님들이 온양에 있었을 때는 그런 영이 닿지 않았을 께유."

주막 건넌방에서 온씨 부인과 틀어박혀 있다가 나온 창두는 꺼림한 표정을 하고 앉아 있는 일행을 둘러보며 물었다.

"무슨 일이 있었소?"

"형님 장가는 잘 갔소만 부랄 찬 사람은 관에서 죄다 잡아간다 카네요."

황두가 시침을 뚝 떼고 말했다.

저녁때에 돌아온 장풍이 한 얘기는 한양에서 큰 궁전을 짓는 역사를 시작했다는 것이었다.

"궁전이란 기 뭔데?"

매사에 총명한 박종태도 궁전을 모르고 있었던 것이다.

"임금이 사는 집을 궁전이라고 하지."

"그럼 꽤 큰 집이겠다."

하고도 박종태는 다시 물었다.

"그것하고 쉰 살까지의 사내를 원행하지 못하게 하는 것하고 무슨 상관이 있는고?"

"고을마다 부역할 인부를 보내야 한다는 기라. 그래서 사내들을 붙들어둘라쿠는 기더마."

"집이 아무리 크다고 해도 그렇게 많은 부역꾼이 드는가?"

"굉장히 큰 궁전을 짓는 모양이라."

"직지사만 할 낀가, 궁전이?"

종태는 오는 도중 직지사를 구경했던 것이다.

"직지사가 다 뭐꼬. 그 집을 한 바퀴 돌라몬 이십 리나 걸어야 할, 그런 기 궁전인데."

"뭐라꼬? 집 둘레가 이십 리나 될 끼라고?"

"그보다 더 될지 모르지."

"또 장잔가 뭔가 하는 사람 이야기하는 것 아니가?"

하고 박종태가 웃었다.

장풍은 언제나 장자 이름을 들먹여놓고 황당무계한 말을 했었다. 장풍은 얼굴을 벌겋게 하고 반발했다.

"내 말이 틀리는가 안 틀리는가 한양 가거든 눈깔을 뺄 내기를 하자."

"나는 장 거사 눈깔 빼는 것도 싫고 내 눈깔 빼이는 것도 싫쿠마."

박종태는 생각에 잠겼다.

장풍의 얘기를 반쯤만 믿는대도 그 둘레가 십 리나 되는 집이 될 것이 아닌가. 세상에 그렇게 큰 집이 있을 수 있을까. 그는 비로소 임금님이 얼마나 굉장한 것인가를 실감하는 기분이 되었다.

박종태는 아무튼 경복궁을 짓는다는 소문을 처음으로 들은 셈이다. 그리고 그건 사실이다. 바로 그달, 즉 4월 13일에 대왕대비의 영으로 경복궁의 중건이 시작되었다. 대왕대비의 영이라고 하나 그것을 배후에서 조종하고 있는 것은 대원군인 것이다.

"그렇게 크게 지어놓고 누구누구가 살 것인가?"

박종태는 상상할 수가 없었다.

"후궁 삼천녀라고 하지 않는가."

장풍이 싱글벙글했다.

"후궁 삼천녀가 뭔데?"

"임금의 마누라랑 첩이 삼천 명이나 된다, 그 말 아니가."

"뭐라꼬? 마누라가 삼천이라꼬?"

박종태는 또 한 번 놀랐다.

"임금이라 쿠는 건 원래 그런 기라. 그만한 여자를 거느려야 하는 기라."

"아직 열세 살밖에 안 된다 쿠던데, 임금님은."

"장차 어른이 될 것 아니가."

장풍은 아무렇지 않게 이런 말을 했지만 종태는 납득이 가질 않았다. 세상엔 엄청난 일도 많구나 하는 생각이 들었다. 그러니 예사로 덤벼선 안 된다는 경각심도 생겼다.

'둘레가 십 리나 이십 리나 되는 집에 마누라 삼천 명을 데리고 살다니…'

세상에 그런 호사가 있다는 건 얼마나 놀라운 일인가. 빨리 한양으로 가고 싶다는 생각이 들었다.

박종태 일행이 그 이튿날 묵은 곳은 용인 보개산寶蓋山 기슭에 있는 마을이었다. 오십 호 남짓한 마을이었으나 주막이 없었다. 하는 수 없이 빈 사랑이 있는 어느 집을 찾아들어 하룻밤의 이슬을 피하기로 한 것인데, 장풍이 드디어 일을 저지르고 말았다.

거기서 한양까진 칠십 리 남짓한 길, 내일 안으로 도착할 수 있을 거라고 생각하니 모두들의 가슴에 설렘이 일었다. 드디어 한양 구경을 하게 되었구나 했을 때 시골 사람이면 누구나 느끼는 기분일 것이다.

"내일은 새벽에 떠나자. 그래야만 해 있을 동안 한양에 도착할 것 아닌가."

박종태의 말이 떨어지기가 바쁘게 모두들 일찍 잠자리에 들었다. 창두의 아내가 된, 종태가 온씨 부인이라고 이름을 붙여준 여인은 안채에 빈 방이 있다고 해서 그 방에 재우기로 하고 창두는 종태 옆에서 잠이 들었다.

그런데 한밤중에 여자의 비명이 울렸다. 먼저 안집의 사람들이 잠을 깼다. 사랑에서 자고 있던 종태 일행도 잠을 깼다. 무슨 일인가고 두리번거렸다.

뜰을 달리는 소리가 나고 담장을 뛰어넘는 쿵 소리가 잇달았다. 모두들 숨을 죽였다.

이윽고 안채가 술렁대는 것 같더니 사랑채 근처에 인적이 있곤,

"여보."

하고 부르는 소리가 있었다. 온씨 부인의 목소리였다. 창두가 뛰어나갔다. 무슨 소린가를 한참 소곤거리고 있더니 창두가 다시 방안

으로 들어와,

"장풍이 없지?"

하고 숨 가쁜 소릴 했다.

불을 켜보니 과연 장풍이 없었다.

"괘씸한 놈!"

하곤 창두가 이를 갈았다.

"우찌된 기라, 차근차근 말해보소."

황두가 한 말이었다.

"그놈의 자식이…."

하고 창두가 한 말은 이랬다.

깊은 잠이 들어 있었는데 사람의 손길이 몸에 닿는 것 같아서 온씨 부인은 잠을 깼다. 캄캄한 방안이라 누군지 분간할 수 없었으나 창두가 온 것이 아닌가 해서 온씨 부인은, '이곳은 남의 안집이니 외간 남자가 들어올 수 없다'며 '빨리 나가라'고 했다.

그런데 남자는 나가지 않고 온씨 부인을 안으려고 했다. 그때 고함을 지르려고 했지만 남편이면 어쩌나 싶어 안으려는 손을 피하고 '빨리 나가라'고만 했다. 그랬더니 그자는 '당신 남편 창두는 도둑놈이다. 상놈보다도 더 천한 놈이다. 그러니 나와 함께 도망가자'는 말을 늘어놓았다. 온씨 부인은 그자를 밀치고 일어섰다. 그러자 그자는 온씨 부인의 다리를 붙들고 늘어졌다. 하는 수 없이 온씨 부인은 비명을 지른 것이다.

"세상에 그놈의 자식을."

하고 강두가 일어섰다.

"우짤라는 기고?"

종태가 물었다.

"그놈을 붙들어 죽도록 두들겨줘야 분이 풀리겠다."

고 강두는 으르렁댔다.

"그만둬."

하고 종태는 강두를 도로 앉혔다.

"멀리 도망간 놈을 어디서 찾을 끼고. 전화위복이라더니 그 말이 맞구나. 그놈을 내쫓을 궁리만 하고 있었는데 일이 잘됐다. 빨리 자자꾸나. 새벽에 떠나야 할 낀께."

"십 년 묵은 체증이 내려간 기분이구마."

장풍이 없어진 것을 강두는 이렇게 표현했다. 아닌 게 아니라 일행에서 장풍이 떨어져나가고 보니 오붓한 기분이 되살아났다.

종태의 기분도 나쁘질 않았다. 장풍은 만만찮은 부담이었던 것이다. 그런데 해가 돋을 무렵 고개 하나를 넘어서고 잠깐 쉬는 동안 종태는 장풍을 두고,

'아뿔싸, 그렇게 헤어지는 게 아닌데.'

하는 생각을 했다.

장풍은 틀림없이 질이 좋지 않은 사람이었지만, 그 지모智謀는 일품이었다. 도둑놈 셋을 장물과 함께 너끈히 한양까지 데리고 올수 있었던 것은 뭐니 뭐니 해도 장풍의 덕택이었다. 군데군데서 관속이나 포졸, 또는 서원의 유생들을 만나 자칫했더라면 곤욕을 치를 뻔했던 것을 장풍의 기지로써 모면했던 것이다. 그런데 창두, 황두는 고마워할 줄은 모르고 그가 없어진 것을 좋아하고 있다 싶으

니, 덕이 없는 인간이란 도리가 없다는 아쉬움이 있었다. 그것은 또한, 나만은 장풍을 그렇게 처우해선 안 되는 것인데 하는 아쉬움이기도 했다.

'좋은 일을 하고도 미움을 사는 사람.'

종태는 속으로 혀를 끌끌 찼다. 그리고 또 생각했다.

'그만큼 유식한 사람이 어떻게 그런 꼴일까!'

종태가 장풍을 통해 장자를 배운 것은 이를테면 수박을 겉으로 핥은 격이었지만 장자의 가르침이 심오하다는 것쯤은 알았다. 그런데 장자를 그처럼 알고 숭앙하고 있는 인간이 왜 그렇게 너절한 짓을 할 수 있을까, 하는 것이 수수께끼였다. 원래 품성이 나쁜 놈은 배울수록 나빠진다는 얘기가 아닌가.

'젖소가 물을 마시면 젖이 되고 독사가 물을 마시면 독이 된다더니…'

그러나저러나 학식이 나쁜 놈을 좋은 놈으로 만들지 못한다면 학식이란 게 소용없는 것이 아닌가.

종태는 먼길을 걸어오는 동안 지방의 수령들과 관속이 얼마나 나쁜 짓을 하는가 하는 얘기를 무수하게 들었다. 그런데 그 수령들과 관속은 모두 배운 사람들인 것이다.

'무식한 도둑놈은 기껏 쌀 한두 섬을 도둑질할 뿐이지만 유식한 도둑놈은 한 고을의 소를 판다…'

이런 생각 저런 생각을 할수록 종태는 학식이 있다는 것이 아무런 소용이 없는 것이란 마음으로 기울어들었다.

그러나 학식이 높을수록 덕도 높은, 그런 사람이 있을 것이었다.

종태는 그런 사람을 한번 만나보았으면 했다.

널다리[판교板橋]라고 하는 곳에서부터 길이 탄탄하게 되었다. 강두가 노래를 부르기 시작했다.

"제비는 좋을세라. 봄이 오면 북쪽 가고 겨울 되면 강남 가니. 기러기 슬플세라, 여름에 남쪽 가고 가을 되면 북쪽 가니. 말을 낳으면 제주도로 보내고 장부 낳으면 서울로 보낸다니, 어화 좋구나 좋아, 우리 장부들 서울 간다, 어화 좋구나."

황두가 빈정댔다.

"딴으론 장부인 요량인가?"

강두는 지지 않았다.

"사타구니에 달린 것 보여줄까?"

"사타구니의 망태야 말도 달고 있고, 개도 달고 있는디."

창두가 '쉬' 했다.

뒤에 온씨 부인이 따라오니 말조심하라는 시늉이었다.

나루터가 내려다보이는 산허리에 앉았다. 시야 아득히 만 호 대도大都의 집들이 보였다.

"저것 봐, 지붕이 파도 같구나."

하고 강두가 소리쳤다.

'아, 저곳이 한양이다.'

싶으니 종태의 눈에서 눈물이 쏟아졌다. 고향에 두고 온 아버지 어머니의 무덤이 뇌리를 스친 것이다.

'이제 천리 길을 다 왔다. 아버지 어머니의 무덤은 누가 손질해줄 것인가.'

창두는 울고 있는 종태의 옆얼굴을 훔쳐보며 속으로 중얼거렸다.

'아무리 똑똑하다고 해도 아이는 아이구나.'

저마다 감회를 갖고 한양을 바라보며 넋을 잃고 있을 때 죽립竹
笠을 쓴 초로의 남자가 열대여섯 살로 보이는 소녀를 데리고 뒤에
서 나타나더니 종태 일행 가까이에 앉았다. 그 사나이와 소녀의 사
이는 부녀간으로 보였다. 그리고 그들의 표정으로 보아 결코 기쁜
여행을 하고 있는 것이 아니란 사실을 짐작할 수가 있었다. 얼른 눈
물을 닦고 종태가 물었다.

"저 나루터 있는 곳을 뭐라고 하오?"

"노량진이라고 하오."

초로의 사나이가 한 답이다.

"그 건너편은요?"

"마포라고도 하고, 삼개라고도 하오."

"저기 보이는 산은?"

"삼각산."

"저건?"

"남산."

"강 이름은 뭐라고 하오?"

"한강."

초로의 사나이는 마지못해 말하고 있는 것처럼 보였다. 수심이
끼여 있을 뿐만 아니라, 피로에 지친 듯했다. 그 몰골이 측은해서
다시 물었다.

"영감님은 어디서 사시오?"

"난 수원에서 살고 있소."

"무슨 일로 한양에 가십니까?"

영감의 답이 없었다. 답이 없는 대신, 데리고 있는 딸아이에게 불쌍하다는 감정이 괸 눈빛을 보냈다.

"걱정되는 일이 있거든 말씀해보시오. 이렇게 동행이 된 것도 타생의 연분이 아니겠소. 혹시 우리가 힘이 되어드릴 수 있을지도 모를 일이고요."

종태가 그렇게 말해도 노인은 한숨을 쉴 뿐 말이 없었다. 소녀는 저편으로 고개를 돌리고 훌쩍훌쩍 울기 시작했다.

"그렇게 울고도 아직도 눈물이 남았어?"

하고 초로의 사나이가 버럭 고함을 질렀다. 그 고함소리가 자극이 된 듯 소녀는 와락 울음소리를 내며 풀밭에 머리를 묻었다.

그러자 견딜 수가 없었던지 온씨 부인이 소녀 옆으로 가더니 소녀의 어깨를 안으며,

"슬픈 일이 있으면 실컷 울어요. 우리 여자들은 울기밖에 더 할 일 있수. 실컷 울어요, 처녀."

이렇게 말하곤 자기도 따라 울기 시작했다.

환히 한양이 바라보이는 산허리, 하늘은 맑게 갰고 어디선가 꽃향기가 풍겨 오는데 두 여인이 울고 있는 광경은 까닭이 뭔지 알 수 없으면서도, 보는 사람의 눈시울을 뜨겁게 했다.

박종태는 굳이 그 노인과 소녀의 사정을 알아보아야 하겠다고 마음을 먹었다. 그래 성큼 일어서서 노인 옆으로 갔다.

노인의 성은 공씨孔氏이고 이름은 이판利判이라고 했다. 딸아이

의 이름은 순금順今이라고 했고.

공이판은 5년 전 무감武監 팽일섭彭一燮의 마름으로부터 이곡利穀 3석을 얻어먹었다. 봄에 먹은 이곡이 3석이면 가을에 4석 반을 갚아야 한다. 그런데 그해 실농을 하여 갚질 못했다. 그러고 보니 이곡은 원래 복리 계산을 하는 것이어서 그 이듬해엔 7석을 내놓아야 했다. 그래 그 가운데 겨우 3석은 갚았으나 4석이 남았다. 그 4석이 3년을 지내는 동안에 십 수 석의 부채가 되고 말았다.

그러자 가을부터 한 톨 남기지 않고 다 갚으라는 재촉이 빗발치듯 했다. 한 해만 더 유예해달라고 했지만 막무가내였다. 곰곰 생각해보니 금년 가을이면 20석 가까이 되는 것을 갚아낼 엄두도 나지 않았고, 지금 당장 굶어 죽을 지경이라서 원리곡元利穀을 다 내지 못하면 딸아이를 종으로 보내란 말이 있었기에 지금 딸아이를 데리고 팽 무감 집을 찾아가는 도중이란 것이다.

돈에 얽힌 사연을 꾀를 부린다고 해결할 수는 없다. 그러나 박종태의 성미는 그런 것을 보고 가만있을 순 없었다. 하여간 무슨 수를 내야만 했다.

"노인, 과히 걱정하지 마시오. 정신 똑바로 차리면 하늘이 무너져도 솟아날 구멍이 있다 합니다."

종태는 우선 이렇게 위로해놓고 차차 생각을 더듬어볼 작정을 했다.

"솟아날 구멍이 별게 있겠소. 불쌍한 저년을 종으로 팔 수밖엔. 금지옥엽으로 키우진 못할망정 명색이 부모된 처지로서 딸자식을 종노릇 시키다니…. 명이 모질고 독해 살고 있는 거구, 콧구멍이 두 개라서 숨을 쉬는 게지, 이게 어디…."

하고 노인은 손으로 거둬 뿌릴 만큼 눈물을 흘렸다. 이때 종태의 뇌리를 스치는 것이 있었다.

"영감."

"말하시오."

"만일 딸에게 종노릇만 시키지 않는다면 무슨 요구에도 응해줄 수 있겠소?"

"…"

"내가 천거하는 총각에게 시집보낼 수 있겠소?"

"그건 사람에 따라 다르지 않겠소. 종노릇 시키는 것만도 못한 시집살이도 있을 것 아니오."

"노인의 말씀은 옳소. 그렇다면 이렇게 하리다. 종으로 팔아먹지 않고, 평생 배 곯리지 않고, 아내로서 잘 받들 만한 총각이라고 노인이 믿을 수 있으면 시집보낼 수가 있겠소?"

"두말해서 뭘 하겠소만 그런 홍감한 자리가 어디…"

"그럼 알았소. 우리 저 나루나 건너놓고 봅시다."

하고 종태가 일어섰다.

그러고는 노인 부녀를 앞에다 보내놓고 창두, 황두, 강두에게 말했다.

"이번 장가갈 차례는 황두다. 황두를 위해 나락 열다섯 섬 될 만큼 은덩어리를 팔 요량하자."

아무도 반대하지 않았다.

"혹시 은덩어리 안 팔아도 될지 몰라. 하는 수 없을 땐 그렇게라도 하자는 얘기다."

하며 종태는 생긋 웃었다.

마포는 흥청대는 나루터였다. 가득 곡식을 실은 배, 생선을 실은 배가 즐비하게 닻을 내리고 있었고, 짐을 싣는 인부, 짐을 배에서 내리는 인부들로 붐비고 있었다. 그리고 강 쪽으로 트인 거리엔 음식점이 늘어서 있었다. 음식점으로부터 구수한 냄새가 거리에까지 흘러나오고 있었다. 가게마다 걸어놓은 돼지다리가 구미를 돋우었다.

그런 음식점 앞을 지나기만 하고 있는 종태의 소매를 끌어 강두가,

"아무 데나 들어가서 요기라도 합시다."

하고 코를 벌름거렸다.

"서둘 것 뭐 있노? 이왕이면 좋은 델 갈라꼬 찾고 있는 기다."

종태는 마음이 좋아 보이는 주인이 있는 집을 찾고 있는 것이었다.

처음에 주인을 잘 만나고 못 만나고에 앞으로 전개될 운명이 달려 있는 것이라고 믿었기 때문이다.

드디어 종태가 들어선 집은 입구는 좁았으나 마당을 가운데로 하고 널찍널찍하게 지어져 있는 방이 7, 8개는 되어 보이는 집이었고, 심부름꾼들에게 뭔가를 지시하고 있는 것이 그 집 주인인 성싶은 아주머니의 얼굴이 유순하기 짝이 없었다.

"일행이 여섯인데요."

종태가 인사를 하자,

"경상도에서 오신 도련님이시군."

하고 그 중년을 넘긴 나이의 아주머니가 손님이 들어 있지 않은 아랫방을 가리키며 그리로 들어가라고 했다.

"내가 경상도에서 왔다는 걸 우찌 알았습니꺼?"

종태가 묻자 음식점의 주인은,

"말씨를 들으면 팔도 사람을 다 알 수가 있죠."

하고 웃었다.

방에 들어가 자리를 차지하곤 순댓국을 시켰다. 일행은 맛있게 그것을 먹었다. 식사가 끝난 뒤 종태는 주인에게로 다가가 조용히 물어보고 싶은 말이 있다고 했다. 주인은 종태의 생김새와 거동에 호감을 느꼈던지 그를 자기의 안방으로 안내했다. 그러고는 물었다.

"도련님, 무엇을 알고자 하시죠?"

"나는 비록 상놈은 아니지만, 도련님이라고 불릴 처지는 못 되는 놈이오."

박종태는 자기와 일행들의 사정을 설명하고 앞으로 어떻게 하면 한양 땅에서 사람 구실을 하며 살아갈 수 있겠느냐고 의논을 걸었다.

"한양은 산 사람 눈깔을 뺀다는 곳이오. 팔도에서 건달이란 건달은 죄다 모여든 곳이고 보니 인생이 각박하기 이를 데 없습죠. 그러나 도련님은 총명해 보이니 무슨 일을 한대도 남에게 뒤질 것 같진 않소만…"

했을 때 종태는 다음과 같이 말을 끼웠다.

"내가 어떻게 살아야 하느냐를 묻고 있는 건 아니올시다. 내가 데리고 온 저 사람들이 걱정이다, 이 말씀입니다. 특히 도창두라 하는 자는 벌써 아내까지 가졌으니 무슨 장사라도 시켜 살림을 하게 했으면 하는데, 그 방도를 가르쳐주었으면 합니다."

"놀랍기도 해라. 나이 어린 도련님이 어른들의 걱정을 하시는구려."

하곤 주인은 다른 사람들의 사정까지를 자세히 묻더니 부드러운 말이 있었다.

"그럼 방에 가서 밤까지 쉬시구려. 오늘 일을 끝내고 밤이 되면 우리 의논을 같이 해보기로 하죠."

포천댁抱川宅으로 불리는 음식점 안주인이 박종태의 생김새와 언동을 보고 유별난 관심을 가진 모양이었다. 마포에서 청춘을 늙히도록 장사를 하고 보면 세정世情과 인정에 통달할 만큼 된다. 따라서 얼마 동안만 말을 주고받아보면 상대방의 인품을 짐작할 수가 있었다.

그런데다 포천댁에겐 과년한 딸이 하나 있었다. 일찍 남편을 여의고 유복遺腹한 딸을 키워온 만큼 그 딸에 대한 애착은 이만저만한 것이 아니었다. 수삼 년 전부터 데릴사위로 들여놓을 만한 총각을 물색 중이었는데 그게 만만치가 않았다.

굳이 양반 사위를 보겠다는 것은 아니었지만 천골을 택할 수야 없었다. 포천댁은 재산의 유무를 따지기엔 세상을 너무나 잘 알고 있었다. 사람 하나만 분명하면 그만이란 확신을 갖게 된 것은, 칠칠치 못한 놈은 어제 부자였다가 오늘 거지가 되는 예를 무수히 보아왔기 때문이다.

포천댁은 박종태를 데릴사위로 했으면 하는 생각을 해보았으나 경솔하게 서둘 일은 아니었다. 찬찬히 겪어보고 지켜볼 참이었다. 그러기 위해선 박종태의 의논 상대가 되어주어 그 일행을 당분간 그 집에 붙여둘 수밖에 없었다.

밤이 되었을 때 포천댁은 박종태를 불렀다. 포천댁이 물었다.

"저 일행을 도련님께서 다 돌봐야 하는 거예요?"

"그렇소이다."

"그렇다면 어떻게 하는 것이 좋을지 그 의향부터 말해보세요."

"첫째가 공이판이란 노인과 그 딸의 일입니다."

하고 박종태는 노인의 사정을 말하고 어떻게든 그 딸이 종으로 팔려 가지 않도록 하고 싶다는 것과 그렇게 약속을 했다는 얘기를 했다.

"약속을 하다니, 그런 중대한 일을 도련님은 뭣을 믿고 약속까지 하셨소?"

"남의 불행을 보고만 있을 수 있어야죠."

"언제부터 아는 사이세요?"

"오늘 낮에 관악 고개에서 만났습니다. 그러니 오랫동안 아는 사이는 아닙니다."

"초면부지의 사람 일을 도맡았단 말예요, 그럼?"

"그렇게 되는가 봅니다. 그러나 막다른 골목에 이른 사람을 구하는 데 있어서 초면이고 구면이고가 있겠습니까?"

"마음만으로 세상일이 되는 건 아닙니다. 장부일언 중천금이라고 했는데 경경하게 약속할 것이 아닌 걸 그랬군요."

하고 포천댁이 종태에게 약간 핀잔하는 투로 말했다.

"장부일언 중천금은 저도 잘 알고 있습니다. 그러기에 내 입으로 약속한 일이면 무슨 일이 있어도 지킬 것이올시다. 그래서 아주머니께 의논을 드린 것 아닙니까."

"내거 거절하면 어떻게 하시겠어요?"

포천댁이 웃는 얼굴이 되었다.

"거절하면 그만이죠. 별수 있습니까? 원래 아주머니를 믿고 약속한 것이 아니니까요. 달리 방도를 찾겠습니다. 그러니 내가 부탁하는 건, 될 수만 있다면 의논 상대가 되어줍시사 한 것이지, 억지를 쓰려는 건 아닙니다."

박종태의 말은 활달하여 구김살이 없었다. 포천댁의 마음은 종태에 반해 있었다.

당장에라도 도와드리겠다는 말이 목구멍까지 나오려는 것을 참고 포천댁이 물었다.

"장안엔 사람도 많다지만, 이제 갓 시골에서 올라온 도련님의 청을 수월하게 들어줄 사람은 아마 없을 거예요. 들으니 빚을 진 것때문에 딸을 종으로 팔아야 할 신세가 된 모양인데, 그걸 도련님이어떻게 하시려는 거요?"

"돈을 만들죠, 뭐."

종태는 수월하게 말했다.

"어떻게요?"

"몇 가지 방법이 있습니다."

"무슨 방법입니까요?"

"거리에서 사람을 불러모아야 하니 약간 치사스러운 겁니다. 말하자면 내겐 조그마한 기술이 있는데 그걸 보여주고 돈을 모으는게 하나의 방법입니다. 그러나 그게 치사스러워 되도록 피하려고합니다."

"또 다른 방법은요?"

"팽 무감을 찾아가서 기한을 연장 받아 연장된 기한 동안에 갚아주는 방법입니다."

"거절당하면?"

"내가 나서면 아마 거절할 수 없을 겁니다."

"어떻게 그럴 줄을 아세요?"

"팽 무감도 사람일 테니까요."

"사람 아니면 어떻게 할 테죠?"

"내가 종살이를 하는 겁니다. 나는 장담이 아니라, 일을 하려고 들면 장골 세 사람치를 나 혼자 거뜬히 해치울 수 있으니까요."

"그렇더라도 어떻게 양반이 종노릇을 하겠어요?"

"사람을 살리기 위해서 못 할 것이 어디 있겠소?"

"오늘 낮에 안 것뿐인 사람을 위해 그토록 할 까닭이 뭐죠?"

"장부일언이 중천금이라고 하잖았습니까. 그 약속을 지키기 위해서 그렇게라도 하겠다는 것이지, 타의는 없습니다. 뿐만 아니라 나는 노인과 그 딸에게만 약속을 한 것이 아니라, 내가 데리고 온 사람들 가운데 황두란 놈이 있는데 그놈 장가보내주겠다는 약속까지 했습니다. 물론 공이판이란 노인의 딸을 두고 생각한 겁니다."

이 말을 듣고 포천댁은 안도의 숨을 내쉬었다. 박종태가 그처럼 노인 부녀를 위해 애를 닳는 까닭이 그 딸아이에 있는 것이 아닌가 하는 위구를 잠시나마 가졌던 것이다.

"한데, 공이판이란 노인이 팽 무감에게 진 빛이 얼마라고 했죠?"

"불과 벼 15석이라고 합니다."

"불과가 뭐예요? 없는 사람에겐 15석이나 150석이나 마찬가지예요."

하고 포천댁은 잠깐 생각하더니 다음과 같은 제안을 했다.

"그 딸아이와 황두란 사람을 짝지어주겠다고 하셨다지만 지금 당장 어떻게 할 수 있는 일은 아니지 않아요? 그러니 이렇게 합시다. 빚을 내가 갚아주되 그 딸아이와 황두란 사람을 우리 집에 머슴을 살리는 겁니다. 그렇게 2년 동안만 우리 집에 있게 되면 살림의 터전도 잡힐 것 아녜요? 앞으로 장사를 한대도 그동안 견문을 틔워야 할 거구…."

종태는 저도 모르게 넙죽 절을 했다.

"고맙습니다. 아주머니."

"장부가 그처럼 절을 값싸게 해서야 되겠수?"

하며 포천댁이 웃음을 지었다.

"공 노인과 그 딸, 그리고 황두란 사람의 일은 처리되었다고 치고 말해보세요."

포천댁은 무슨 의논이라도 받아주겠다는 아량을 표정으로 나타내며 물었다.

"남은 일은 창두 부부."

라고 하고 종태는 창두와 온씨 부인이 어떻게 결합되었는가를 대강 말했다.

포천댁은 자기의 살림집에 마침 비어 있는 방이 있으니 창두 부부를 거기 들게 하겠다고 하고 덧붙였다.

"이 삼개는 얼마라도 일손이 필요한 곳이니 내가 일자리를 구해주죠."

종태는 거듭 감사하다고 하고,

"이 소식을 전하고 우리끼리 의논을 해야 하겠습니다."

며 일어서려고 했다.

포천댁은,

"아직 미진한 게 있지 않소."

하고 종태를 붙들었다.

"아직 하나 남아 있지 않소."

"아아, 강두 말입니까?"

하곤 종태는 싱긋 웃었다.

"그리구 도련님두요."

"제 걱정은 안 하셔도 됩니다. 강두도 그렇고."

"왜요?"

"전 삼전도로 갈 겁니다. 강두를 데리고 말입니다."

삼전도로 간다고 듣자 포천댁의 얼굴에 미소가 일었다. 그리고 물었다.

"삼전도 얘기는 누구에게 들었수?"

"바람결에 들었습니다. 나는 삼전도엘 갈 양으로 지리산 골짜기 에서 한양으로 온 겁니다."

"삼전도는 좋은 곳이오. 도련님 같으면 그곳에서 따뜻하게 맞이 할 거요. 그러나 같이 온 그 사람까진….."

"저도 그런 사정은 대강 알고 있습니다. 그러나 삼전도에도 일하 는 사람이 필요하지 않겠습니까? 강두 하나쯤 끼울 데가 있으리라 고 믿습니다."

"그야 그렇겠지만 그 강두란 사람도 여기 두고 가시오. 경복궁을 다시 짓는 역사가 벌어져 있으니 그리로 보내면 되오. 그러나 인부로서 가면 부역꾼밖에 안 될 터이니 우리 이웃에 있는 목수한테 대패질이나 배워 갖고 목수로서 가는 게 좋을 거요. 그 사람 삼전도에 데리고 가보았자 결국 경복궁 짓는 부역꾼으로 차출될밖엔 별수 없을 거예요."

들어보니 그럴듯했다.

"아주머니의 말씀 지당합니다. 우리 일행에게 아주머니의 그 따뜻한 마음을 전해야 하겠습니다."

하고 종태는 나갔다.

그 뒷모습을 바라보며 포천댁은,

'뒤통수도 잘생겼구나.'

하며 종태가 삼전도에 영입되기만 하면 자기 집 단골인 최팔룡을 사이에 넣어 데릴사위 공작을 하리라고 마음을 먹었다. 삼전도장엔 내빈, 외빈으로 나눠져 바깥에서 살며 수시로 드나들 수도 있게 되어 있는 관례가 있다는 것을 포천댁은 알고 있었던 것이다.

이런 공상을 하고 있는데 바깥에서 소리가 있었다.

"아주머니 절 받으시오."

문을 열었다. 박종태의 일행이 마루에 죽 늘어서 있더니 공손히 큰절을 했다.

큰절을 하곤 종태는 큼직한 마대麻袋를 앞으로 밀어놓았다.

"그게 뭐예요?"

하고 포천댁이 물었다.

"은덩어리 열여덟 개올시다."

190

종태의 답이었다.

"그걸 우짤라구?"

"아주머니께 드리기로 우리 의논을 모았습니다."

"그건 안 되우. 객지에 온 여러분들에게나 소중할까 내겐 필요가 없소."

"아닙니다. 우리 모두 생로生路를 얻은 것이나 다름없은즉, 이건 아주머니께 드려 무방한 것입니다."

"나는 받지 못하오."

포천댁의 말은 결연했다.

"받아주십시오. 우리는 앞으로도 댁에서 종종 같이 모일 작정이니 두고두고 신세를 끼칠 겁니다. 그렇게 은혜를 베풀어주시기로 하고 이건 받아주십시오."

박종태의 말은 간절했다.

포천댁은 한참을 생각하고 있더니,

"그럼 내가 맡아두겠소."

했다. 그걸 맡아 이利를 늘려주겠다는 속셈을 한 것이다.

이렇게 일이 낙착되자 모두를 기뻐했다. 포천댁의 말이 있었다.

"우리가 서로 알게 된 인연을 소중히 하는 뜻으로 잔치를 해야죠."

술과 안주가 날라져 왔다.

잔치가 벌어지고 보니 모두들 기막힌 재주를 하나씩 가지고 있다는 것을 알 수가 있었다. 강두의 구성진 남도 노랫가락은 일품이었고, 황두는 술잔을 한 손에 들어 그것을 등 뒤로 돌리고 손바닥을 뒤집고 하면서 마시는데도, 술 한 방울 쏟지 않는 기술로써 좌중을 놀라게 했다. 창두는 심심찮게 객담을 끼워 일동을 웃겼다.

하도 흥에 겨워 공이판 노인까지 성주풀이를 엮어내는 덴 모두들 배꼽을 잡았다.

"여기다 박 첨지만 섞으면 너끈한 굿패가 되겠네요."

하고 포천댁이 감탄했다.

그러자 강두가 볼멘소리로,

"와 도련님은 가만있는 기라요?"

"상놈들 노는디 양반 도련님이 끼일 수 있을까베."

창두가 능청스럽게 한마디 끼웠다.

"이거 꼼짝없이 되었네."

하며 종태가 포천댁더러,

"집 안에 있는 목침을 죄다 모아주실 수 없겠습니까?"

하고 부탁했다.

"그런 청을 못 들어 드리겠어요?"

포천댁이 사람들을 불러 방마다 가서 목침을 모아 오라고 일렀다. 말이 떨어지기가 바쁘게 스물 몇 개의 목침이 모였다. 가끔 손님을 재울 필요가 있는 탓으로 목침은 풍부했던 것이다.

박종태는 그 목침으로 지난 봄 사천 환덕의 집에서 한 기술을 보였다.

목침 스물 몇 개를 차곡차곡 쌓아올려 무너지지 않게 하는 것도 대단한 노릇인데, 종태는 쌓아올린 목침 가운데의 하나를 임의로 빼어 위에 올려놓는 동작을 거듭하는데도 종태의 키보다 높이 쌓여 있는 목침의 퇴적된 모양엔 추호의 변동, 조그마한 요동도 없었다.

온씨 부인도 처음 보는 일이었고, 공 노인과 그 딸 순금도 처음 보는 구경거리였다. 그런데 누구보다도 감탄한 것은 포천댁이었다. 어떻게 하건 종태를 사위로 삼아야 한다는 마음에 더욱 들떠 있었던 것이다.

천문만호 한양성

千門萬戶漢陽城

그 이튿날 아침.

포천댁이 박종태와 공 노인을 불렀다.

그러고는,

"팽 무감에게 빚을 갚아야 할 것이 아니우?"

하며 글자가 적힌 종이쪽지를 박종태 앞에 밀어놓았다.

종태가 그 종이쪽지를 집어 들었다. 그 쪽지엔 '일금 20냥'이란 금액과 최팔룡이란 이름과 큼직한 도장이 찍혀 있을 뿐이었다.

"나락 15섬이면 돈으로 쳐서 20냥이면 넉넉할 거요. 그걸 팽 무감에게 전하고 인수증을 받아 오시오."

하고 포천댁은 흡족한 표정을 지었다.

"그럼 이게 돈이란 말입니까?"

종태가 놀라며 물었다.

"어음을 처음 구경하시는 모양이로구먼요."

하고 포천댁이 어음에 관한 설명을 했다.

"많은 돈짐을 지고 우왕좌왕할 수 없지 않소. 그래서 한양에선 이렇다 하는 집안에선 모두 어음을 쓴다우. 그러나 아무나 쓴다고 해서 어음으로 통하는 건 아네요. 이 어음은 삼개의 객주 최팔룡 생원의 어음이오. 한양만이 아니라, 조선 팔도에 생금生金이나 다를 바 없이 쓰이는 어음이오."

그래도 종태가 납득하는 것 같지 않으니까 포천댁이 웃으며 덧붙였다.

"공 노인과 같이 팽 무감 집에 가서 그걸 건네보면 알 것이우."

어음을 호주머니에 넣고 일어서며 박종태가 말했다.

"이왕 성내로 들어가는 김에 우리 삼두를 데리고 한양 구경을 하고 싶습니다."

종태가 '삼두'라고 말한 것은 황두, 강두, 창두를 싸잡아서 그렇게 말한 것이다. 포천댁은 그거 좋은 생각이라며 유식한 길잡이를 붙여주겠다면서, 심부름꾼보고 이웃집에 가서 귀 노인을 데리고 오라고 했다.

그를 기다리고 있는 동안에 종태가 물었다. 귀씨란 성을 처음 들었기 때문이다.

"귀 노인이라고 하셨는데 귀씨 성 가진 노인이란 말입니까?"

"그게 아니구요."

하고 포천댁이 웃으며 설명했다.

"어느 집 종으로 있다가 속량한 노인인데 별명이 늙은 당나귀예요. 술집만 보면 술을 마시려는 버릇이 있다고 해서요. 그랬던 것이 어느덧 귀 노인으로 통하게 되었죠. 총기가 좋기로 말도 못 하는데

198

양반집에서 태어났더라면 높은 벼슬을 했을 거예요. 배우지도 않았는데 사서삼경을 줄줄 왼답니다. 그런 사람이 종노릇을 하려니까 얼마나 속이 썩었겠수. 그래서 술에 미쳐버린 모양이라요."

조금 있으니 50세 안팎으로 보이는 너절한 차림의 남자가 쑥 들어섰다. 눈알이 빨간 것으로 보아 아침부터 술에 취해 있는 것이 뻔했다.

"귀 노인, 오늘 이 손님들에게 한양 구경 시켜줘요. 도중에서 술 마시지 말구 저녁때 돌아오면 내 돼지다리 안주로 실컷 술 마시게 해줄게."

포천댁이 타이르듯 했다.

"말 많이 마세요. 마시란다고 안 마실 것 마시고, 마시지 말란다고 마셔야 할 걸 안 마시지 않을 거니까요."

하고 귀 노인은 충혈된 눈으로 박종태의 일행을 휘둘러보았다.

온씨 부인과 순금은 집에 남아 있기로 하고 남자들만 따라나섰는데, 길잡이 귀 노인은 만리동 고개를 오르며 반은 중얼거리듯, 반은 노래 부르듯 한양을 설명하기 시작했다.

"5백 년 도읍이니 유서도 깊사옵고 이야기도 많사외다. 천문만호 정참차千門萬戶正參差*는 권근權近의 시이온데, 사람 또한 많은 것은 한다恨多, 비다悲多**, 도리 없죠. 삼국 시절 북한산주北漢山州, 고려 초엔 양주군楊州郡, 고려 중기엔 남경南京, 고려 충렬왕 땐 한

---

* '만호 장안 여러 집이 각각 다르다.'
** '한도 많고 슬픔도 많다.'

양漢陽, 아我 태조太祖 3년에 한성부漢城府라 이름하니 이름 각각 다를망정 산천이야 변할쏜가."

잠깐 침을 삼키고 사이를 두더니 귀 노인은 북거화산北據華山 남임한수南臨漢水*한 한성의 형승形勝을 설명했다. 그러자 강두가 투덜투덜 말이 있었다.

"제기랄, 무식한 사람 당최 알아들을 수가 있나, 뭐."

그 소릴 재빨리 들었던지 귀 노인은,

"유안불시有眼不視, 유이무청有耳無聽은 무식의 소치인즉."

했을 뿐 그 말투를 바꾸려고 하지 않았다. 황두가 강두의 옆구리를 찔렀다.

"느노사는 워노산숭이 지노사꺼리는 소노사리로만 알아들으면 될 끼 아니가."

"그 노사래, 못 알아듣는 놈이 무식하지."

하고 강두가 킬킬거렸다.

늙은 원숭이 지껄이는 소리로 알면 그만 아닌가, 하는 황두의 말에 강두가 그렇다고 응한 이른바 '노사' 말이다. 말하자면 자기들이 못 알아듣는 말만 하는 귀 노인에게 그가 알아듣지 못하는 말을 함으로써 보복한 셈이었다.

박종태는 눈을 흘겨 황두와 강두를 억눌렀다.

염천교를 지나 남대문 앞에 선 일행을 돌아보며 귀 노인의 설명이 시작되었다.

---

* 북쪽에 화산(삼각산)이 있고 남쪽으로 한수(한강)가 흐른다.

"이것이 흔히 말하는 남대문이오. 그러나 그건 정식 이름이 아니 옵고 남쪽에 있는 문이란 뜻일 뿐이오. 둘레 사십 리의 성곽으로 둘러싸인 한성은 유사대문有四大門과 유사소문有四小門이니 정북 에 숙정문肅靖門, 정동에 흥인지문興仁之門, 정남에 숭례문崇禮門, 정서에 돈의문敦義門, 이것을 차례로 북대문, 아니 아니, 북대문이 란 이름은 없소이다. 동대문, 남대문, 서대문이라고 하옵죠. 사소문 으로 말하면 동북쪽에 혜화문惠化門, 즉 동소문, 동남쪽에 광희문 光熙門, 즉 수구문水口門, 남서쪽에 소의문昭義門, 즉 서소문이고. 서북쪽에 창의문彰義門이 있으니 이것이 곧 북소문이라."

이렇게 큰 소리로 지껄이고 나서 귀 노인은 종태만 들을 수 있는 목소리로 말을 이었다.

"저 현판의 숭례문이란 글자는 세종대왕의 셋째아들 안평대군의 필적이라고 하오. 그리고 다른 문 현판은 모두 횡서橫書로 되었는 데 숭례문만 종서縱書로 된 것은, 남쪽 관악산에 오행五行상 화기 火氣가 있다는고로 그것을 누르기 위함이라 하였소."

설명이 끝나자 귀 노인은 일행을 데리고 성문으로 들어섰다. 창 두와 황두, 강두는 파수꾼 앞을 지날 때 목을 움츠렸다. 그러나 별 탈 없이 성문을 통과할 수 있었던 것은 다행이었다.

귀 노인은 '여기는 선혜창, 이곳은 수교水橋' 하고 걸어가더니 왼 편을 가리키며,

"이것이 저경궁儲慶宮이고 저건 남별궁南別宮이오."

하곤 다시 노랫조가 되었다.

"한성엔 궁도 많고 한도 많소. 일궁만한一宮萬恨이니 백화百花가

수색愁色이라."

"저 노사놈의 여노상감."

하고 투덜대는 것은 강두. 또 못 알아들을 소리 한다는 푸념이다.

한참을 가더니 다리 위에 섰다.

"이것이 무교武橋요."

아래를 보니 둔탁한 물이 괴어 있다.

다시 조금을 가니 또 다리가 있었다.

"이것이 모교毛橋요. 터럭모毛 자가 왜 이 다리의 이름이 되었는지 알고도 모를 일이외다. 다방골 기녀들이 그 털을 씻는다는 말은 아닐 게구."

귀 노인이 이렇게 말하자 강두가 어깨를 으쓱하며 뇌까렸다.

"얘기를 그렇게만 한다 쿠몬, 술 사주고 떡 사주고 안 할라꼬."

그러나 그런 꾐에 넘어갈 내가 아니라는 듯이 귀 노인은 모교를 건너 조금을 더 가더니,

"차처* 우포도청右捕盜聽이니 유과지자有過之者는 세수대검洗首待劍할지니라."

하고 제법 호통을 쳤다.

강두는 혀를 찼지만 알아듣지 못한 게 다행이었을지 모른다. 죄를 지은 적이 있는 자는 목을 씻고 칼을 받으라는 말이었으니까.

귀 노인은 오른쪽 집 하나를 가리키곤,

"여기가 기로소嗜老所, 나이 많은 어른을 보살피는 곳이라 들었

---

* 此處: 이곳.

202

소만, 나 같은 사람은 삼천갑자 동박삭만큼이나 살아도 본체만체
하는 데요."

하며 입을 쭈뼛했다.

기로소를 지나자 귀 노인은 길 한가운데 버텨 서서 지껄이기 시
작했다.

"이 집들을 모두 싸잡아 육조六曹라고 하오. 무슨 까닭으로 육조
인가. 오조라고 하면 한 조가 덜하고 칠조라고 하면 한 조가 남으
니까 육조라고 할밖에요."

귀 노인의 그 말투에 종태가 피식 웃었다. 귀 노인이 주위를 살폈다.

"육조 거리에서 함부로 웃지 마오, 도련님. 대감들 심술은 아무도
못 당하오. 대감 위신 깎는다고 붙들어서 곤장이오."

"육조가 뭣 하는 곳이오?"

강두가 물었다. 귀 노인은 점잖은 태를 빼며 천천히 말했다.

"이조, 호조, 예조, 병조, 형조, 공조를 말함이오."

"그게 다 뭣 하는 거냐, 이 말이오."

강두가 또 다급하게 물었다. 그러고 보니 강두의 호기심이 가장
강했다. 알아듣지 못하는 소리를 할 때마다 투덜대는 것도 그 때문
인 것이다.

"숨 좀 돌립시다."

하고 귀 노인이 크게 숨을 쉬었다.

육조의 건물이 즐비한 저편 쪽으로 많은 사람들이 오가고 있었다.

"저 사람들 모두 뭣 하는 사람들이오?"

강두의 질문이었다. 그러자 귀 노인이

"여보소, 만호 장안 사람 소식 다 알아 뭣 할 거요?"

하다가 헤벌쭉 웃는 얼굴이 되며,

"경복궁 사역꾼들이오. 육조의 얘기를 하오리다."

귀 노인이 헛기침으로 목청을 다듬었다.

"첫째가 이조. 이조는 천관天官이라고도 하옵죠. 그 우두머리가 판서로 정이품, 그다음이 참판으로 종이품. 나라 안에 벼슬하는 사람들의 일을 챙긴다고 합니다만, 어떻게 챙기는 건진 난 모르겠소. 고을살이 원님으로 나가려면 이조에서 서장書狀을 받아야 한다니, 그 권세 알 만하지 않소?"

여기서 잠깐 말을 끊었다가 귀 노인은 건너편 지붕을 가리켰다.

"저것은 호조. 지관地官이라고도 하옵죠. 역시 판서가 우두머리고 참판은 그다음. 호구 조사, 공물 받기, 세금 받기를 비롯하여 나라의 살림은 이곳에서 한다오."

귀 노인이 다음 가리킨 곳은 예조.

"예조를 일러 춘관春官이라고 하옵죠. 나라의 제사를 도맡아 지내는 곳이고 과거를 시행하는 것도 이곳이라고 하대요."

"저것은"

하고, 귀 노인은,

"병조라고 하오. 하관夏官이라고도 하옵죠. 병정에 관한 일은 저곳에서 다 한다오. 호조에서 죽은 사람 병조에선 살았으니 도깨비 군사가 얼마나 되올는지."

귀 노인의 이 말은 죽은 사람에게까지 징집 명령을 내려놓고 응하지 않는다는 이유로 세금, 이른바 백골포白骨布를 받아가는 처사에 대한 울분을 토한 것이다.

"그다음은 형조. 추관秋官이라고도 하옵죠. 송사가 있거든 형조로 가시오. 송사는 걸어도 망신, 당해도 망신한다고 하옵디다. 종놈들 문서는 이곳에 다 있다오. 그렇다고 할진대 내 문서도 있겠습죠. 목도 치고 사지 찢고 곤장 치고 귀양살이 이곳에서 다 한다니 한성의 지옥문이 이곳인가 하옵니다."

창두가 황두와 강두를 보며 목을 움츠렸다. 켕기는 게 있는가 보았다.

"저것이 공조. 동관冬官이라고도 하옵죠. 왜 하필이면 겨울 동자 동관이냐. 정이품 판서로되, 동관 판서 배고픈 줄은 북촌北村, 남촌南村 다 안다오. 나무 베고 집 짓고 도기 굽고 흙 파고 금도 캐고 은도 캔다지만, 판서 몫이 되는 건 아닌가 보옵니다."

이렇게 주워섬기곤,

"이로써 천관, 지관, 춘하추동 사관四官, 육조 육관의 얘기를 끝냈으니…"

하곤 귀 노인은 돌아서서 오던 데로 걸어갔다.

"여보시오."

종태는 귀 노인을 불러 세워,

"왜 저리로 가지 않죠?"

하고 북악 쪽을 가리켰다.

귀 노인이 다가서서 낮은 소리로 말했다.

"저곳에선 바로 경복궁 중건 공사가 벌어지고 있소. 사람들이 땀을 흘리며 개미떼처럼 일하고 있는데 한양 구경 한답시고 빈둥빈둥 그 근처로 돌아다닐 수 있겠수? 꼭 가고 싶거든 당신들끼리나 가 슈. 난 안 가려오. 늙은 놈 괜히 붙들려 창피 보기 싫소."

그렇다면 도리가 없었다. 종태는 귀 노인의 뒤를 따르기로 했다. 귀 노인의 말이 있었다.

"그곳 아니라도 구경할 데 많으니 우선 다방골에 가서 찹쌀막걸 리나 한 사발 해야겠소."

다방골 선술집에서 사발 뜨기로 한 잔을 얌전히 마시더니 귀 노 인은 힘이 불끈 솟는 모양이었다.

"여기가 다방골이오. 명기를 찾으려면 여겔 와야 하고, 명창을 찾 으려면 여기로 와야 하오."

"이 집에도 기생이 있소?"

물은 것은 역시 강두였다. 귀 노인이 빙그레 웃었다.

"무식한 소리 하지 마오. 한성에 사는 사람 천층 만층 구만층이 듯이 다방골 술집도 천층 만층 구만층이라오. 영의정 나으리 납시 는 술집이 있고, 건달들이 드나드는 술집이 있고, 마부나 종놈들이 기웃거리는 술집이 있구요…."

"그럼 이 집은 어떤 집이오?"

"문자 그대로 선술집이오. 왔다갔다하는 행인이 누구라도 와서 마실 수 있는 곳이라오."

하곤 귀 노인은 술 한 사발을 다시 청했다. 귀 노인에게 술을 많이 먹여놓으면 아무것도 안 된다는 주의를 포천댁으로부터 받아왔기 때문에 박종태가,

"우리 구경 다하고 난 뒤에 얼마든지 마시게 해드릴게요."

하고 말을 걸었더니 귀 노인은 발칵 성을 냈다.

"내가 두세 잔 술에 취할 줄 아시오?"

하는 수 없이 종태는 술을 가지고 오라고 했다. 다시 술을 벌컥벌컥 들이켜고 있는 귀 노인의 옆자리에 있던 강두가 물었다.

"육조 구경을 했으니 관청은 다 본 것 아니오?"

"또 무식한 소리."

하곤 귀 노인이 노래를 섞어 들먹였다.

"하늘엔 별도 많고 장안엔 관청도 많소. 첫째를 치려면 종친부宗親府가 있소이다. 역대 임금 화상 모셔 선원제파璿源諸派* 감독하는 정일품 아문이오. 둘째로 치려면 의정부가 있사옵죠. 배관을 통솔하고 정사를 맡아보는 지체 높은 벼슬이니 영의정, 좌·우의정 모두가 정일품인 당당한 나으리들. 그다음이 충훈부忠勳府요. 공신들 일 다스리죠. 의빈부儀賓府가 있사온데 부마부駙馬府라고도 하옵지요. 공주, 옹주, 군주들의 남편 되는 분들 일을 도맡아서 처리하오. 돈녕부敦寧府라 하는 것은 임금님들 친척, 외척 잘 지내기 위한 곳. 단종 임금 생각나오. 중추원中樞院이라 하는 곳은 할 일 없는 문무당상관 모아놓고 국록만을 주는 곳이라오. 겁나는 건 의금부요. 역적모의하는 자는 이곳에서 국문하오. 작란作亂을 하는 자도 작변作變을 하는 자도 이곳이 귀문鬼門이오. 사헌부라 하는 곳은 상대霜臺, 오대烏臺, 어사대御史臺란 별칭도 많은지라, 백성의 억울한 일 풀어준다 하오마는 귀 노인 억울함은 본체만체하더이다. 사

---

* 왕가 종친.

간원도 있습지요. 미원薇院이라고도 부르죠. 임금님께 간諫하다가 멱라수汨羅水에 빠져 죽은 굴삼려(屈三閭=굴원屈原)꼴 될까 봐서 기침 한 번 못 하는 벙어리들의 벼슬이오. 승정원이 있사온데 은대銀臺, 정원政院이 별칭이오만, 후원喉院이라고도 하옵죠. 명왕을 받자와 살림까지 사는 직분, 도승지都承旨, 좌우 승지 호령만 있다 하면 나는 새도 뒹굴뒹굴, 이렇게 되고 보니 대강의 관아官衙 이름 들먹였는가 싶소이다.

다음엔 운종가雲從街로 갑시다."

세 사발 술을 들이켠 귀 노인은 기분 좋다는 듯 반백의 수염을 쓰다듬곤 앞장을 섰다. 개울을 따라 걸으며,

"이 개울을 청계천이라 하옵죠."

하곤, 다리가 나타나자,

"이것이 광통교廣通橋, 줄여 광교라고 하오."

광통교를 건너 동북 간으로 열 걸음을 가니 종각이 있고, 거기 대종大鐘이 걸려 있었다.

"해시(亥時=오후 10시)에 인정人定하고, 인시(寅時=오전 4시)에 파루罷漏인데, 인정에 성문 닫고 파루에 성문 여니 대소 7개 성문을 여닫는 건 사람이 아니오라 이 대종이란 말요."

하는 귀 노인의 말에,

"대소 합해 문은 여덟 갠데 왜 칠문이라고 하시오."

하고 강두가 따졌다.

"듣자 하니 당신 귀는 쌈지귀인가 하오. 어떻게 남의 말을 흘리지 않고 간직하고 있소? 칠문이라 하는 것은 숙정문, 말하자면 북

대문인데, 항상 닫혀져 있기만 하고 열지 않는 암문暗門이오. 그렇게 한 까닭인즉, 이 문을 열면 성안의 여자들이 음탕해진다는 풍수설이 있기 때문이오."

"하아."

하고 강두가 감탄조로 말했다.

"그 문이 열렸더라면 장안의 여자들이 발가벗고 다닐 뻔했구나."

종각을 지나 서너 가게가 즐비하게 나타났다. 첫째 눈에 띈 것이 채소전이다.

귀 노인이,

"이게 채소전이오."

하자, 강두가 킬킬대며 하는 소리,

"보면 알지, 말해 뭣 해."

그러나 곧 귀 노인의 설명이 필요하게 되었다. 혼상제구婚喪諸具가 놓여 있는 가게가 나타났기 때문이다.

"이것도 파는 건가요?"

하고 강두가 물었다.

"수년 만에 한 번 있을까 말까 한 혼례나 상례에 쓰는 것인데, 사서 무엇 하리까. 세놓는 곳이오."

그 옆에 황초립전이 있었다. 황초립은 신랑이 쓰는 것이다.

"저놈 한번 써봤으면…."

강두가 하는 말. 황두는 빙그레 웃었다.

망건전도 있었다. 분전도 있었다. 칠목기전엔 반들반들 윤이 나는 목기들이 잔뜩 쌓여 있었고, 각종 사기그릇이 있는 자기전, 말

안장을 파는 등전, 가죽신을 파는 아저전, 부인들 족두리 파는 족두리전, 종이 파는 지전, 담배를 파는 담배전…. 그 풍부한 물건들을 구경하는 것만도 신이 났다.

"무슨 물건이 어떻게 이리 많이 모였을꼬잉."

강두가 돌아보니 황두의 눈도 황홀한 듯 빛나고 있었다. 창두는 멍청하고 귀 노인은 쉴 새 없이 지껄여대고….

"송현 정동에 가면 과일전이 있습죠. 거기에 가면 천도복숭아도 구할 수가 있습죠. 양대전을 찾으려면 서소문 밖으로 가야 하고, 쇠고기 사려거든 현방懸房으로 가야 하는데, 곳곳마다 현방 있소. 말할 게 무엇 있소. 금강산의 약초도 한성서 구하며, 동해바다 거북도 한성에서 구할지니, 없는 것이 없는 곳이 한성의 제전이오. 그렇다고 하더라도 중놈 상투, 처녀 불알 구할 수가 없다 하오. 과연 없는 것은 없사온즉 섭섭하겐 생각 마오….

여기가 도자전刀子廛이오."

귀 노인은 이렇게 말하고 걸음을 멈춰 섰다. 설명하나마나 그곳은 대소大小의 칼을 파는 상점이었다.

그런데 그 상점이 풍기고 있는 기분이 다른 가게와는 달랐다. 물론 취급하는 물건에 따른 성격도 있었겠지만, 그것만에 원인이 있는 것도 아닌 것 같았다. 다른 가게와 그 언저리엔 들뜬 기분 같은 것이 엿보이기도 하고 느껴지기도 했던 것인데, 도자전 근처에 이르렀을 땐 왠지 차분한 마음으로 가라앉았다.

거길 지나 귀 노인이 일행을 칠기전 앞으로 데리고 갔을 때 박종태만은 혼자 남아 도자전 안으로 들어섰다. 종태 나이 또래의 총각

이 성큼 다가와 서서,

"무엇을 드릴깝쇼?"

하고 물었다.

"아니, 구경하러 들렀소."

하며 종태는 가게 안을 두리번거렸다.

"구경하시구려."

총각이 자그마한 칼을 들고 칼집을 뽑았다. 세 치가량의 도신刀
身이 날카롭게 빛나는 작은 칼이었다.

"이 장도 예쁘죠?"

하며 칼집을 뽑은 채 종태 눈앞에 들어 보였다.

"예뻡니다."

"이건 아가씨들 시집갈 때 호신용으로 사 가는 장도죠. 이 칼집
의 장식을 보시오. 원앙새가 그려져 있습니다."

총각은 이 말과 함께 그 장도를 놓고 또 다른 장도를 들었다. 그
건 먼저 것보다 배쯤 크기의 칼이었다.

"이건 대갓집 마나님의 호신용이죠. 이 칼집도 예쁘죠?"

그러나 종태는 답하지 않고 다음으로 눈을 돌렸다. 도신이 한 뼘
은 될 것 같은 큰 칼이었다.

"이건 뭐요?"

하고 종태가 물었다.

"그건 대관들이 몸에 지니는 종류의 칼입니다. 이걸 품에 품고
있으면 마음이 침착해진다고 그러오."

총각의 답이었다.

"대관 아닌 사람은 가질 수가 없나요?"

"얘기가 그렇다뿐이지 누구나 가질 수가 있겠습죠."

종태는 그 칼을 들고 이리 보고 저리 보고 했다. 칼집을 뺐었다가 꽂았다가 하기도 했다. 칼잡이에 바탕의 빛깔 그대로 새겨진 글이 있었는데, 가게 안의 조금 어두컴컴한 빛 속에선 겨우 읽을 수가 있었다. 사무사思無邪란 문자였다.

'사무사, 생각에 사악함이 없다는 뜻이로군.'

싶으니 무척이나 그 칼이 갖고 싶었다. 종태는 값을 물었다.

"다섯 냥이오."

종태는 깜짝 놀랐다. 그의 처지로선 엄청난 액수인 것이다.

'오르지 못할 나무는 바라보지도 말랬다.'

종태는 다시 한 번 그 칼을 이리 보고 저리 보고 하곤 도로 놓았다.

그때 서너 걸음 떨어진 곳에서 종태의 거동을 유심히 지켜보고 있는 눈이 있었다. 이윽고 종태도 그 눈을 의식했다. 스무 살을 갓 넘었을까 말까 한 젊은 사람이었지만 그 눈에서 풍겨오는 기품에 종태는 압도당한 기분으로 고개를 돌렸다.

그러자 그 눈의 주인이 다가와 섰다.

"그 칼 갖고 싶소?"

부드러운 음성이었다.

"예. 그러나 아직은…."

하고 우물쭈물 종태는 답했다.

"돈이 없단 말인가요?"

"돈이야 없진 않지만…."

"그런데?"

"내겐 돌봐야 할 사람이 많아요. 그런 사정이라서 설혹 돈이 있다고 해도 함부로 쓸 사정이 못 됩니다."

"말투로 보아 시골에서 온 사람 같은데…."

"경상도 지리산 밑에서 왔소이다."

"먼 곳에서 왔구면. 그럼 내가 먼 곳에서 온 도련님을 위해서 그 칼을 선사할까?"

"아닙니다. 난 앞으로 한양에서 살 작정이니까 언젠가는 이만한 칼을 가질 수 있는 사정이 될 겁니다."

"그야 물론이겠지. 그러나 어쩐지 내가 그 칼을 선사하고 싶구면."

"아닙니다. 이런 칼은 제가 사서 가져야 합니다. 이 칼은 가질 만한 자가 가져야 할 그런 칼입니다. 가질 만하다는 최소한의 조건이 이걸 살 만한 사정이 되었다는 것 아니겠습니까?"

"그럴듯한 말이군."

"그럼 난 일행이 있으니…."

하고 박종태는 몸을 돌렸다. 주인인 성싶은 그 사람이 바깥에까지 따라 나왔다. 밝은 곳에서 본 그 사람의 얼굴은 청수淸秀하다는 말이 꼭 들어맞을 그런 얼굴이었다.

"머지않은 시일 내로 꼭 한 번만 더 나를 찾아주슈. 이맘때면 나는 항상 가게에 있으니까."

그 사람의 말이었다.

"그렇게 하겠습니다."

하고 박종태는 저만치서 기다리고 서 있는 일행 곁으로 발길을 바빠 했다.

　일행에 섞여 다른 가게를 돌아보고 있었으나, 박종태의 생각은 도자전에서 만난 그 사람에게 쏠려 있었다. 박종태는 여태껏 그처럼 어느 사람에 의해 압도당하는 기분이 되어본 적이 없었다. 점잖은 어른을 만나기도 했고 힘센 장사를 만나기도 했지만, 그 사람에게 느낀 바와 같은, 뭐라고 형언할 수 없는 기분을 가져본 적은 정녕 없었다.

　'한양이란 곳은 희한한 곳이로구나. 한갓 장사치에 저런 사람이 있는 걸 보니. 틀림없이 그 사람은 비범한 인물이다. 틀림없이⋯.'

　박종태의 판단은 옳았다. 도자전의 주인은 연치성이었던 것이다. 연치성은 여운 선생의 충고에 의해서 상항商港에서 숨어 살고 있었다. 그가 발하는 빛이 너무 강렬해서 난세에 있어서 남의 눈을 지나치게 자극할 염려가 있다는 것이 여운 선생의 의견이었다.

　"대인은 은어시隱於市*라고 하거늘 때가 올 때까진 시정에 묻어 둬."

하는 여운 선생의 말에 좇아 최천중이 연치성을 도자전의 주인으로 만든 것이다. 그때쯤은 연치성이 심 참판의 딸과 혼인하고 조촐한 살림을 차리고 있었다. 그리고 철저하게 상인 행세를 하고 있었으나, 가게에 나와 있는 시간을 빼곤 아침저녁 무술 연마를 게을리

---

* 시중에 숨어 있음.

하지 않고 있었다. 물려받은 심 참판의 집 뜰은 남의 눈에 띄지 않게 무술을 익히는 덴 적당한 장소였던 것이다.

대강의 구경을 끝내자 석양판이 되었다. 박종태는 귀 노인을 앞세우고 팽 무감 집을 찾았다.

팽 무감의 집은 묵정방에 있었다. 제법인 대문이 달린 집인데 객랑까지 갖추고 있었다.

무감은 중랑中廊에 있다가 박종태가 내의來意**를 하인을 통해 전하자 객랑으로 나왔다.

무감은 박종태 옆에 서 있는 공 노인을 보자 버럭 고함을 질렀다.

"자넨 어제 왔어야 할 사람이 아닌가. 난 기별을 다 듣고 있어. 그리고 자네 딸년은 어떻게 하고 자네만 나타났는가?"

박종태가 앞으로 나갔다.

"여기 초면인 사람이 있는데 인사도 제쳐놓고 대뜸 고성부터 지른다는 것은 선비의 도리가 아닌 것 같소."

팽 무감은 어이가 없다는 듯 박종태를 쏘아봤다. 이마에 쇠똥도 벗겨지지 않은 어린놈이 무슨 소릴 하느냐 하는 기분이었던 모양이다.

"넌 도대체 누구냐?"

팽 무감이 오만하게 물었다.

"내 비록 연소하오나 초면부지의 사람으로부터 그런 소리 들을 만큼 천하진 않소. 그러나 시비하기 싫으니 내 이름을 말하리다."

종태는 자기의 이름을 대고,

** 찾아온 뜻.

"듣자 하니 공 노인이 당신에게 빚진 것이 있는 모양인데 그것을 갚으러 왔소."

하고 옷소매에서 어음을 꺼내 들었다.

그랬더니, 팽 무감은

"내가 공가에게 준 빚을 왜 네가 갚으려 하느냐. 나와 공가 사이엔 약조가 있어. 나는 약조를 지키라고 할 뿐이다."

하고 어음엔 눈을 돌리지도 않았다.

종태는 팽 무감이 빚을 미끼로 공 노인의 딸을 넘보고 있다는 사실을 깨달았다.

그렇다면 일이 수월하게 풀릴 까닭이 없는 것이다.

종태는 팽 무감의 기분을 상하지 않게 하고 일을 수습할 계책을 생각해냈다.

"무감 어른."

하고 공손히 부른 뒤 박종태는 다음과 같이 말했다.

"나와 저 공 노인과는 그제 동행이 된 사이입니다. 그런데 도중에서 공 노인의 딸이 돌연 길바닥에 넘어진 일이 있었습니다. 가까운 의원에 가서 진맥한 결과 간질의 발작이라는 것을 알았습니다. 그런데 공 노인은 자기 딸이 무서운 병이 든 데 대한 걱정보다도 저런 딸을 어떻게 무감 댁으로 데리고 갈 수 있을까 하는 걱정을 하고 있었습니다. 그래 그 가련한 참상을 보아 넘길 수가 없어 우리가 의논하여 우선 공 노인이 진 빚이나 갚자고 한 것입니다. 만일 무감 나리께서 이것을 싫다고 하시면 공 노인의 따님이 쾌차하는 대로 댁으로 데리고 올 것입니다. 그땐 각별한 조섭을 해주십시오.

간질이란 병은 언제 재발할지 모르는 것이라서 드리는 말입니다."

그러고는 박종태가 돌아서려고 했다.

팽 무감은 당황하며 말했다.

"그렇다면 빚이나 갚아라."

박종태는 돈 스무 냥을 받았다는 쪽지와 어음을 맞바꾸었다.

바깥으로 나온 박종태는 밖에서 기다리고 있던 삼두 가운데 황두를 보고,

"자칫했다간 넌 헛물만 켤 뻔했다."

며 웃었다.

창두는 삼개에서 셋방을 얻어 나갔다. 쌀 도매상의 중남이 되어 성내 싸전에 쌀을 운반해주는 일터를 마련했다. 장차 창두 자신이 싸전을 가질 예정이었다.

황두는 공순금과 더불어 포천댁의 머슴으로 남았다. 이태를 기약하고 일하면 삼개 어느 곳에 음식점을 갖게 될 것이었다.

강두는 만재萬載라고 하는 도목수의 제자로 들어갔다. 도목수 만재는 경복궁 중건에 참여하고 있었는데, 강두가 목공기술을 익힌 연후엔 장가를 들여 독립적으로 목공 일을 할 수 있도록 돌봐주겠다고 했다.

이렇게 그 일행들의 거취를 마무리한 뒤 박종태는 삼전도로 떠나려고 했다.

그 전날.

포천댁은 박종태를 공덕방孔德坊에 있는 자기의 살림집으로 데리고 갔다. 상인의 집의 관례에 좇아 지붕은 낮고 집 전체의 규모

는 작았으나 안집과 사랑채를 기역자형으로 구성한 아담하고 조촐한 집이었다.

박종태는 그 집에서 점심 대접을 받았는데 주렴 저편으로 처녀가 지나가는 것을 보았다. 분홍 저고리에 남색 갑사치마를 입은 태하며 갸름한 얼굴이 우아하리만큼 아름다웠다. 그 처녀의 자태에 유심히 눈을 쏟고 있는 종태 옆에 앉은 포천댁의 말이 있었다.

"저게 내 유일한 혈육이라오. 그래서 시집을 보낼 형편이 안 되는 거죠. 내 비록 지금 천업을 하고 있으나 저 아이의 씨는 천하지가 않소이다."

박종태는 포천댁이 마음속에 무엇을 생각하고 있는가를 곧 짐작할 수가 있었다.

그러나 무슨 말을 할 형편은 아닌 것이다. 잠자코 있었다.

포천댁이 화제를 바꿨다.

"삼전도엘 가면 도련님은 틀림없이 후대를 받을 것이오. 그런데 삼전도장엔 외빈과 내빈을 달리 대접한다고 들었소. 도련님께선 외빈이 되어 한양에 나왔을 때는 저곳에서 거처함이 무방할까 하는데…"

하고 사랑채를 가리켰다. 사랑채 언저리엔 당국화와 채송화와 작약과 모란이 만발해 있는 화단이 있었다. 이른 여름의 햇살이 눈부시게 그 화단을 쬐고 있는 가운데 몇 마리의 잠자리가 날고 있었다.

"호의에 깊이 감사하옵니다. 그러나 저는 선생님이 필요한 몸인즉 제가 선생님으로 모신 분의 분부에 따라 앞으론 행동할까 합니다."

종태는 공손하게 말했다.

"그렇게 하셔야죠. 그러나 선생님이 거처에 관해서까지 분부가 있으리까? 아무튼 한양에서 거처가 필요할 때는 다른 곳을 찾을 필요가 없다는 사정만을 말해두는 거요."

"고맙습니다."

박종태는 그 이상의 말은 하지 않았다. 박종태가 혈혈단신이란 사정을 들어서 알고 있는 포천댁은, 어떻게 하더라도 그를 사위로 삼았으면 하는 간절한 소망을 가지고 있었던 것이나 서둘지 않았다. 점심 식사가 끝나자,

"도련님을 데리고 갈 데가 있소."

하며 포천댁이 앞장을 섰다.

큰 창고가 즐비한 거리로 해서 우람한 건물이 있는 곳으로 포천댁은 박종태를 데리고 갔다.

"삼개에서 제일 큰 객주 최팔룡 영감님은 알아두면 도움이 될 인물이오."

포천댁이 종태에게 귀띔을 했다.

삼개의 객주 최팔룡은 마흔 살 가까운 장년으로 그 풍채와 얼굴엔 상인답지 않은 대인지풍大人之風이 있었다.

박종태의 인사를 받곤,

"내 익히 포천댁으로부터 도련님의 이름은 듣고 있소만, 과연 포천댁이 칭송할 만한 인품으로 보았소."

하며 반겼다.

최팔룡은 매년 수만 석의 미곡을 그의 손으로 취급하여 한양의 식량을 대어주고 있는 처지라, 만나는 사람도 많았고 따라서 사람

을 볼 줄도 알았던 것이다.

"삼전도장으로 가시겠다는 의향으로 들었는데…?"

최팔룡이 물었다.

"그러하옵니다. 한데, 말씀을 낮추어주십시오. 심히 송구하옵니다."

박종태가 한 말이었다.

"송구하게 여길 것 없소. 나는 일개 장사치로소이다."

"저로 말하면 아직도 여물지 못한 풋내기가 아니옵니까."

"아니올시다. 대목大木은 떡잎부터 알아볼 수 있는 것입니다."

그러곤 최팔룡이,

"삼전도장과 나완 약간의 인연이 맺어져 있소. 삼전도장으로 가시겠다면 내가 쪽지라도 한 장 써드리겠소."

하고 붓을 들려고 했다.

"아니올시다. 외람하오나 아무런 타의 힘을 빌리지 않고 소인 단신으로 어른들의 재량을 받고자 합니다."

종태의 말소리는 낮았으나 말투는 단호했다.

"좋은 결심이오."

하고 웃으며 최팔룡이 물었다.

"도련님은 앞으로 어떤 사람이 될 작정으로 있소?"

"과거를 보아 입신양명할까 합니다."

종태의 서슴없는 대답이었다.

그러자 최팔룡이 굳은 표정이 되었다.

"도련님이 세사世事를 모르니 그런 말을 하는가 보오. 등과하는 덴 학문만으론 어림도 없소. 권문의 자제이거나 부문富門의 자제가 아니고서는 어림도 없는 일이오. 그래 권부權富 아무것도 없으면서 과거 보려고 책 읽는 사람의 소리를 '망월견폐지성望月犬吠之聲'이라고 한다오. 달을 보고 개가 짖는 소리나 다를 바 없다는 거죠. 그러니 수양을 위해 학문하는 건 타당하지만 과거를 위해 학문하는 건 소용없는 일인 줄 아오. 시간과 정력을 낭비하지 않으려거든 과거를 보겠다는 생각은 포기하는 것이 좋을 것이오."

"만에 하나의 길도 없을까요?"

"만에 하나의 길도 없을 것이오. 신왕이 등극하여 대원군이 정사를 시작할 땐 무슨 기강이 설 것도 같더니만 경복궁 중건사가 있고부턴 그 바람도 오유烏有*로 돌아가는 것 같소. 지금 조정이 필요한 것은 돈이오. 돈, 돈, 돈. 두고 보시오. 벼슬은 돈으로 하게 되는 것이고 학문과는 무관한 것으로 될 테니까요."

영리한 박종태는 최팔룡의 말을 당장 이해했다. 최팔룡이 다음과 같이 말을 이었다.

"그러나 한 가지 방법은 있지. 아니, 요행은 있지. 그건 권문의 사위가 되는 것이오."

이에 박종태가 분연히 말했다.

"나는 그런 비루한 방법으로 등과하긴 싫소."

"그렇다면 뜻을 세워 고향을 떠난 장부가 할 일이 무엇이겠습니까?"

박종태는 진지한 말투로 물었다.

"과거에 등과하는 것만이 장부의 할 일이겠소?"

---

* 없는 일.

최팔룡의 말도 장중했다.

"그러니까 묻는 것이 아니옵니까?"

종태의 이 물음에 최팔룡이 대답할 말이 있었지만,

"삼전도로 갈 예정이라고 하지 않았소. 삼전도에 가면 좋은 스승이 계시니 스승의 지도를 받아 행하시는 게 좋을 것이오."

하고 말을 삼갔다.

박종태는 앞으로 여러 가지로 도움을 받아야겠다는 말을 인사말 대신하고 최팔룡의 집에서 나왔다.

박종태가 문을 나가는 것을 보고 포천댁이 최팔룡에게,

"내가 데리고 온 소년에게 최 생원께서 존댓말을 쓰시니 심히 송구하더이다."

하는 말을 했다.

"무슨 말이오, 포천댁. 저 소년은 장차 큰사람이 될 그릇이오. 우리 장사치는 그런 걸 미리미리 짐작하고 예의에 소홀함이 없어야 살아남을 것이 아니오."

최팔룡이 정색을 하고 말했다.

"그럼 내 소원은 버려야 할 것 같군요."

포천댁이 중얼거렸다.

"그건 무슨 말이오?"

최팔룡이 물었다.

포천댁은 자기 딸을 두고 박종태를 사위로 삼았으면 했는데 그렇게 큰 인물이 될 사람이면 외람된 소망이 되지 않겠느냐고 했다.

"그건 포천댁 따님의 팔자소관이지, 포천댁이 소망을 포기하고 말고 할 일이 아니오."

하고 최팔룡이 웃곤,

"나도 그렇게 되도록 힘을 써볼 테니 쉽게 단념하지 마시오."

하고 덧붙였다.

박종태는 포천집으로 돌아와 창두와 황두, 강두를 불렀다.

"나는 내일 삼전도로 간다. 그렇게 되면 당분간 이별해 있는 것
으로 될 것이다. 모처럼 각기 살길을 시작한 터이니 모두들 알뜰하
게 살기 바란다."

박종태의 이 말이 있자, 강두가 눈물을 흘렸다. 흘러내리는 눈물
을 손등으로 닦으며 강두는,

"살아도 같이 살고 죽어도 같이 죽을 생각을 한 건데 이게 무슨
일인가."

하고 울부짖었다.

"삼전도는 멀지가 않다. 너희들 보고 싶으면 내가 찾아올 것 아
닌가. 아니, 한 달에 한 번쯤은 이 집에서 모이자. 같은 방에서 항상
거처한다고 해서 같이 살고 같이 죽는 게 아니다. 강두는 어서 훌
륭한 목수가 되어 장차 우리들을 위한 좋은 집을 짓도록 해라. 대
궐 같은 집을 다섯 채쯤 지어 갖고 우리가 모여 살게 되면 얼마나
신날 끼고…. 창두나 황두는 열심히 돈 벌어 강두 집 짓는 데 힘을
모으고 하면 안 될 게 없을 끼다."

박종태의 말은 모두에게 희망과 힘을 주었다.

그 이튿날 아침 박종태는 삼전도를 향해 떠났다. 유월 보름날이었

다. 포천댁과의 약속은 다음 칠월 보름날 삼개엘 다녀가겠다고 했다.

아침 일찍 삼개를 떠났는데 수구문을 벗어났을 땐 한나절이었다. 급하지 않게 걸음을 떼어놓은 까닭이다. 박종태는 천천히 걸으며 집들의 모양과 사람들의 표정을 유심히 관찰했다. 더운 날씨의 탓도 있었겠지만, 사람들이 모두 생기를 잃고 있는 듯한 것이 종태의 가슴을 무겁게 했다.

'화려한 햇볕이 내려쬐고 있지 않느냐. 하늘이 저렇게 맑지 않느냐. 북악산이 수려하지 않느냐. 천문만호로서 멋지게 싸여진 장안이 아니냐. 그런데 왜 그곳에 사는 사람들의 얼굴에 웃음이 없는가. 사람들은 기쁘게 살아야 할 텐데 말이다….'

마음속으로 이렇게 중얼거리며 걷고 있던 박종태는 돌연 남산 꼭대기에 올라 한양의 시가를 내려다보며 외치고 싶은 충동에 사로잡혔다.

'보시오, 나를. 나는 부모를 어릴 때 잃고 고아로 자란 사람이오. 호주머니에 한 푼의 돈도 없고 내 집이란 가져보지도 못했소. 그래도 지리산 밑에서 한양까지 천리 길을 소풍 오듯 걸어왔소. 그리고 지금 천문만호 한양성을 활보하고 삼전도로 가는 중이오. 보시오. 내 얼굴에 수색이 있는가 보시오. 내 거동에 초라함이 있는가. 왜 여러분은 찌푸린 얼굴을 하고 있소. 왜 궁색스럽게 걷고 있소. 어깨를 활짝 펴고 활달하게 웃읍시다. 이 세상을 아름답게, 좋게만 봅시다. 아름답게 보면 세상은 모두 아름다운 것이요, 좋게만 보면 세상은 모두 좋은 것이오. 슬픈 사람은 위로해주고 가난한 사람일랑 도와주고, 모두모두 의논하여 좋게 살면 얼마나 좋겠소. 여러분….'

차마 남산으로 가진 않았지만, 어느덧 이런 말이 입 밖으로 튀어나왔다.

사람이 없는 호젓한 길이어서 종태의 독백은 점점 커져만 갔는데 스무 발만 걸으면 들이 시작되는 언덕 소나무 숲에서 방갓을 쓴 중이 불쑥 나섰다. 넝마 뭉치 같은 승의僧衣를 입고 있었으나 그 체격이 여간 우람하지가 않았다.

종태는 순간 얼굴을 붉혔다. 아무도 없는 줄 알고 떠들어댄 것이 부끄러웠던 것이다. 중은 걸음을 멈추고 있더니 종태가 그 앞을 지나가자 같이 걷기 시작하며 물었다.

"도련님은 무슨 좋은 일이 있는가 본데 무슨 좋은 일이오? 소승도 그 좋은 일에 한몫 끼일까 하오."

"일日은 재천在天이오. 산은 아름답고 들엔 생기가 횡일하니 그 이상 좋은 일이 어디에 있겠소."

종태의 대답이었다.

"아까 무슨 소릴 외쳐대는 것 같던데."

"괜히 기분이 좋아 혼자 지껄여본 것일 뿐이오. 당신이 들었다고 하니 심히 부끄러운데요."

"아니오, 혼자 길을 걸으며 그렇게 말을 하는 것을 백상白想이라고 하오. 영어靈語라고도 하구요. 깨끗한 마음, 신령과 더불어 나누는 얘기란 뜻이죠. 나는 도련님이 혼자 한 말을 보살의 법문처럼 들었소."

종태는 그의 얼굴을 보려고 했으나 방갓에 가려진 채 있었다. 들길이 두 갈래가 났다. 중은,

"나는 양주의 운암雲庵에 있는 도승道承이란 중이오. 걸음이 있거든 찾아오오."

하는 말을 남기곤 왼쪽 길을 잡곤 멀어져갔다. 종태는 '도승'이란 이름을 마음속에 새겨넣었다.

중의 말 따라 백상과 영어를 거듭하고 걷고 있으려니 광나루에 도착한 것은 점심때를 지나서였다.

마침 나룻배가 떠나려던 참이었는데 사공은 종태를 기다려주었다. 중천의 백일이 한강의 푸른 물에 반사되어 천태만양의 빛깔이 흐름 속에 있었다. 강풍이 산들거려 시원하기 짝이 없었다. 한숨 돌리고 같이 그 배를 탄 20여 명의 사람들을 두루 관찰하려는 판인데 사람들 틈에 끼여 이쪽으로 뒤를 보이고 있는 한쪽 어깨가 종태의 관심을 끌었다.

그것은 분명히 창두의 아내 온씨 부인을 겁탈하려다 도망친 장풍의 어깨였다. 장풍은 박종태가 그 배를 타는 데 당황하곤 자기 요량으로 사람들 틈에 숨어 있는 것이었다. 종태는 빙그레 웃으며 몸을 일으켜 그 옆으로 가서 장풍의 어깨를 두드렸다.

장풍의 땀범벅이 된 얼굴에 겁먹은 표정이 일었다. 종태는 얼른,

"장 거사, 얼마 만이오. 내가 얼마나 찾은 줄 아시오? 반갑소."

하고 구김살 없이 웃었다.

고비를 넘겼다는 안심으로 장풍은 얼굴의 긴장을 풀곤 뭐라고 변명하려는 듯 입을 움직이려 했다.

종태는,

"이따 천천히 얘기합시다. 우선 반갑다는 말만 하구요."

하고 말문을 막았다.

나룻배가 나루터에 도착하자 종태는 장풍을 데리고 주막과는 떨어져 있는 나무 밑으로 가서 포천댁이 싸준 도시락을 끌렀다.

깨소금을 발라 만든 하얀 주먹밥이 수북이 눈앞에 나타나자 장풍은 침을 꿀꺽 삼키곤,

"내 물 얻어 올 것이…"

하고 주막집으로 뛰어갔다. 그런데 그 뛰어가는 걸음걸이가 비틀거렸다.

'어지간히도 굶은 게로구나.'

종태는 혀를 끌끌 찼다.

바가지에 물을 얻어 온 장풍은 물을 마셔가며 주먹밥을 대여섯 개 순식간에 먹어 치웠다. 그러고는 축 늘어져 뻗어버렸다. 종태는 주먹밥 두 개면 요기가 되었다.

너무나 오래 굶은 데다 급히 주먹밥을 먹어놓으니 취해버린 것이다.

조금 뒤 정신이 돌아온 모양으로 장풍이 부스스 일어나 앉으며,

"체면 없는 짓을 했어. 죄송해. 용서해줘."

하는 변명을 늘어놓았다.

"지나간 일 갖고 이러구저러구 할 것 없어. 앞으로 해야 할 일이 태산 아닌가."

며 종태는 다신 거론을 못 하게 하고 물었다.

"장 거사도 삼전도엘 갈 참인가?"

"이왕 굶어 죽을 판이니 이판사판으로 가보기나 해야지."

"그럼 됐어. 같이 가보자."

박종태는 장풍을 뒤따르게 하고 들길을 걸었다. 나루터에서 십리 길이라고 했는데, 오 리쯤 가서 산허리를 돌자 벌써 나지막한 집들이 시작되어 있었다. 모두가 새 집인 것으로 보아 삼전도장이 들어서고 난 연후에 지은 집들일 것이었다.

조금을 가니 꽤 풍성해 뵈는 주막집이 나타났다. 그 문밖에 더벅머리 총각이 얼쩡거리고 있더니 종태를 보자,

"삼전도장을 찾는 손님이면 여기 앉아 사정이나 듣고 가슈."

하며 손짓을 했다.

약간의 사전지식을 알아두는 것도 무방하다고 생각한 박종태는 장풍을 데리고 그 주막 안으로 들어섰다. 꽤 넓은 주청엔 대낮인데도 불구하고 술꾼들이 이곳저곳 자리를 잡고 술을 마시고 있었다. 종태는 주청에 걸터앉아 장풍을 돌아보았다. 술 생각이 나는 모양으로 목젖이 불룩불룩했다.

"장 거사, 한잔할래?"

장풍이 비굴한 웃음으로 종태를 보았다. 종태는 총각에게 술상을 차려 오라고 이르곤 장풍을 향하여,

"장 거사, 제발 그런 웃음일랑 웃지 말아요. 장 거사의 스승 장자가 보았더라면 질색하겠소."

하고 따끔하게 한 침 놓았다.

술상을 들고 온 총각을 붙들어두고, 장풍이 자작으로 술을 마시고 있는 동안 종태가 물었다.

"삼전도장의 여운 선생을 만나려면 어떻게 하는 것이 좋겠소?"

총각은 대답하기에 앞서 종태의 행색을 자세히 챙기는 눈으로

보더니

"어디서 온 도련님인진 몰라도 도련님은 삼전도장의 손님이 될 수 있갔수다."

하며 부러운 듯한 표정을 지었다.

"뭘 보고 아오?"

"여기 쭉 살고 있다 보니 대강의 짐작은 할 수가 있지라오."

할 때의 총각은 으쓱하는 표정이었다. 그러고는 장풍을 보곤 뻔 뻔스러웠다.

"당신은 엄두도 내지 마시오."

장풍의 얼굴이 붉으락푸르락했다.

"하여간 어떻게 하면 여운 선생을 만날 수 있지?"

종태가 거듭 물었다.

"이 길로 쭉 거슬러 올라가면 초가집이긴 하나 큰 집이 나올 거요. 큰 문은 있는데 열고 닫는 문은 없어라오. 거기가 기랑이란 곳인데요. 그 집에 가서 여운 선생을 뵙겠다고 하면 무슨 말이 있을 것이오."

하곤 총각이 덧붙였다.

"거기에서 사흘 묵는 동안 아무런 소식이 없으면 이 집 앞을 지나서 돌아가야 할 것이구면요."

그런 말을 하고 있는데 주청 저편에서 술을 마시고 있던 선비풍의 사나이가 비틀거리면서 종태 가까이로 오더니,

"보아하니 삼전도장에 들고 싶은 모양이군. 내가 관상을 한번 봐주지. 붙을 건가 낙방할 건가 말야."

하고 풀썩 주저앉았다.

한마디로 말해 야비한 얼굴이었다.

"관상 보는 것 나는 원하지 않소."

잘라 말하고 종태는 외면했다.

"연소한 자가 심히 건방지군. 어른의 말을 어떻게 알고 그려."

사나이가 시비조로 나왔다. 장풍이 뭐라고 말하려고 했다. 종태는 그러한 장풍에게 제동을 걸고 그 사나이에게 쏘았다.

"어른이 어른 대접 받으려거든 어른답게 행세해요."

"요것이, 이 쬐고만 것이."

하고 사나이가 손을 뻗어 왔다.

종태는 살큼 몸을 비켰다. 사나이는 헛손을 짚었다. 그게 그의 분노를 더욱 자아내게 한 모양이었다.

"삼전도장에서 퇴짜를 맞았기로서니 나는 양반이야, 군자야. 너 같은 놈에게 업신여김을 당하고 가만있을 순 없어."

하고 소매를 걷어붙였다.

술 취한 선비는 다시 몸을 일으키더니 버럭 고함을 질렀다.

"이 쬐그만 녀석이."

그리고 종태를 향해 팔을 치켜들고 덤볐다. 종태는 앉은 채로 몸을 살큼 피했다. 선비가 그 몸의 여세를 가누지 못해 축담으로 미끄러져 내려갔다.

이때였다. 그 선비와 자리를 같이하고 있던 사람들이 우르르 일어서더니,

"고얀 놈."

이란 호통과 함께 종태에게 육박해 왔다. 종태는 슬금 일어서더니 건너편 마루에 기대져 놓인 노인의 지팡이를 들었다.

"요것 봐라."

하고 유들유들하게 생긴 장정이 축담으로 뛰어내려 덥석 종태를 잡으려고 했다. 종태는 민첩하게 비켜서며 지팡이로 그의 정강이를 후려쳤다.

"아이쿠."

하며 장정이 땅바닥에 쓰러졌다.

그러자 서너 사람이 한꺼번에 종태에게 덤벼들었다. 그러나 종태는 제비처럼 몸을 이리 피하고 저리 피하며 지팡이를 놀렸다.

이때 문간에 들어서는 일단의 사람들이 있었다. 그들은 싸움이 벌어져 있는 것을 보자 문간에서 발을 멈추었다.

잠깐 지켜보는 동안에 사건의 경위를 알았던지 일행 가운데의 한 사람이 성큼 싸움판으로 밟고 들어서선 종태를 향해 덤벼들려고 하고 있는 사나이의 멱살을 잡아 마루 쪽으로 밀쳐놓았다.

"당신들 백 명이 덤벼도 이 도련님 하나에게 당하지 못하겠소."

하곤 종태를 돌아보곤,

"무던히 마음이 유한 도련님으로 보이오. 사정 둘 게 뭐 있어. 그 막대기로 이자들을 반병신으로 만들어버릴 일이지."

하곤 웃었다.

그 장정도 장정이려니와 뒤따라 들어오는 두 사람의 장정도 하나같이 위장부인 데다가 생김생김이 범상하지 않았다. 아까의 술 취한 선비 일당은 쥐새끼들처럼 쥐구멍을 찾아 기어들어가버렸다.

총각이 건너편 대청을 치우자 일행은 대청으로 가서 자리를 잡았다. 청년 셋에다 꽃처럼 아름다운 여인 셋이었다. 그들은 세 쌍의 부부로 보였는데 그렇게 대청을 차지하고 앉은 품이 화려한 꽃밭을 방불케 했다.

국수를 시키기도 하고 술을 청하기도 하더니 아까 싸움판에서 행패하는 장정의 먹살을 잡은 청년이 박종태를 불렀다.

"도련님, 우리 같이 한자리 했으면 하는데 이리로 오시오."

종태는 사양 않고 그 자리로 건너가 공손히 절하고 자기소개를 했다.

"나는 경상도 지리산을 고향으로 하는 박종태라고 하오."

"허허, 지리산에서 왔다구요?"

하고 한 청년이 우람한 소리로 외쳤다.

"나는 삼수갑산에서 온 김권이라고 하오."

"나도 역시 삼수갑산에서 온 윤량이라고 하오."

다른 하나가 이렇게 말하자,

"나도 갑산에서 왔소이다. 이책이라고 하오. 북쪽에서 온 사내와 남쪽에서 온 사내가 여기서 만났소그려."

하고 활달하게 웃었다. 그러고는,

"자, 이리로."

이책이 종태가 앉을 자리를 가리켰다.

"보아하니 연소한데 담도 크고 술術 또한 대단합니다. 어디서 배운 것인가요?"

하고 김권이 물었다.

"지리산엔 험한 곳이 많고 갖가지 짐승들이 들끓고 있기도 하오. 그 산으로 들어가서 땔나무도 꺾고 산채도 캐고 하려면 다소의 보신술이 있어야 합니다. 그러자니 자연 익히게 된 것이지 누구한테서 배운 것은 아닙니다."

박종태의 답이었다.

"허허, 그럼 자습자성自習自成의 술이란 말이구나."

윤량이 감탄했다.

"앞으로 어떻게 할 작정이오?"

하고 묻는 것은 이책이었다.

"스승을 찾아 이곳까지 왔습니다만, 삼전도장에서 맞이해줄지 어떨지 모르겠소이다."

박종태가 답하자,

"우리도 똑같은 사정이라…."

며 김권이 웃었다.

그리고 주막집 주인을 부르더니,

"우리는 이렇게 권속을 데리고 왔는데 이럴 경우 어떻게 해야 하오?"

하고 물었다.

주인은 돈이 있을 경우와 없을 경우를 따져 소상하게 설명했다. 돈이 있는 사람은 일단 서봉각瑞鳳閣이란 객사에 들어 삼전도장에서 자刺*를 통해 놓으면, 삼일 후쯤에 전갈이 있을 것이니 그때 그 전갈에 따라 행동하면 된다고 했다.

---

* 신원을 적은 종이, 즉 명함.

"독신의 남자는?"

윤량이 박종태를 대신해서 물었다.

"기랑이란 것이 있습죠."

"기랑?"

"바랄 기期자와 곁채 랑廊자로 쓰는데, 그 집에서 처음 오신 분들을 영접합니다. 그리고 역시 사흘 후에 전갈이 있습죠."

"삼전도장에서 받아주지 않는다면 어떻게 되는 건가?"

이것은 이책이 물은 말이다.

"이곳을 떠나도 좋고 가진 것이 있으면 객사에 머물고 있어도 좋습니다. 곧 아시겠지만 삼전도는 도읍지나 다를 바 없으니, 자기 요량대로 살 수가 있습죠."

주막의 주인을 물리고 난 뒤 김권이 박종태를 향해,

"앞으로 어떻게 되든 우리 잘 지내기로 합시다. 우리는 갑산에서 왔지만 형제나 다름없는 친구와 내자들이 있으니 외롭지 않소만, 당신은 심히 외로울 것 같소. 우리를 가족이나 다름없이 생각하고 지내도록 하시구려."

하는 친절한 말이 있었다.

"도처 춘풍이요, 도처 인정인데 외로울 것이야 있겠소만 비범한 군자들과 사귀게 된 것은 망외의 기쁨입니다. 앞으로의 교의交誼를 내 편으로부터도 바라겠습니다."

박종태는 늠름하게 말하고 장풍을 불러 김권 일행에게 인사를 시켰다.

"행색은 초라하나 장주莊周의 학學에 있어선 일가언一家言이 있는 사람입니다."

라고 한 것이 종태의 소개말이었다.

"우리는 갑산의 야생野生이라 학을 모르오. 그러니 학이 있는 사람 앞에 나가면 어쩐지…."

하며 김권이 빙그레 웃었다. 장풍은 그저 공축恐縮할 뿐이었다.

기랑期廊.

문짝이 없는 문을 들어서자 넓은 뜰 건너편 마루에서 장죽을 물고 앉아 있는 관을 쓴 노인의 모습이 보였다.

뿐만 아니라 뜰엔 정체를 알 수 없는 사람들의 내왕도 있었다. 종태는 곧바로 노인 앞으로 다가갔다.

노인은 말없이 종태와 장풍을 쳐다봤다. 유화한 표정이었다. 종태와 장풍은 신을 벗고 마루로 올라가 공손히 절을 했다.

"저는 경상도인 박종태입니다."

"저는 창녕인 장풍입니다."

"먼 곳에서 왔군."

하고 노인은 눈앞 책상 위에 있는 지필묵을 가리키며 말했다.

"가향家鄕과 부친 이름과 당자의 이름을 쓰고, 이곳을 찾은 이유를 넉 자 이내로 적으시오."

종태에겐 글을 쓴다는 건 일대 고역이었다. 귀로 듣고 입으로 주워섬기긴 해도, 다섯 살 때 백부로부터 추구推口*를 배우면서 몇

---

* 시의 구(句)들을 뽑아서 심성 수양에 도움이 되도록 한 책.

번인가 붓을 들어보았을 뿐, 글이란 걸 써본 일이 없는 것이다.

"장 거사가 먼저 쓰소."

종태는 그래 놓고 동태를 살필 참이었다. 장풍이 붓을 들었다.

창녕, 장모의 삼자三子 장풍이라고 쓰고 삼전도를 찾은 이유로선 '교인지세交人知世'라고 적었다. 교인지세란, 사람들과 교제함으로써 세상을 알아보겠다는 뜻일 것이었다. 별로 나무랄 데가 없는 필적이었다.

이윽고 박종태가 붓을 들었다.

하동河東이라고 썼다. 글자의 획이 각각 딴전을 피우는 것을 겨우 한자리에 모아두었다는 느낌으로 괴상망측했다. 그 두 글자를 써놓고 박종태는 노인의 눈치를 살폈다. 노인의 얼굴엔 표정이 없었다. 박모朴某의 독자, 박종태라고 쓰고 보니 종이 한 장이 꽉 차버렸다. 장단과 고저가 맞지 않는 글자의 획이 박종태의 뜻과는 달리 마음대로 뻗고 번지고 했기 때문이다. 삼전도를 찾아온 이유를 쓸 자리가 없어 망연해 있는데 노인은 말없이 새 종이 한 장을 박종태 앞에 내밀어놓았다. 넉 자만 쓰면 될 것이어서 종태는 마음놓고 붓을 움직일 수가 있었다.

'인인성사因人成事.'

글자의 뜻대로라면 사람으로 인해 일이 된다는 평범한 말이다. 하지만 사람을 얻지 못하면 대사를 도모할 수 없으니 같이 대사를 도모할 수 있는 사람을 찾으러 왔다는 적극적인 의사라고 읽을 수도 있는 것이다. 그런데 종태의 필적이 풍겨내는 의미가 또한 묘했다. 억지로 붓을 놀려 씌어지지 않는 글을 무리해서 쓴 것 같은 그

필적은 '인인성사'로되 그 일이 얼마나 어려운 것인가를 나타내는 우의寓意로서 볼 수 있고 느껴지기도 했다.

노인은 종태가 쓴 것을 챙기면서 말을 했다.

"글씨 공부를 한 적이 없군."

"거들어주는 손이 저의 두 손 외엔 없었기 때문에 먹고 입는 등, 이 한 몸을 살리는 데 바빠 글씨를 쓸 손이 없었사옵니다."

그렇게 말하는 박종태를 한동안 유심히 바라보고 있더니 노인은,

"내 이름은 유청암柳靑岩일세."

하곤 안쪽을 향해 불렀다.

"거기 누구 없느냐."

유청암의 소리에 응해 나타난 사람은 실직實直*함이 체취처럼 풍기고 있는 초로의 사람이었다.

"음, 문 생원이군."

하더니 유청암은 박종태를 가리키며,

"이 소년객을 현실玄室로 모셔라."

하곤 종태에겐 다음과 같은 말을 보탰다.

"그 방엔 이미 소년객이 다섯이나 있소. 잘 지내도록 하오. 음식에 관한 일은 문 생원의 인도가 있을 것이니 그 인도에 따르시오."

그러고는 물러가라는 시늉이었는데 종태는 장풍을 그냥 두고 갈 순 없었다.

---

* 성실하고 곧음.

그래서 물었다.

"제 일행도 같이 물러가겠습니까?"

유청암은 장풍을 힐끗 보더니 말했다.

"삼전도의 관행으로 종자까지 수용할 순 없소."

"저 사람은 저의 일행이긴 하오나 종자는 아닙니다."

"종자가 아니라면 더욱 관심할 바 없지 않은가."

하고 유청암이 장풍에게 물었다.

"장씨라고 했지?"

"예."

"가진 돈은 있는가?"

"없습니다."

"그럼."

하고 유청암이 허리에 찬 주머니를 앞으로 돌려 엽전 스무 닢을 장풍 앞에 던졌다.

"그것을 노자로 하여 가향으로 떠나든지 이 근처 여숙에게 머물다가 가든지 하오."

이때 새로 찾아온 손님이 마루 앞에 서는 것을 보자 유청암은 그리로 눈을 돌렸다.

박종태는 뜰을 내려오며 장풍에게 속삭였다.

"장 거사는 아까의 그 주막에 가서 머물고 있소. 사흘 후 내가 그리로 찾아가겠소."

장풍은 어깨가 축 처진 뒷모습을 보이며 멀어져갔다.

문 생원이 종태를 안내한 곳은 뱃집처럼 지어놓은 집을 서너 채

238

지난 곳에 있었다. 왼편으로부터 셋째 칸에 현실이란 현판이 걸려
있었다.

"저 방으로 들어가시이소."

문 생원이 공손하게 말하고 덧붙였다.

"식사 때가 되면 알리리다."

헛기침을 하고 방문을 열었다.

시야에 다섯 사람의 얼굴이 들어왔다. 두 사람씩 짝이 되어 두
짝은 뭔가 얘기를 주고받고 있었던 것 같은데, 그 가운데 하나만은
외톨로 떨어져 벽을 등지고 앉아 반눈을 감고 있었다. 참선을 하고
있는 모양으로 보였다.

박종태는 이야기를 나누고 있는 한쪽 가까이에 가서,

"나, 경상도에서 온 박종태라고 하오."

하며 자기소개를 했다.

"나는 청주에서 온 한공희라고 하오."

하는 소년이 있었다.

"나는 강원도 철원에서 온 강안석이오."

하는 소년이 있었다.

그러자 저편에서 이야기하고 있던 소년들도 종태 앞으로 다가와
각각 인사를 했다.

"나는 강화도에서 온 이근택이오."

"나도 강화도에서 온 박근재요."

삽시간에 우정이 교류하는 봄날 같은 분위기가 괴었다.

삼전도장에 찾아온 사람들이라면 비록 소년일망정 무슨 기술인

가 한 가지쯤은 가지고 있을 것이었다.

종태가 청주에서 왔다는 한공희에게 물었다.

"당신은 우째 여기 왔노?"

한공희는 수줍게 얼굴을 찌푸렸다.

"난, 부모가 없어. 그래 이런 데라도 싶어 찾아왔어."

"남달리 잘하는 일이 있겠지?"

"그런 것 없어. 다만 난 둔갑술을 배우고 싶어."

"둔갑술?"

"사람의 눈에 보이지 않게 되는 술 말이야. 바위로 바뀌기도 하구, 나무로 바뀌기도 하구, 호랑이로 바뀌기도 하구."

한공희는 아무렇지도 않게 말했다.

"나도 그런 것 배우고 싶구나. 안 가르쳐줄래?"

하고 종태가 무릎을 앞으로 밀었다.

"나도 지금부터 배우려고 하는 거여."

하며 한공희가 웃었다.

종태는 강원도에서 왔다는 강안석에게 물었다.

"당신은?"

강안석은 눈을 말똥말똥 종태를 쳐다볼 뿐 말을 하지도 않았는데 어디로인지 말이 들려왔다.

"난 구경하러 왔어."

종태가 사방을 둘러봤다.

"둘러봐도 소용없어."

말소리는 목침으로부터 나왔다.

"그것 참 희한한 일이로구나. 목침이 말을 다 하고."

종태가 놀란 소리로 말하자,

"목침이라고 말 못 할까? 그러나 다신 안 하겠어."

하고 목침은 침묵해버렸다.

"어떻게 된 기고?"

종태는 궁금해서 죽을 지경이었다.

"이제 본 대로 아닌가배."

하고 강안석이 이번엔 입을 열고 말했다.

"이상한 일도 다 있구나."

종태는 정말 어안이 벙벙했다.

"차차 가르쳐주지."

강안석이 생긋 웃었다.

"느근."

하고 종태가 강화도에서 왔다는 두 소년을 향해 돌아앉자 이근택이 슬쩍 몸을 날려 물구나무를 섰다. 물구나무를 선 채 무릎을 굽히자 박근재가 그 무릎을 짚고 그 위에 물구나무를 섰다. 천장에 박근재의 발이 닿는 소리가 쿵 하고 났다. 그러곤 도로 앉으며 근재가 말했다.

"우리 둘은 이런 짓 하며 장마당을 돌아다닌 거야. 그랬더니 어떤 사람이 삼전도엘 가라고 하더라."

"넌 무슨 기술이 있노?"

강안석이 종태에게 물었다.

"내겐 기술이랄 것도 없어. 있다면 사람 하나 부앗감은 단단히 되지."

박종태의 답이었다.

"부앗감이 뭐꼬?"

한공희가 물었다.

"사람을 화나게 하는 짓을 잘한다, 이거야."

종태가 웃으면서 말했다.

"사람을 화나게 해서 뭣 하게?"

한공희의 말이다.

"사람 화나게 하는 것도 필요한 때가 있겠지."

이근택의 말이었다. 종태를 섞어 다섯이 이렇게 주고받으며 놀고 있는데 벽을 등지고 앉은 소년은 여전히 반눈을 감고 있었다.

"여보게, 우리 인사나 합시다."

하고 박종태가 말을 걸었다.

그래도 그는 들은 체도 않고 반눈을 감은 채 있었다.

"사람의 도리가 그래선 안 되는 건데…."

하고 박종태가 그 앞으로 가 앉았다.

"부앗감을 쓸 데가 당장 생겼군."

하며 이근택이 입을 삐죽했다.

"인사라도 하자는 내 말 안 들리나?"

박종태가 얼굴을 바짝 그 사나이 앞에 내밀었다. 그러자 그 사나이가 스르르 일어섰다.

"허례, 허사虛辭, 인사가 도대체 무슨 소용인가?"

말만은 다부졌는데, 동작은 특히 완만하게 슬렁슬렁 걸어서 방문을 열고 밖으로 나가버렸다.

"어제 우리와 같이 이 방에 들어 아직 한마디도 안 했는데, 벙어리가 아닌 것만은 알리는 꼴이 되었군."

하고 한공희가 한마디 했다.

"나귀에 짐 싣고 가마 타고 들이닥친 행차를 보고 고관대작의 아들이나 권문 토호의 아들인가 보았는데, 그렇기로서니 그렇게 거만할 게 뭐 있단 말인가?"

강안석이 투덜댔다.

"삼전도장은 장기 주머니라고 하더라. 장군이나 졸이나 한가지로 쓸어 담는다는 뜻이거든. 장기 주머니에 들어앉아서도 장군 행세할 건가?"

한 것은 이근택이었다.

"저놈, 그러다간 큰코다치지."

박근재도 한마디 했다.

말하자면 그 사나이는 미움을 담뿍 받고 있는 것이다.

그때 박종태가 말했다.

"그렇다고 해서 미워하진 말자. 자네 말대로 장기는 판 위에서 위세를 부려야지, 주머니 속에 들어 있으면서 딸각딸각 싸울 게 뭐 있노."

"그래도 그자의 하는 짓이…."

하곤 이근택이 눈을 흘겼다.

"사람이 거만하다는 건 그만큼 본인 마음속에 켕기는 게 있어서 그러는 기라. 아니면 사람이 모자라서 그러는 기고…. 속에 켕기는

게 있고, 또 모자라는 사람을 미워해서 뭣 하노. 우리는 켕기는 것
도 없고 모자라지도 않으니 이렇게 만나자마자 친구가 되는 것 아
니가. 그런께 내게 맡겨줘. 그자는 내가 다루어볼 기니까."

박종태가 말하자, 모두들 그렇게 하라는 승낙이 있었다.

"그런데 그자 어딜 갔을까?"

하고 박종태가 물었다.

"측간에나 갔겠지. 그잔 오줌이 빠른가 봐. 목상처럼 반눈을 감
고 앉았다간 저렇게 어슬렁어슬렁 나갔다가 오곤 하는 걸 보니."

이때 문이 열리더니 그 사나이가 들어왔다. 여전히 완만한 동작
으로 아까의 벽 앞에 앉아 다시 반눈을 감았다.

종태는 그 이목구비를 자세히 살폈다. 종태의 어린 마음으로 그
얼굴은 귀상과 천골이 기묘한 대조를 이루고 있었다. 무슨 재주이건
특별한 재주를 가지고 있는 사람으로 보이기도 했고, 어디서 누구
한테 맞아 죽을지도 모르는 험한 팔자를 가지고 있는 듯도 싶었다.

"안 되겠어."

하고 종태가 손을 뻗어 그자의 어깨를 흔들었다. 종태가 뱉듯이 말
했다.

"정신 차려, 넌 칼을 맞아 죽을 팔자다."

"뭐라고 했소?"

사나이가 눈을 치켜떴다. 종태의 너무나 단정적인 말에 놀란 것
이다. 종태도 무슨 확신을 가지고 말한 것은 아니었지만 일단 내뱉
어놓은 말은 감당해야 하는 것이다.

"내 말이 듣고 싶거든 통성명이라도 해야지."

종태가 싸늘하게 말했다.

"나는 황해도 서흥에 사는 강원수라고 한다."

"강원수? 그럼 진주 강씨인가?"

"아니다. 나는 제비강자姜字 강씨가 아니고 편할강자康字 강씨
다."

"네 기술이 뭐꼬?"

"기술은 상놈이 갖는 것이고 나는 학문을 가졌다."

"그 학문이 어느 정도이고?"

"고래로 성현이 썼다고 할 수 있는 글을 모조리 다 읽었으며, 모
조리 다 외고 있다. 내가 모르는 것을 찾아낼 사람은 학자가 운집
해 있다는 이 삼전도에서도 없을 것이다."

말을 시작하니 강원수는 당당했다.

"대단하구나. 그런데 네게 검난劍難이 닥칠 것이란 사실을 알겠
는가."

"모른다."

"그렇다면 네 지식은 말짱 헛것이다. 그것도 모른다면 학문의 지
식이 무슨 소용 있나?"

하고 종태는 왼손을 들어 칠 듯이 이리저리 놀렸다. 강원수는 그
손길을 피한다는 것이 손길에 부딪히기만 했다.

"이것 봐."

하고 종태가 소리를 높였다.

"넌 무술 공부란 건 해보지도 않았구나."

"군자에게 무술 공부는 당치도 않아."

"참으로 그럴까?"

"그렇다. 제갈공명은 몸에 촌철도 대지 않고 백선白扇 하나만으로 삼군을 지휘하는 군사軍師가 되었다."

"그런데 넌 제갈공명도 아니고 군자도 아니다. 그러면서 너와 네 학식을 지키려면 무술이 필요하다. 네가 검난을 면하려면 지금부터라도 무술 공부를 해야만 한다."

"쓸데없는 소리 말아라."

"무술 공부를 하기 싫거든 네 거만을 없애고 네 천욕賤慾을 없애야 한다. 그 거만과 천욕을 그냥 두고 무난히 살려면 지금 당장 인적을 피한 곳으로 가서 삼 년여일 무술 공부를 해야만 할 것이다."

"천박한 인간이 뭘 안다고 이러느냐?"

하고 강원수는 다시 자리에서 섰다.

그리고 또 어슬렁어슬렁 바깥으로 나가버렸다.

강원수와의 대화를 듣고 있던 소년들이 박종태 곁에 모여들었다.

"그자가 검난을 당할 거라는 건 사실인가?"

"어찌 그런 걸 아는가?"

하고 물었지만 박종태 자신도 그 까닭을 설명할 수가 없었다. 다만 불안한 마음이 끓어올랐다.

종태는 밖으로 나갔다. 강원수를 찾았다. 측간에도 없었다. 이리저리 찾고 있는데 문 생원을 만났다.

"서흥에서 왔다는 강원수를 못 봤소?"

"이제 이리로 나갔는데."

하고 문 생원이 대문 밖을 가리켰다.

박종태도 대문을 빠져나왔다.

"곧 저녁때가 되니 빨리 돌아오오. 때를 놓치면 밥을 먹지 못하오."

하는 문 생원 소리가 등 뒤에서 들렸다.

강원수는 터지려는 분통을 참을 수가 없었다. 소인 잡배와 한 방에 거처해야 한다는 사실이 견디기 어려운 데다가 아랫배 쪽에서 뭉클뭉클 고개를 치켜드는 욕망도 견디기 어려웠다. 이를테면 정신적인 분함과 육체적인 분함이 얽히고설켜 이것이 저것의 연료가 되고 저것이 이것의 연료가 되어 상승적으로 불길을 높여가는 그 광열을 자기의 의지로썬 어떻게 할 수가 없었다.

그런데다 박종태란 놈이 비위를 거스르는 데야 어떻게 하겠는가 말이다. 그래서 그 방에서 나와 기랑의 문을 나서기는 했는데 막상 갈 곳이 없었다.

가겟집이 늘어서 있고 제법 사람들이 붐비고 있기는 하지만 보통의 읍내나 마을과는 다른 것이, 삼전도장이라고 하는 권력으로서도 금력으로서도 아닌 어떤 정신적 위력의 중심이 이곳을 지배하고 있기 때문인지도 몰랐다.

'흥, 무술을 배우라구? 누굴 보고 감히 하는 소린가. 무술은 누군가, 무언가를 지켜야 할 놈들이 배울 일이지 세상의 주인이 될 인간이 배울 노릇은 아니지 않는가. 사람을 뭘로 알고 감히 그자가…. 그리고 또 뭐? 검난이 있을 거라구? 점쟁이 집에서 빌어 처먹다가 주둥아리만 까놓는 무식한 녀석!'

생각할수록 밸이 틀어지는 바람에 강원수는 길바닥에 침을 탁 뱉었다.

그는 왼편으로 보이는 삼전도장을 피해 건너편 언덕을 향해 걸어가고 있었다. 그 건너편 언덕에는 여인들이나 남녀 동행한 손님들을 치는 여사旅舍가 있었다. 강원수는 그것을 알고서가 아니라, 암내를 맡은 수캐처럼 그곳으로 빨려 들어가고 있었던 것이다.

박종태가 강원수의 뒷모습을 본 것은 네거리 한복판에서 건너편 언덕 쪽을 바라보았을 때다.

'저 친구가 저기에 뭣 하러 갈까? 저 동네는 뭣 하는 동네일까?'

하다가 그도 또한 그 방향으로 걸음을 옮겨놓았다. 하지만 강원수를 따라왔다는 오해를 받지 않기 위해 느릿느릿 걸었다.

강원수는 그 마을에 도착하자 뒤편으로 걸어 올라갔다. 박종태는 아래쪽 길을 택했다. 얼만가를 갔을 때 여사로 보이는 어떤 집의 대문이 활짝 열려 있었는데, 아까 주막에서 본 청년들이 마루에 걸터앉아 한창 재미나게 무슨 소린가를 주고받으며 웃고 있었다.

박종태가 여사 안으로 들어갔다.

"소년이 여기에 웬일인가?"

하고 이책이 반겼다.

"이리로 앉으오."

윤량은 자리를 권했다.

"여기가 숙소입니까?"

종태가 물었다.

"그렇소."

하고 대답한 것은 김권이었다.

"한데, 부인들께서도 여기에 계십니까?"

"아니오. 비록 부부라도 같은 여사에선 자지 못한다오. 안사람들은 저쪽 여사에 있소."

윤량이 턱으로 왼쪽 산을 가리켰다.

"오륜의 도리에 부부유화夫婦有和라고 했다는데 삼전도장에선 윤리도 없는 건가 봐."

하고 김권이 웃었다.

이때 강원수는 여자들만 있는 여사 앞을 지나다가 대문 틈 사이로 치맛자락을 보고, 귀로는 교성嬌聲*을 듣자 꿀꺽 침을 삼키고 우뚝 섰다.

강원수는 넋을 잃은 자기를 얼른 수습하곤 우선 숨을 곳을 찾았다. 여사 뒤쪽에 솔밭이 눈에 띄었다. 강원수는 그 완만한 아까의 동작으로선 상상도 못 할 민첩한 거동으로 그 솔밭 속으로 달려가 숨고 숨을 죽였다. 해가 떨어지길 기다릴 참이었다. 그런데 그 솔밭이 희한한 건 거기선 여사의 일부가 보이는데도 여사 쪽에선 솔밭에 숨어 있는 사람을 볼 수 없다는 점이었다.

몇 사람 여자가 방에서 들락날락하고 있었는데 강원수의 눈을 특별히 자극한 여자가 있었다. 그 여자는 아름다웠다.

강원수는 그 여자가 들어가는 방문을 눈여겨봐두었다.

한편 박종태는 김권과 서로 막대기를 들고 장난을 시작하고 있

---

* 여자의 간드러지는 소리.

었다. 그런 장난을 해보자고 제안한 것은 김권이었다.

한 자 반에 팔뚝 크기만 한 막대기를 들고 먼저 박종태가 공격했다. 김권이 그렇게 해보라고 한 것이다. 박종태는 시키는 대로 막대기를 휘두르며 덤볐다. 그런데 김권은 선 자리에서 한 발짝도 떼어놓지 않고 서서 상체만 움직여 종태의 막대기를 피하였다. 조금 있다 종태는 자기가 상대방이 피하고 난 연후에 그 피하고 남은 자리만을 골라 막대기질을 하고 있는 것을 깨달았다. 이상한 일이라고 마음을 고쳐먹고 김권이 피하기 전에, 또는 피해서 옮겨놓은 그 자리를 노리려고 애썼다. 그러나 도저히 그건 불가능한 일이었다. 숨만 가빴다.

"제 기술로썬 무망합니다."

하고 박종태가 항복했다.

"그럼 내가 치고 들 터이니 소년이 막아보오."

하고 김권이 막대기를 휘둘렀다. 종태는 민첩하게 피했다. 다음에도 피했다. 그러자 김권의 막대기가 눈부신 속도로 박종태를 추격해 왔다. 종태는 죽을힘을 다해 피했다. 보니 어지간히 넓은 마당을 꽉 차게 몇 바퀴를 돌았는지 분간 못 했다. 하지만 끝내 박종태는 얻어맞진 않았다. 그런데 깨닫지 못한 것은, 김권이 종태가 피한 뒤의 자리만 노렸다는 사실이다.

"그만합시다."

하곤 종태는 땀을 닦으며 말했다.

"나를 때리지 않으려고만 막대기를 휘두르니 맞을 리가 있습니까?"

"피차 마찬가지요. 아까 소년도 내가 피하고 난 빈 자리에만 막대기질을 합디다. 나는 그 마음씨에 보답한 것뿐이오."

하고 김권도 땀을 닦았다.

"소년, 대단하오."

윤량의 칭찬이었다.

"훌륭해, 범상치가 않아."

하고 이책도 맞장구를 쳤다.

여사의 중남이가 나와 식사를 하라는 전갈이었다. 종태가 하직하려 하자,

"우리 얼굴이나 씻고 같이 저녁을 먹읍시다."

하고 김권이 권했다.

"나는 돌아가서…."

하며 종태는 사양했지만,

"여기나 거기나 객사 밥인데 가릴 게 뭐 있소?"

하고 이책과 윤량도 함께 권했다.

집 뒤 샘물가에서 얼굴을 씻고 박종태는 그 세 청년과 함께 식탁에 앉았다.

김권이,

"앞으로 자꾸만 좋은 일이 생길 것 같아. 삼전도에 오자마자 박종태 같은 사람을 만났으니 말야."

하고 흐뭇해했다.

식사를 끝낸 후 마루로 나왔다.

유월 보름달이 두둥실 동산 위에 떠올라 있었다.

"언제 보아도 달은 좋아."

박종태가 감탄했다.

"갑산의 달이나 삼전도의 달이나 변함이 없는데."

김권이 입을 떼자,

"선생님 무덤에도 달빛이 깔렸겠구나."

하고 윤량이 받았다.

"만월이 되면 으르렁대던 호랑이가 있더니만…."

이책도 감개무량한 말투였다.

"호랑이를 보았소?"

종태가 물었다.

"보기만 했을라구."

김권의 대답이었다.

"그 호랑이를 잡았다고 하면 당신 놀랄 건가?"

윤량이 웃음을 머금었다.

"세 분 기상을 보니 호랑이쯤 예사로 잡았을 것 같소만."

종태가 말꼬리를 흐렸다.

"잡았을 것 같소만, 어떻다는 거여?"

이책이 물었다.

"호랑이 잡기가 그렇게 쉬운 일이겠습니까?"

종태의 말이었다.

그러자 이책이 기지개를 켜며 말했다.

"한 해 겨울엔 호랑이를 스무 마리나 잡은 일이 있어."

"뭐라구요?"

"우리 선생님이 그렇게 호랑이를 잡다간 멸종하겠다면서 한 해열 마리 이상은 잡지 못하게 하시는 바람에 더 이상 잡진 않았지만…."

"호랑인 씨가 귀하다고 하던데 그렇게 많이 잡을 호랑이가 어디에 있었단 말입니까?"

박종태는 믿을 수가 없었던 것이다.

"호랑이는 씨가 귀하지. 평생에 두 배[腹] 아니면 세 배 새끼를 낳는데 세 마리 이상은 못 낳아. 그런데 그 세 마리 가운데 한 마리는 으레 병신이거든. 죽고 말아. 성한 놈 두 마리도 자라기가 힘들어. 어른 호랑이 나들이하는 동안에 굴 밖으로 나와 어른어른하다가 독수리에게 채여가곤 하거든."

윤량의 설명이었다.

"그런 호랑이를 어찌 그렇게 많이 잡을 수 있었느냔 말입니다."

"우리가 살던 곳은 갑산 가운데서도 호곡이라고 하는 곳이었어. 사방에서 호랑이가 모여드는 곳이야. 겨울이면 그곳에 모여들어 봄이 되면 떠나고 하는데, 그러나 호곡에 몰려 있는 동안엔 우린 호랑이를 잡지 않았어. 우리가 호랑이를 잡는 곳은 거기서 백 리, 이백 리 떨어진 곳에서 잡았다. 들어오는 호랑이나 가는 호랑이를 길목을 지키고 있다가 잡는 거지. 호곡에서 잡으면 호랑이가 붙어 있지 않을 것 아닌가. 호랑이는 영리한 동물이니까."

윤량의 설명은 이렇게 소상했다.

"그럼 호랑일 꽤 많이 잡았겠네요?"

"이백 마리는 잡았을걸."

"호랑이 가죽 참 비싸다 하던데…."

"그래, 그 가죽이 우리에겐 듬뿍 있단다."

"굉장히 부자겠네요."

"부자지."

김권이 말을 받으며 웃었다.

"갑산 호랑이가 보고 싶구나."

이책이 중얼거렸다.

갑산의 호랑이가 동기가 되어 세 청년 사이엔 한창 얘기꽃이 피었다. 그 얘기들을 박종태는 넋을 잃고 들었다. 자기가 살아온 생활과는 전연 딴판인데 그것이 흥미로웠기 때문이다.

우선 종태에게 있어서 호랑이란 얘기 속에나 있는 동물이었지 실감이 나는 동물은 아니었다. 그 호랑이를 이백 마리나 잡았다니 과연 이 사람들은 사람인가, 귀신인가.

"호랑이를 잡은 가운데서도 책이 잡은 호랑이가 제일 깨끗했지." 하는 김권의 말이 있었기에 종태가 물었다.

"호랑이를 잡는 데도 깨끗하게 잡는 게 있고 덜 깨끗하게 잡는 게 있는가요?"

"그거야 있지."

하고 윤량이 설명했다.

"김권은 칼로 잡고, 나는 활로서 잡으니 상처가 나게 마련이지만, 책은 올가미를 던져 잡으니 상처가 나질 않아. 그러니 책이 잡은 호랑이 가죽은 우리가 잡은 것보단 백 냥이나 값이 더하거든. 책이 호랑이 잡는 솜씬 참으로 멋이 있었지."

"김권의 솜씨도, 윤량의 솜씨도 기가 막혔는데, 뭐."

이책의 말이었다.

이런 이야기를 듣고 있노라니까 밤이 깊어가는 줄을 몰랐다.

"안 되겠는걸. 가봐야겠어."

하고 박종태가 일어선 것은 밤이 이경이나 넘었을 때였다.

"우리 바래다주지."

김권이 일어섰다. 윤량도, 이책도 따라나섰다.

"안식구들 잠이나 편하게 자는지 모르겠다."

며 김권이 중얼거렸다.

"가는 도중 호랑이나 한 마리 나오면 좋겠다. 형씨들 호랑이 잡
는 구경이나 하게."

종태가 이렇게 말하자 세 청년은 웃었다.

기랑으로 가는 길과 여객들의 여사가 있는 길이 갈리는 곳에서
이책이 말했다.

"여기까지 온 김에 안식구들이 자는 여사 근처에라도 한번 가볼
까?"

"그거 좋겠다."

하는 윤량과 김권의 동의로 일동은 비탈길을 올라갔다.

그들이 반쯤 비탈길을 올랐을 때였다. 여객 여사 쪽으로부터 심
상치 않은 소리가 들려왔다.

김권이 비호처럼 뛰었다. 윤량은 화살처럼 빨랐다. 이책도 번개
처럼 날았다. 박종태도 달려갔다.

여객 여사의 문을 김권이 두드리자 대문이 곧 열렸다. 여자들이

한곳에 모여 숨 가쁘게 주고받는 말들이 들렸다.

"무슨 일이오? 무슨 일이 났소?"

김권이 다급하게 물었다.

그 목소리를 알아들었는지,

"아, 서방님."

하고 달려온 여인이 있었다. 하수련이었다. 최숙경도 나타났다. 이선아는 너무도 당황한 빛을 보이며 이책에게 매달렸다.

"어떤 놈이 선아 아가씨를 덮쳤어요."

하수련이 부들부들 떨면서 말했다.

"뭐라구?"

김권이 발끈했다.

"덮쳤을 때 고함을 질렀더니 그놈은 도망을 쳤어요. 그래 탈은 없었지만 어찌나 놀랐는지."

하수련이 아직도 몸을 떨고 있었다.

"그래, 그놈은 어디로 갔어?"

윤량이 물었다.

"방문을 차고 나갔는데 담이 높아 뛰어넘지는 못했을 텐데, 집 안에 숨어 있는가 봐요."

"그렇다면 찾아봐야지."

하고 김권과 윤량이 집 안으로 들어갔다.

"나는 바깥을 찾아보겠어."

하고 이책이 집 뒤껼으로 갔다.

"나는 이 문을 지키겠소."

하고 박종태는 그 자리에 버티어 섰다.

조금 있더니 김권과 윤량이 나오며,

"담장 한 곳에 마른 시궁창 구멍이 있는데 그리로 빠져나간 것 같애."

하고 산을 뒤져보아야겠다고 했다.

"밤중에 산을?"

종태가 말하자 김권과 윤량은,

"달이 밝잖아."

하며 뒷산으로 뛰어 올라갔다. 박종태도 뒤를 따랐다.

세 청년의 동작은 민첩하기 짝이 없었다. 갑산에서 단련된 몸이니 당연하기도 하겠지만 박종태로선 눈이 번쩍할 지경이었다. 김권, 윤량, 이책은 사이를 열 발짝 정도로 두고 산을 뒤지기 시작했다. 놀란 토끼가 튀어나오고 잠자던 노루들이 우왕좌왕했다.

종태도 산촌에서 자라 산을 잘 타는 덴 남의 축에 빠지는 편이 아니었지만, 그 세 청년에겐 견줄 바 못 되었다. 종태는 그들의 행방을 놓쳐버리고 말았다.

박종태가 뒷산 마루에 올랐을 때였다.

"이놈!"

하는 소리가 어디에선가 들려왔다.

귀를 기울였다. 그러고는 그 소리 나는 방향으로 걸음을 옮겼다.

솔밭에 둘러싸인 빈터에 웅크리고 있는 사람이 있었는데 김권과 윤량, 이책이 그를 둘러 서 있었다.

종태가 가까이에 가보니 웅크리고 있는 자는 강원수였다. 종태의 가슴이 철렁했다. 아까 그가 예사로 한 말이 사실로 될 지경이었던 것이다.

"이놈아, 이름을 대라!"

하며 김권이 어느 틈에 꺾어 들었는지 손에 막대기가 쥐어져 있었다.

"내 이름은, 강원수다."

웅크리고 있으면서 얼굴을 빳빳이 들고 하는 강원수의 대꾸였다.

"네 이놈, 네가 한 짓이 어떤 짓인지 아느냐!"

김권의 호통이 골짜기에 쩡쩡 울렸다.

"아름다운 꽃을 나비가 탐했다고 해서 그게 무엇 나쁜 일인가?"

대담한 답이었다.

"너는 이놈아, 사람의 도리도 모르는 놈이로구나."

"색욕은 사람의 도리 앞에 있는 것이니라."

"이놈 봐라."

하고 김권은,

"이런 놈하고 말을 주고받는 것도 창피스럽다. 당장 죽여버려야 겠다."

하고 윤량과 이책을 둘러보았다.

"내가 죽이겠어."

하고 이책이 다가섰다.

"아냐, 자기의 내자에게 덤볐다고 사람을 죽이는 건 용렬한 짓이다. 사람의 도리를 밝히기 위해 내가 죽여야 한다."

고 김권이 말했다.

"김권의 말이 옳다. 나도 거들지."

하고 윤량이 한 발 다가섰다.

"이 따위를 죽여 없애는 데 윤량의 힘까지 빌릴 게 뭐 있겠나."

김권이 칼을 겨누듯 막대기를 치켜들었다.

김권의 살기가 막대기 끝에 모여 십오야十五夜의 월광을 튀겼다. 김권은 한 번 막대기를 허공에 휘둘렀다. 쪼개지는 공기 소리가 비단이 찢어지는 날카로운 음향으로 울렸다. 목봉木棒이 검劍으로 화하는 순간이었다. 김권이 다음 동작으로 옮기려는 찰나 박종태가 뛰어들어 강원수를 막아섰다. 김권이 쥔 막대기가 어느덧 칼이 되어 박종태의 이마 한 치 앞에서 멎었다.

실로 아차, 아찔한 찰나였다.

"박공, 왜 이러는 거요?"

김권이 막대기를 거두어 들며 물었다.

"살생은 피하는 게 좋을까 하오."

종태의 대답이 간절했다.

"박공도 보지 않았소. 그놈은 사람이 아니라, 짐승이오. 비키시오."

김권의 말에 싸늘함이 묻었다.

"김형, 짐승인들 죽여서 뭣 하겠소? 살려 버릇을 고치도록 해야죠."

"안 되오. 비키시오. 저 무도한 놈을 용서할 순 없소."

김권의 말이 격했다.

"이자의 행동을 보아 김형의 분노를 알 수가 있소만, 결과적으로 대사에 이른 것은 아니니 한 번만 용서해주시기 바라오."

"박공, 어떤 까닭으로 저자를 구하려고 하는 거요?"

박종태의 태도가 단호한 것을 보자 윤량이 옆에서 물었다.

259

"까닭이야 별게 있겠소. 이자에게도 부모가 있을 것인즉 그 정상이 가련하다는 것이고, 굳이 연분을 들먹인다면 이자와 나완 기랑 동방同房에 있게 된 처지옵니다."

"그 연분으로 이자를 구하려는 거요?"

"그 연분이 아니라도 그렇지 않습니까. 죽을 고비에 있는 자를 보고 어찌 지나쳐버릴 수가 있습니까? 살려주도록 해야 되지 않겠습니까?"

"이자의 소행을 알고도 그러는 거요?"

"죽을죄를 지은 자니까 살려달라고 애원하는 거 아닙니까?"

"박공은 어떤 나쁜 놈이라도 덮어놓고 살려주자는 겁니까?"

이책이 나서서 한 말이었다.

"그렇습니다. 나는 그렇습니다. 나 때문에 죽음을 면하겐 하고 싶어도 내가 옆에 있으면서 죽겐 하고 싶지 않습니다. 언젠가 한번은 죽을 목숨인데, 죽고 나면 영영 그만인 목숨인데 앞당겨 죽일 게 뭐 있겠습니까? 죽이지 않고도 벌할 방법은 얼마든지 있지 않겠습니까."

그러자 이책이,

"권, 박공의 말이 옳구나. 우리 때문에 한 사람이라도 더 살도록 해야지, 우리 때문에 죽는 사람은 없도록 해야 할 것 아닌가."

하고 김권 앞으로 갔다.

"내 생각도 그러네."

윤량의 조언이 있었다.

"그러나 난 그렇게 못 하겠어. 못된 놈은 이 세상에 남기지 않는 게 좋아. 우리가 밤낮 방을 치우는 건 뭣 때문에 그러는가? 방을 깨끗하게 해야겠기 때문이 아닌가. 세상일도 마찬가지다. 저와 같은 놈을 없애야 세상은 깨끗하게 되는 거여. 누가 뭐라고 해도 나는 저놈을 용서할 수 없어. 모두들 비켜요. 생명을 아끼되 값진 인간의 생명을 아껴야 하지 저런 놈의 생명을 아낄 것까진 없어."

김권의 서슬은 시퍼랬다.

김권의 서슬엔 윤량도 이책도 감당하지 못하는 것이 관례가 되어 있었다. 윤량과 이책이 비켜섰다.

그러나 박종태만은 강원수를 막는 자세로 버텨 서 있었다.

"박공도 비켜요."

김권이 고함을 질렀다.

"김형은 꼭 이자를 죽여야만 하겠소?"

종태가 침착하게 물었다.

"그렇소."

김권의 대답은 단호했다.

"그렇다면 도리가 없습니다. 저부터 먼저 죽이고 나서 이자를 죽이시오."

종태의 말이 이렇게 되자 김권이

"박공, 저런 아니꼬운 자 때문에 생명까지 버릴 참이오?"

하고 어처구니없다는 듯 어깨를 으쓱했다.

"어제 아니꼬운 자, 오늘 아니꼽지 않게 되는 수도 있고, 오늘 아니꼬운 자 내일 마음을 바꿀 수도 있소. 오늘 훌륭한 자, 내일 나쁜 놈이 될 수도 있고요. 사람 어쩌다 실수 한 번 했다고 죽여 없애는 바에야 이 세상에 어디 살아남을 사람 있겠습니까?"

종태는 김권의 눈을 똑바로 보고 이렇게 말했다.

"박공 들으소. 저놈은 자기가 나쁜 짓을 했다는 걸 스스로 회개할 줄도 모르는 놈이오. 아까 저놈이 한 말 듣지 않았소? 도리 앞에 색욕이 먼저 있다고 안 합디까? 오늘 나쁘고 내일도, 모레에도 나쁠 놈이오. 나는 박공과 일을 벌이기가 싫소. 하물며 박공의 목숨을 앗을 생각도 없소. 비키시오."

"나는 이자를 구한다기보다 내 말빚을 갚아야 하겠소. 내 마음을 지켜야 하겠소. 나는 한번 정한 일은 그대로 하는 놈이오. 꼭 이자를 죽이려거든 나를 먼저 죽여야 할 거요. 그러지 않고선 죽이지 못할 것이오."

박종태는 도무지 물러설 기색을 보이지 않았다.

"할 수 없군."

하고 김권이 종태를 밀치고 달려들었다. 종태는 밀쳐지긴 했으되 김권을 붙들고 돌았다. 김권과 강원수와의 사이에 약간의 거리가 생겼다.

"내가 붙들고 있는 동안 도망쳐!"

하고 종태가 소리를 질렀다.

강원수가 엉거주춤 일어섰다.

"그렇겐 안 될걸."

하고 윤량이 날쌔게 덤벼 강원수의 옆구리를 찼다.

강원수가 쓰러졌다.

종태가 소리를 높여 외쳤다.

"형들 셋이서 저자를 죽이려고 하는 거요? 그건 장부답지 않은 일 아닌가요?"

"양이나 책은 손대지 말라."

김권이 버럭 고함을 지르고 매달린 박종태를 뿌리치려고 했다.
그러나 박종태는 거머리처럼 김권의 오른편 어깨에 달라붙어 뿌리
쳐도 떨어지지 않았다. 몽둥이를 휘두르려고 해도 등 뒤에 붙어 있
는 사람을 칠 수가 없었다. 하는 수 없이 김권이 몽둥이를 왼손으
로 바꿔 쥐자 박종태는 날렵하게 왼편 어깨를 잡고 늘어졌다.

갑산의 골짜기를 종횡무진으로 달려 호랑이며 곰을 닥치는 대로
잡아 제친 맹자猛者 김권도 거머리처럼 붙어 떨어지지 않는 박종
태는 어떻게 할 수가 없었다. 그렇다고 해서 윤량과 이책이 김권의
편을 들어줄 형편도 아닌 것이다.

"박공, 꼭 이렇게 할 텐가?"

김권이 화 돋친 소릴 했다.

"그러니까 저자를 용서해주시오."

박종태는 어리광부리듯 했다.

"아무튼 내게서 좀 떨어져줘."

"승낙을 받지 않고 어림도 없습니다."

"그럼 좋아."

하고 김권이 땅을 구르듯 하더니 앞발을 원수에게로 겨누어 맹렬
한 도약을 했다. 그 발길이 원수의 몸에 가 닿기만 하면 그는 그 충
격으로써도 숨이 끊어질 것이었다.

그런데 어깨에 엉겨 붙은 박종태가 발끈 입을 악물고는 김권의
몸 방향을 바꾸어버렸다. 김권이 헛발을 디뎠다. 그러곤 어이가 없

었던지,

"지독한 놈 다 보았네."

하고 웃었다.

윤량과 이책도 따라 웃었다.

"알고도 모를 일이다. 박공 같은 사람이 저런 놈을 감싸주려고 날 이 고생을 시키니."

하는 것을 보면 김권도 화를 풀 수밖에 없었던 모양이다.

"저자 때문에 우리들이 왜 이런 고생을 해야 합니까?"

하고 박종태는 되레 투덜투덜했다.

"권이 쪽에서 항복해야겠군."

이책의 말이었다.

"내 저놈을 죽이진 않을게."

김권이 드디어 말했다.

박종태가 김권의 몸에서 떨어졌다.

"어, 지독해."

김권이 어깨를 펴면서,

"선생님도 거머리 떼어내는 방법은 가르쳐주시지 않았으니."

하고 웃었다. 그러곤 곧 말을 바꿔,

"네놈, 참으로 운수가 좋은 놈이로구나."

하는 말과 함께 막대기를 날렸다.

"아이쿠."

하고 강원수가 거꾸러졌다.

"그런 법이 어디 있어요."

박종태는 거꾸러진 강원수 옆으로 달려갔다.

"죽이지 않았어. 안심해. 그 대신 바른팔 하나는 꺾어놓았으니 그렇게 알아."

하며 김권이 돌아섰다.

강원수는 기절해 있었다.

"김권의 몽둥이를 맞았으면 바른팔 하나는 없어진 걸로 쳐야 할 거다. 그러나 그만하기가 다행이다."

하며 혀를 끌끌 찼다.

"박공, 사람 하나 살렸구나."

이책도 강원수를 들여다보며,

"한데, 이자를 기랑까진 끌어다줘야 하지 않겠느냐?"

고 윤량을 쳐다봤다.

"도리 없지. 내 등에 얹어."

윤량이 등을 들이댔다.

산마루에까지 왔는데도 강원수는 정신을 차리지 못했다.

김권이 종태의 옆에 와 앉으며,

"박공은 참으로 대단한 사람이군."

하고 종태의 어깨를 툭툭 쳤다.

정신을 차리지 못하고 있는 강원수를 보고 김권은 이렇게 중얼 거렸다.

"아름다운 꽃을 탐하는 건 나비로선 당연한 노릇이라구? 말은 옳아. 그러나 그 버릇 고치지 않으면 네 명에 죽진 못할걸."

그러자 윤량의 말이 있었다.

"김권이 고집 꺾은 건 오늘 밤이 나고 처음 아닌가?"

강원수는 의식을 회복한 것 같더니 고통을 참지 못해 몸을 비틀었다. 의식의 회복이 고통의 지각과 동시에 이루어진 것이다.

"아플 테지."

강원수의 찌푸린 얼굴을 들여다보고 이렇게 한마디 하더니 윤량이,

"가자."

며 김권과 이책을 일으켜 세웠다.

그리고 박종태를 보곤 다음 말을 남겼다.

"정신이 드는 모양이니 걸을 수가 있을 거요. 그때까지 기다렸다가 숙소로 데리고 가시오. 정신이 든 그놈을 난 업어다주기 싫소. 그러나 박종태에 대한 우리의 우의엔 변함이 없을 것이니 앞으로도 잘 사귀도록 합시다."

이에 대해 박종태는,

"고맙습니다."

하는 이외의 말이 있을 수 없었다.

세 청년이 사라지고 나자 공산의 적막은 깊어지는데, 서쪽으로 기울어가는 달빛엔 요기가 섞인 듯 측측惻惻한 기분이 돌았다.

강원수의 신음 소리는 계속되고 있었다.

"아픈가?"

"아파."

그건 분명히 소년의 소리였다. 낮 동안의 그 거만한 티가 가셔진 속수무책의 곤경에 빠진 소년의 애원을 섞은 말소리는 종태의 마음을 울먹이게 했다.

"걸을 수 있겠지?"

"…"

"걷도록 해봐. 밤새 여기 누워 있을 수도 없잖은가."

"그렇게 해보지."

하고 강원수가 몸을 일으켰다. 종태가 부축을 하려고 손을 내밀자 원수는,

"앗."

하고 비명을 질렀다. 김권의 몽둥이에 맞은 팔목이 맹렬한 아픔을 일깨운 것이다. 종태는 그 팔이 썩을 것이란 김권의 말을 상기했다.

종태는 원수의 성한 팔을 끼고 서서히 비탈길을 내려섰다. 평지에 이르렀을 때 원수의 말이 있었다.

"당신 없었다면 난 죽었을 거다. 분명 죽었을 거라. 그러고 보니 당신은 나의 생명의 은인이구나."

그 말이 너무나 처량했다.

"사생은 재천이야. 내게 무슨 힘이 있었겠나? 일이 그처럼 되게 하기 위해 내가 근처에 있었을 뿐인걸."

"아냐, 당신은 나의 은인이다."

이때 종태는 의연하게 말했다.

"내가 은인이면 그 사람들은 당신의 원수란 말인가?"

"아무튼 내 생명을 빼앗으려고 한 사람들이니까."

원수의 말은 기어들 듯했다. 종태가 단호히 말했다.

"그런 생각은 잘못이다. 자네가 지금 살아 있는 건 그 사람들 덕택이다. 내가 자네의 은인이 될 까닭도 없고, 그 사람들이 자네와

원수일 까닭도 없어. 화의 씨앗을 뿌린 건 자네 자신이 아닌가."

"그렇게 되는 건가?"

하고 강원수는 다시 말이 없었다.

종태가 원수를 부축하고 기랑의 문을 들어섰을 때 첫닭이 울었다. 그런데 이상도 한 일이었다. 기랑 한쪽 방에 불이 환히 켜져 있더니 종태와 원수를 기다리고나 있었던 것처럼 몇 사람이 쏟아져 나왔다.

누구냐고 묻지도 않고 그 사람들은 종태와 원수를 불이 켜진 방으로 데리고 갔다. 그 방엔 의원으로 보이는 초로의 어른이 앉아 있더니,

"빨리 웃통을 벗으라."

하고 원수의 상한 팔을 진맥하기 시작했다. 어떻게 된 영문이냐고 묻지도 않는 것이 또한 궁금했다.

"박공은 가서 쉬시구려."

하는 말이 있었다. 누구의 말인가고 둘러보았으나 서넛이 있는 사람 가운데선 분간할 수가 없었다.

종태는 일어서서 방밖으로 나왔다.

"박공, 오늘 밤은 수고가 많았다."

는 말이 등 뒤에 있었다.

종태는 그길로 자기에게 할당되어 있는 방으로 갔다. 방엔 등명이 있었다. 네 소년은 나란히 누워 잠들어 있었고, 깨끗한 요와 이불과 베개를 갖춘 빈자리가 윗목에 마련되어 있었다. 강원수를 염두에 두고 혹시 또 다른 자리가 없을까 하고 두리번거렸으나 준비

되어 있는 자리는 하나밖에 없었다. 종태는 쓰러지듯 그 자리에 기어들어 잠에 빠졌다.

종태가 눈을 떴을 땐 대낮이 되어 있었다. 늦잠을 잤나 보다 했다.

"잠이 깨었나?"

하고 한공희가 웃는 얼굴을 보였다. 종태는 기지개를 켜고 일어나 앉았다.

"어젯밤 어디에 갔더랬어?"

강안석이 물었다.

"얘길 할라쿠몬 긴 얘기가 될 거구."

하자, 이근택이

"빨리 세수하고 아침밥 먹어. 잠을 깨거든 그리 말하라고 문 생원이 말하더라."

고 했다.

"내 세수할 곳과 아침밥 먹을 곳을 가르쳐주지."

하고 박근재가 일어섰다.

그때,

"네 성미도 급하구나. 세수하기 전에 뒤부터 먼저 봐야 할 거 아니가."

하고 한공희가 깔깔대며 웃었다.

측간엘 갔다가 돌아와 세수를 하고 식사 방으로 들어갔다. 따끈한 두붓국과 나물무침으로만 되어 있는 반찬이었지만 맛이 있었다. 밥은 오곡밥이었다.

식사를 하고 있는데, 끝나거든 찾아오라는 유청암 노인의 전갈이

있었다. 밤늦게 돌아다니다가 왔다고 꾸중을 듣지 않을까 하는 불안
이 없지 않았는데, 유청암은 종태를 자기 가까이로 오라고 하더니,

"손을 한번 내보게."

하고 일렀다.

종태가 손을 내밀자, 그 손을 이리 만지고 저리 만지며 손금을 보
는 것 같더니 다시 왼손을 내놓으라고 하곤 그 손도 자세히 살폈다.

그러곤 다음과 같이 말했다.

"자네의 손은 많은 사람을 구할 수 있는 손이다. 그렇게 알고 앞
으로 자부를 가지고 살아가게. 어젯밤 일을 듣고 자네의 손이 보
고 싶었다. 우연히 강원수를 구한 것인가, 나면서부터 가지고 있는
자네의 덕이 강원수를 구한 것인가, 하고. 그런데 인제 보니 자네는
사람을 구하려고 이 세상에 나온 사람인 것 같아. 자네는 강원수
만이 아니라 김권도 구한 셈이다."

"그건 어떻게 해서 그리되는 것입니까?"

하고 박종태가 물었다.

"이유야 어떻게 되었건 살인자를 삼전도는 용인할 수 없지 않느
냐. 김권이 강원수를 죽였더라면 우리 삼전도에서 김권만이 아니라
그 일행 전부를 잃을 뻔했느니라. 큰 손해를 볼 뻔했지. 그랬던 것
을 다행하게도 자네가 잘 수습해주었다."

"김권이 설혹 강원수를 죽였다고 해도 심심산곡에서 밤중에 있
었던 일일 뿐 아니라, 그들의 능력으로선 흔적도 없이 처리해버릴
수 있었을 터인데요."

이것은 박종태가 삼전도의 내막을 알고 싶어서 한 질문에 불과

했는데, 이에 대한 유청암의 답은,

"삼전도에서 생긴 일치고 우리가 모르는 일은 없게 돼 있어. 자네도 곧 알게 될 테지만, 세상엔 남의 일을 해치는 것으로 직업을 삼고 있는 놈들이 있는가 하면, 관속들은 없는 흠까질 잡아내려고 서둘고 있거든. 그러니 삼전도장을 온전히 유지해나가기 위해선 여간 마음이 쓰이지 않는 거다. 전국 방방곡곡에서 몰려드는 사람 가운데 별의별 술수를 다 하는 놈이 없지 않으니 더욱 그러하다. 그러니 삼전도에서 있었던 일을 삼전도장이 모를 수 있을 거라고 생각한다면 대단한 잘못이다."

"감시가 붙어 있다, 이 말씀입니까?"

"감시라고 하는 그런 부자유한 노릇이야 있겠나. 활달하게 모두를 행동케 하되 모든 게 거울을 들여다보는 것처럼 환하게 비치게 되어 있다는 것뿐일세."

"알겠습니다. 그런데 저는 언제쯤 여운 선생님이라고 하는 분을 만날 수 있게 됩니까?"

"하루만 더 기다리게."

"그럼 지금 아랫마을의 주막에 장풍이라고 하는 저의 일행이 기다리고 있을 터인데 찾아가봐도 좋겠습니까?"

"마음대로 하게. 그러나 그 사람을 삼전도에 머물러 있게 할 생각은 말게. 삼전도장은 악인까진 그 재주에 따라 맞아들일 수가 있지만, 아무리 재주가 높아도 비열한 사람을 수용할 곳은 없네."

"그렇다면 묻겠습니다. 악인과 비열한 사람을 어떻게 구별하십니까?"

"악인은 의義보다는 이利를 취하고, 그 이를 위해 거짓과 도둑질까지 삼가지 않는 놈이다. 그러나 일단 법망에 걸리게 되면 자복自服은 하되, 자기의 입장을 좋게 하기 위해 남을 밀고하거나 무고하거나 하는 짓은 안 해. 그런데 비열한 인간이라고 하는 것은, 자기의 편리를 위해서 남을 밀고하는 무고까지 하는 놈을 말한다. 이 삼전도장엔 그런 놈은 용납하지 않는다. 자네의 일행인 그 장풍이란 자는 식견은 얼마나 높은지 몰라도 세 불리하면 무슨 짓을 할지 모르는 그런 놈이다. 거짓 증거까지 예사로 해서 무수한 사람을 해칠 그런 등속이다. 자네의 정으로 그자를 떼어낼 수 없다는 건 알지만, 앞으론 불가근 불가원해야 할 것이다. 대인이 너그러운 것은 좋으나 자기를 지킬 줄 아는 소심小心을 잊어선 안 되느니라. 이를테면 대하기 위해선 소해야 할 경우가 있느니라. 사자를 잡을 수 있다고 해서 쥐를 등한히 해선 안 된다는 뜻이다. 쥐는 무서운 병근을 가지고 있느니라."

"알겠소이다."

하고 일어서는 박종태에게 유청암이 돈 꾸러미를 건네며,

"이건 다섯 냥이다. 자네의 일행인 그 장풍인가 하는 사람에게 주어라. 그리고 당장 길을 떠나 경복궁 중건하는 공사장으로 가라고 해라. 거기 가면 그자가 쓰일 곳이 있으리라. 이 시국에 정직定職도 정처도 없이 돌아다니다간 무슨 재앙이 있을지 모르는 일이니 똑똑히 타일러 그리로 보내도록 하게."

하는 말을 보탰다.

박종태는 그길로 마을 앞 주막으로 갔다. 가는 도중 말을 탄 두 선비와 가마 한 채가 올라오는 것을 보았다.

말을 탄 사람 중 하나는 서른이 약간 넘은 장년인데 기골이 장대한 편이었고, 다른 하나는 20세 안팎으로 보이는 얼핏 여자의 얼굴같이도 보였는데 그런대로 범상치 않은 기품을 지니고 있는 청년이었다.

가마 안에는 기필 여인이 타고 있을 것이었다. 그 일행을 유심히 바라보고 있는데 서른이 넘은 장년이 잠깐 말을 멈췄다. 그리고 묻는 말이.

"소년은 지금 삼전도를 떠나려는 참인가?"

"아니올시다. 저기 주막까지 가는 도중이올시다."

"그래, 지금 어디에 머무르고 있소?"

"기랑에 머물고 있습니다."

"이름은 뉘시오?"

"박종태라고 합니다."

"내 이름은 최천중이오. 쉬이 만날 날이 있으리라."

하며 너그러운 웃음을 띠곤 말을 걸려 가버렸다. 박종태에겐 그 이름을 들은 기억이 있었다.

마포에서 최팔룡을 만났을 때, 그가 삼전도장의 원여운 선생 다음가는 주인이란 말은 들은 적이 있는 것이다.

바로 그 사람이 노상에서 특히 말을 세워놓고 자기에게 말을 걸어준 것이 박종태의 마음을 흡족하게 했다.

주막에 가니 장풍은 아침부터 술을 마셨는지 불그레한 얼굴로 종태를 맞이하곤 투덜투덜했다.

"제기랄, 사람 알아주는 곳이 삼전도장이라고 듣고 왔더니만 만나자 축객이니 이게 될 말인가?"

"사람을 알아주니 축객을 당했는지 혹시 알 수 없는 일 아닌가."

하며 종태는 돈 꾸러미를 그에게 내밀어놓고 유청암의 말을 전했다. 그러자 장풍이 다시 투덜댔다.

"나더러 공사장 사역꾼 노릇을 하라구? 사람을 어떻게 보고 하는 소리야?"

"장 거사 생각이 그렇다면 할 수 없지. 난 장 거사가 거기나 있어주면 앞으로 좋은 일이 생겼을 때 서로 기별이나 해서 같이 지낼 수도 있을까 싶어 한 말인데…. 장 거사 좋을 대로 하시오. 그러나 오늘 안으로 삼전도를 떠나야 할 것 같소."

하고 종태는 되돌아섰다.

그러자 장풍은,

"박공."

하고 부르더니

"내 당신 시키는 대로 할게. 무슨 일이 있거든 그 공사장으로 와주든지, 기별해주든지 해요."

하는 애원을 했다.

그 애원을 들으니 마음 약한 종태는 울먹거리는 심정이 되었다.

"장 거사는 마음을 바로 써요. 그럼 우린 항상 같이 있을 수 있을 텐데…."

백화제방

百花齊放

어젯밤의 하회下回*대로 해가 돋기 전에 아침밥을 먹고 대기하고 있는데 문 생원이 안마당으로 들어와서,

"호명을 받은 사람은 바깥사랑으로 나오시오."

하고 이름을 부르기 시작했다.

20명 가까운 호명이 있었다. 그런데 거기엔 박종태의 방에 있는 사람들은 끼이지 않았다. 알고 보니 그때 불린 사람들은 퇴짜를 맞는 축이었다.

유청암 노인은,

"모처럼 삼전도로 찾아오셨는데도 뜻을 받들어두지 못해서 유감스럽소. 그러나 형편이 여의치 않은 것을 어떻게 하겠소. 부디 섭섭한 마음을 먹지 말고 고향으로 돌아가시오. 단 사흘이라고는 하나

---

* 윗사람의 지시.

277

우리 한솥엣밥을 먹었으니 일시역려一時逆旅*의 식구라고 하지 않겠소. 그 정의 잊지 말고 명년에라도 찾아오시오. 삼 일 동안의 대접은 해드리리다. 자, 여기 얼마 안 되는 노자를 장만해두었으니 사양 말고 가지고 가서 상시하솔上侍下率**에 어긋남이 없도록 하시오."

하고 사람들을 시켜 돈을 나눠주었다. 각자 열 냥 돈은 되는 것 같았다.

"감사하외다."

하는 말들을 남기고 일어서는 것을 보면 퇴짜를 맞았대서 앙심을 품는 일은 없는 듯했다.

그곳의 관행을 보니 기랑에 받아들일 때 일단 선택을 하고, 기랑에서 삼 일을 묵는 동안에 인물을 감정해서 본장本莊으로 보내는 제도로 되어 있는 것 같았다.

그들이 떠나고 나자 다시 호명이 있었다. 그 숫자는 17명이었다. 이번엔 박종태와 그 동방의 소년들이 끼었다.

"지금으로부터 본장으로 가오."

하고 유청암이 앞장을 섰다.

반 마장쯤 걸었을 때 높은 담장 사이에 육중하게 닫혀 있는 대문이 나왔다. 유청암이 그 앞에 서자 대문은 저절로 열리는 것 같았다. 누군가가 망을 보고 있다가 열어주는 게 틀림없었다.

---

* 　한때 여관에 같이 묵음.
** 　윗사람 모시고 아랫사람 보살핌.

278

화단이 끼여 있는 풀밭 저편에 초가지붕으로 낮은 집이긴 했으나 넓은 대청으로 된 외청이 있었다. 마루 위엔 똑같은 두건을 쓴 백발의 노인들 다섯이 일렬로 정좌하고 있었다.

새로 들어간 17명은 왼편 마루에 역시 일렬로 앉았다. 모두의 좌정이 끝나자 인사가 시작되었다. 그러고는 차례로 불려져 다섯 노인 앞 다섯 걸음쯤 되는 곳으로 나가 앉았다.

간단한 문답이 있은 뒤 오른편에 앉은 노인의 분부가 있었다.

"공이 갈 곳은 갑랑이오."

또는 '을랑'이라 하는 식이었다. 이미 말한 바 있지만 한 번 더 되풀이하면 다음과 같다. 갑랑은 사류士類를 수용하는 곳이요, 을랑은 사류이긴 하되 사문斯文에 구애되지 않는 사람을 수용했다. 병랑은 무술을 익힌 사람, 무랑은 호협한 사람, 기랑은 특기를 가진 사람, 경랑은 무슨 술術을 가진 사람, 신랑은 가무음곡을 잘하는 사람, 임랑은 재질이 있는 소년을, 계랑은 잡기를 가진 사람들을 수용하게 되어 있는 것이다.

그러니 박종태를 비롯한 소년들은 임랑으로 가게 되어 있었다. 박종태는 자기 차례가 되기에 앞서 이른바 심사를 받는 어른들과 노인들의 거동을 주의 깊게 지켜보고 있었다.

노인들과 선비들 사이에 오가는 토론은 그야말로 고담준론高談峻論으로 박종태의 식견으로선 알아들을 수 없는 대목이 많았지만, 그 가운데 기고승奇高升이란 이름을 가진 선비와 한 노인 사이에 있었던 응수는 귀를 기울여볼 만했다.

먼저 노인이 이렇게 물었다.

"선인과 악인이 물에 빠졌는데 어느 편을 먼저 구하겠는고?"

기고승의 서슴없는 대답은 이러했다.

"나는 악인을 먼저 구하겠소이다."

"그 까닭은?"

"선인은 선인이란 평을 받은 만큼 이 세상을 하직해도 후회가 없겠지만, 악인은 악인인 채로 죽어선 너무나 억울하지 않겠습니까."

"선인이 살면 많은 사람에게 선을 베풀어 복된 마을을 만들 것이고, 악인은 악을 행하여 많은 피해를 사람들에게 입힐 것인데두?"

"피해를 논지論之하면 악인이 행한 악은 선인이 행한 선에 비하면 그다지 문제될 게 없을 것이올시다."

"그게 무슨 소린고? 선인이 베푼 선이 피해가 되다니."

"선인이 선으로 알고 행하는 노릇이 왕왕 악일 수 있다는 말입니다."

"글쎄 그게 무슨 소리냐 말이다."

"공맹의 도를 행하려는 자는 선인이라고 할 수 있지 않겠습니까?"

"그렇지."

"주자의 도를 행하려는 것도 선인이라고 할 수 있지 않겠습니까?"

"그렇지."

"그러니까 하는 말입니다. 공맹의 도를 펴기 위해, 주자의 도를 가르치기 위해 얼마나 많은 사람에게 선을 베풀었사옵니까? 즉 얼마나 많은 사람을 죽였사옵니까? 그러나 악인이 사람을 죽인 경우는 많았자 이삼 명을 넘지 못합니다. 서너 사람 죽이면 숨이 가빠 지탱을 못 합니다. 그런데 선한 자가 선을 위해 죽인 사람은 그 수 헤아릴 수가 없으며, 수백 명을 죽이고도 양심의 가책 한 번 느끼지 않사옵니다. 이런 까닭으로 선인의 작폐가 악인의 작폐보다 심하다 하는 것이옵니다."

"강변強辯이로군."

"강변은 아닙니다. 어느 마을에나 들어가보십시오. 선하다고 하는 양반의 작폐가 악한 잡배들보다 더 심하다는 것을 알 수가 있습니다. 뿐만 아닙니다. 군자가 모여 있는 서원이 인근 서민들에게 저지른 행패라는 것은 말할 수 없는 것이 아닙니까. 이래도 제 말이 강변이겠습니까?"

"그러나 그게 선인을 두고 악인을 구하겠다는 이유를 정당화하진 못해."

"나는 근본으로 따진 선인, 악인을 말하는 것이 아닙니다. 그걸 어떻게 알아낼 수가 있습니까? 세상의 관행으로 말하는 선인과 악인을 말하는 것입니다. 그럴 때 나는 선인을 구할 생각은 전연 없다는 말씀입니다."

"그러한 말이 위험하다고는 생각지 않는가?"

다른 노인이 이렇게 물었다.

"그러니까 저는 삼전도장을 찾아온 것입니다. 속에 있는 말이나마 시원하게 해볼 셈으로 이곳을 찾은 겁니다."

"기공을 을랑으로."

노인의 장중한 말이 있었다.

그다음에 불려 앞으로 나가 앉은 자의 이름은 여불한呂不漢이라고 했다.

노인이 앞에 놓은 장책長冊을 뒤지며 물었다.

"자네의 특기는 허언虛言으로 산을 옮긴다고 했는데, 즉 거짓말을 잘한다고 했는데 여기서 한번 해볼 텐가?"

"예."

"그럼 시작하게."

이마가 좁고 아래턱이 긴 여불한은 아래턱의 수염을 한 번 쓰다듬은 다음,

"그런데 말씀입니다."

하고 두리번거리곤,

"술이 한 잔 있어야 하겠습니다."

했다.

"술은 나중에 마시기로 하고 먼저 거짓말부터 해보게."

여불한은 눈을 지그시 감고 있더니,

"금년 초봄의 일입니다. 작년 겨울 한성에 나왔다가 고향으로 돌아갔습죠. 청천강 건너편에 제 집이 있사온데, 이쪽에서 나룻배를 기다리고 있자니, 강 건너로부터 '불한아' 하는 소리가 들렸소이다. 그건 분명 제 아버지의 목소리였습니다. 아버지가 어떻게 나 오는 것을 알고 강변에 나와 계시는가 하고 나룻배를 타고 건너가보았더니 아버지의 모습은 흔적도 없었사옵니다. 이상한 일도 다 있다 싶어 급히 집으로 돌아가보았더니 아버지는 글쎄 작년 섣달 제가 집을 떠난 그 이튿날 돌아가셨다는 것입니다. 그런데 어떻게 아까 아

버지가 절 부르는 소릴 들었을까 했더니, 그건 다름이 아니라, 작년 제가 나룻배를 타고 강을 건널 때 아버지가 절 불렀던 것인데 그 말이 얼어붙어버렸다 이겁니다. 그러고는 제가 돌아갈 무렵 해동하는 바람을 타고 얼어붙어 있던 말이 녹아 강을 건너왔던 것입니다."

종태는 하마터면 웃음을 터뜨릴 뻔했다. 그랬더니 옆에 앉아 있던 강안석이 피식하고 웃어버리는 바람에 자기를 견제할 수가 있었다.

노인 가운데서 말이 있었다.

"묘한 거짓말이긴 하네만 그 정도의 거짓말로 산이 옮겨지겠는가?"

여불한이 자세를 고쳐 앉으며 황급하게 말했다.

"사, 산을 옮긴 얘기는 아니라도 법당을 태운 얘길 하겠습니다."

"해보라."

는 말이 있었다.

"몇 해 전입니다. 지리산엘 갔는데 해는 어두워지고 추웠는데 잠자리를 청할 만한 집이 없어 하는 수 없이 노숙을 하게 되었습죠. 그래 관솔가지를 꺾어 불을 지펴놓았는데 아침이 되어 보니 불이 불꽃 그대로 얼어붙어 무늬 놓은 황옥처럼 되어 있었습니다. 신기하기도 해서 그걸 들고 해인사로 갔는데 욕심 많은 주지가 그걸 탐을 내더라 이겁니다. 돈 열 냥을 받고 팔았습죠. 그 이듬해 봄에 들었는데, 해인사의 법당이 몽땅 타버렸다고 하는 것 아닙니까. 알아보았더니 주지가 얼어붙은 불덩어리를 법당 안 큰 부처님 앞에 놓아두었던 것이 해동하자 불꽃이 되살아나 법당을 태워버렸다는 겁니다."

"자네 거짓말은 얼어붙는 데 장기가 있는 것이로구먼."

노인의 하나가,

"여불한은 계랑으로."

하고 소리를 높였다.

무난하게 몇 사람의 차례가 지나갔다. 그 가운덴 갑랑으로 가는 자도 있었고, 을랑, 병랑으로 나눠지는 사람도 있었다. 그런데 황병총黃炳聰이란 사람의 등장으로 한동안 시끌벅적하게 되었다. 황은 자기의 차례가 되자 노인들이 말하기에 앞서,

"삼전도장은 무엇을 하는 곳이옵니까?"

하고 따지고 들었다.

"이곳이 뭣을 하는 곳인지 모르고 왔소?"

하는 말이 노인 측으로부터 있자,

"천하의 인재를 구한다고 들었는데 소인 잡배까지 맞아들이는 것을 보고 심히 놀랐습니다."

하고 불쾌하다는 표정을 지었다.

노인의 하나가 얼굴을 활짝 펴며 물었다.

"내 눈엔 소인 잡배가 보이지 않는데 귀공의 눈엔 보이는 모양이니, 도대체 어떤 사람이 소인 잡배였는가?"

"아까 거짓말하는 놈이 있지 않았습니까. 허무맹랑한 얘기를 꾸미는 그런 놈이 무슨 소용이 있다고 삼전도장에서 빈객으로 모시려는 겁니까? 그런 자가 소인 잡배 아니라면 천하에 소인 잡배란

없는 것으로 됩니다."

"그렇다면 귀공은 이때까지 참말만 하고 살아왔단 말인가?"

"그러하옵니다."

"귀공의 나이는 몇인가?"

"서른세 살이옵니다."

"삼십삼 년 동안을 거짓말하지 않고 머리가 목 위에 붙어 있는 것을 보니 실로 대단한 사람이군."

노인은 정색을 하더니 다시 물었다.

"귀공은 기방에 출입한 적이 없는가?"

"있습니다."

"그때에 다소의 출물出物*이 있어야 했을 텐데 부모님께 이실직고를 했던가?"

"…."

"기생방에 갈 돈이 필요하니 달라고 바른말을 했던가 말야."

"소생은 소생의 돈으로 기생방에 가본 적은 없습니다."

"수신만 잘되어 있는 것이 아니라 제가도 썩 잘하는 사람이군. 한데, 과거를 본 적이 있는가?"

"예, 있습니다."

"무슨 과를 보았던가?"

"초시初試를 보았을 뿐입니다."

"급제를 했었나?"

---

* 내놓을 금품.

"낙방이었습니다."

"왜 낙방을 했다고 생각하는가?"

"시관의 잘못으로 알고 있습니다."

"흠."

하더니 노인의 하나가 말했다.

"그럼 그때의 과시科詩를 외어보게."

황은 버텨 앉아 과시를 읊기 시작했다. 그 가운데 '일월비명성주
명日月非明聖主明'이란 대목이 나오자 아까의 노인이 '잠깐' 하고
손짓을 했다. 그리고 물었다.

"귀공은 진심으로 일월日月의 밝음이 임금님의 밝음만 못하다고
생각하는가?"

"예, 그러하옵니다."

"그렇다면."

하고 노인은 황을 쏘아봤다.

"귀공은 참말만 하는 사람이란 걸 알았네. 그러나 우리 삼전도장
엔 참말만 하는 사람을 모실 수 없어. 잘 가게."

하며 장책을 펴 들었다. 그리고 소리를 돋우었다.

"다음은."

청주에서 온 한공희, 철원에서 온 강안석, 강화도의 이근택, 박근
재가 차례대로 불려 나갔다.

노인들은 특히 이러한 소년들이 반가운 모양으로 집안일이며 좋
아하는 것이 뭣이냐는 등을 자상하게 묻곤,

"이곳엔 좋은 스승, 좋은 친구들이 많으니 즐겁게 공부하고 즐겁

게 놀아라."

하는 분부와 함께 임랑으로 배치했다.

넓은 대청에 박종태만이 남았다.

노인의 하나가,

"내 이름은 추연秋淵이라고 한다."

하고 자기소개를 했다. 그날 종태가 본 바론 대청에 있던 노인들 중에 어느 누구도 자기의 이름을 밝힌 바가 없는데 유독 자기에게만 그렇게 하는 노인이 있다는 것이 이상스러웠다.

추연 노인은 자기소개에 이어 다음과 같이 말했다.

"자네와 같은 소년을 우리 삼전도장에 맞이했다는 것은 삼전도장을 만든 보람이 있었다는 것이 된다. 먼길 오느라고 수고가 많았다. 내가 지금 차례대로 어른들을 소개하겠다."

처음에 들먹인 사람은 이찬희李贊希, 두 번째가 박희경朴熙慶, 세 번째가 이영李英, 네 번째가 양달인梁達仁이었다. 그러고서 설명이 있었다.

"이찬희 선생은 천문에 능하시다. 박희경 선생은 산수의 지리에 밝으시다. 이영 선생은 역학에 밝으시고 양달인 선생은 화재畵才가 특출하시다. 언제 무슨 일이 있더라도 이 어른들과 상의하면 불편이 없을 것이니라."

이때 박종태는 추연의 얼굴을 똑바로 보며 말했다.

"여러 어른들의 훌륭하신 점은 알았사옵니다만 선생님의 능하신 점은 가르쳐주시지 않았습니다. 그것을 알고 싶습니다."

추연의 얼굴에 온화한 웃음이 번졌다.

"나는 이 어른들의 건강을 보살필 뿐으로 능한 데라곤 없는 사람이네."

그러자 양달인이라고 불리었던 노인의 말이 있었다.

"추연 선생으로 말하면 인술仁術의 성자로 알려지신 분인데 우리들은 편작扁鵲의 재생이라고 믿고 있네. 그러나 편작처럼 괴물스럽지 않고 마음의 병까지를 보살펴주신다네."

"양공, 그런 과찬은 이 소년 앞에선 못쓰느니."

하고 추연이 말을 중단시키려고 했으나 양달인은 계속했다.

"박 소년 듣거라. 지천문知天文하고 통지리通知理하고 찰인심察人心하여 판운수判運數하면 무소부지無所不知이며 무가불통無可不通이니라. 여기 모시고 있는 네 선생님은 이러한 사실로 해서 큰 스승이시니라."

다음엔 이찬희 노인의 말이 있었다.

"그렇게 되었으면 하는 소망을 양공은 말했을 뿐이다. 오해가 없기 바라네."

이어 이영의 말도 있었다.

"노老는 소少의 거름이 될 뿐이니 면려勉勵가 여일토록 하게."

그러는 사이 박희경은 화창한 얼굴로 박종태를 바라보고 있을 뿐 말이 없었다.

원체 과묵한 어른인가 보았다.

"그럼 안으로 들어가보세."

하고 추연이 일어서며 박종태에게 따라 들어오라는 손짓을 했다.

몇 개의 회랑을 돌아 추연이 박종태를 안내한 곳은 조촐한 초당이었다. 초당 한쪽 문이 열려 있는데 수인數人의 인기척이 있었다.

"여운, 박종태를 데리고 왔소이다."

추연의 말이 있자 거동하는 소리가 있더니 백수 백염의 노인이
문턱에까지 나와,

"허어, 자네가 박종태인가?"

하고 손을 잡아 방안으로 맞아들였다. 그다지 넓지도 않은 방이었
다. 5, 6인이 동석하고 있었는데 그 가운덴 김권, 윤량, 이책의 얼굴
이 보였다.

백수 백염의 노인이 좌정하길 기다려 박종태는 경건한 절을 드렸다.

"내가 원여운이다."

하며 원여운이 절을 받았다.

종태는 얼굴을 들었다. 김권, 윤량, 이책 말고도 안면이 있는 얼
굴들이었다. 일전 길에서 만난 최천중과 그 일행이었던 청년의 얼
굴이 있었고, 어디서 본 성싶다가 곧 그것이 종로 도자전에서 본
적이 확실한 얼굴이 있었다.

"우리는 벌써 구면이지?"

하며 최천중이 박종태의 손을 잡았다.

그러자,

"우리도 구면이지?"

하고 도자전의 주인 연치성이 말했다. 박종태가 고개를 끄덕였다.

"어떻게 구면인가?"

최천중이 신기하다는 표정이 되었다.

연치성이 그날 있었던 일을 간단히 설명하곤,

"사실은 박종태 소년이 삼전도에 와 있지 않을까 하는 생각으로 오늘 아침 제가 이곳으로 와본 겁니다."

하는 말을 덧붙였다.

"그런 걸 보니 박 소년을 연공이 데리고 가고 싶은 게로군."

최천중이 웃으며 말했다.

"아니올시다. 여기에 있다는 것을 안 것만으로 족합니다. 제 딴은 궁금했으니까요."

연치성이 한 말이었다.

이때 원여운의 말이 있었다.

"김권과 윤량, 이책은 듣거라. 자네들의 출중한 무기武技는 보지 않아도 알 것만 같다. 그러나 그것이 오늘날 쓰이는 것도 아니고, 너희들이 할 일이 그런 데 있는 것도 아니다. 할 일은 자손을 불리는 데 있다. 너희들이 할아버지와 아버지들의 원한을 푸는 도리는 그것밖에 없다. 되도록 자식을 많이 낳아 잘 가꿔라. 너희들의 무술이 필요하다면 오직 그 일을 위해서다. 며칠 이곳에서 쉬고 있으면 최공이 알아서 지시할 터이니 그곳으로 가서 삼성三姓이 작일촌作一村*하여 농경에 힘쓰며 아들딸을 잘 키워보게. 바라볼 것은 너희들 아들 대代에 있을 뿐이다. 뿐만 아니라 너희들이 이곳에 있어 갖곤 이 난세를 살아남기 어려울 것이다. 가서 기다려라…."

김권 등 삼 인이 물러가고 나자 여운은 박종태에게 말이 있었다.

"자네 이야긴 이제 막 나간 청년들로부터 잘 들었다. 스승이 십

---

* 세 개의 성씨가 한 마을을 이룸.

년 가르친 것보다 네 하룻밤 행동이 그들에게 큰 가르침이 되었을 줄 믿는다. 너는 나면서부터 많은 사람을 위해서 일을 하도록 되어 있는 모양 같으니 당분간 삼전도에 머물며 내 친구가 되어주게. 종태를 임랑으로 데려다주는 건 연공이 맡게."

박종태는 연치성을 따라 초당에서 나왔다.

임랑으로 가는 도중 연치성이 물었다.

"한번 놀러오라고 했는데 왜 찾아오질 않나?"

"시골뜨기 서울에 와놓으니 괜히 마음이 들떠 제정신이 없었습니다."

박종태의 대답이었다.

"어떻게 삼전도를 찾을 생각을 했느냐?"

는 물음엔,

"매인 곳도, 오라는 곳도 없던 차에 바람결에 삼전도의 소식을 들었소이다."

하는 대답을 했다.

"앞으로 무엇이 소원이냐?"

는 물음도 있었다.

"과거를 보아 급제해서 삼현육각** 잡히고 금의환향할까 했는데 서울 와서 사정을 듣고 보니 괜한 소망인가 합니다. 그러니 지금은 뭘 할까 분간 못 하고 있는 형편입니다."

그 말을 듣자 연치성이 물었다.

** 三絃六角: 국악 악기 편성법 중 하나. 축하 연주를 듣는 것을 의미함.

"서둘 건 없어. 차차 할 일이 생길 테니까. 한데, 자네의 몸이 아주 민첩한 것 같은데 스승이 있어 배웠는가?"

"스승을 들먹이라고 하면 노루와 토끼를 스승이라고나 할까요. 저는 어릴 때부터 노루와 토끼와 경주하며 살았습니다."

하고,

"그러나 내 몸 빠른 것 갖곤 아까 저기 모여 있던 김권, 이책과 같은 분들에겐 어림도 없어요."

하는 말을 덧붙였다.

"그걸 훈련이라고 하는 거다. 자네도 그만한 소지가 있으니 훈련만 하면 일당백 일당천할 기량을 가질 수 있을 거다."

"삼전도에서 그런 걸 배울 수 있을까요?"

"삼전도에선 배우지 못한다. 그러나…."

하고 연치성이 다음과 같이 설명했다.

"삼전도에선 배우지 못하지만 여운 선생의 지시만 있으면 가서 배울 곳이 있지. 넉넉잡고 한 달쯤 있어봐라. 자네 성미에 맞는 길을 택해 그리로 보내줄 테니까."

"삼전도 말고 또 갈 데가 있다는 말입니까?"

"갈 데가 있지."

하고 연치성은 당초의 생각으론 삼전도 안에 문무의 도장을 만들어 인재를 모시기로 하고 인재를 길러낼 참이었는데, 세상 사람이 이상한 눈으로 보기 때문에 훈련하는 도장은 곳곳으로 분산했다는 이야기를 했다.

"그럼 삼전도장에서 뭣을 합니까?"

"그저 놀고먹는 거지. 그러는 동안 우리는 삼전도장의 식구다 하는 연분을 느끼게 된다. 말하자면 우린 어디에 있으나 삼전도장의 식구로서 생각하게 되고 그렇게 행동하게 된다. 곤란한 일이 있으면 삼전도장에서 보살펴주고, 삼전도장에 있다는 사실만으로서 조선 팔도 어디엘 가나 먹고, 입고, 잘 수가 있게 만들려는 것이다. 그러니 아무 생각 말고 한 달 동안은 자기 하고 싶은 짓 하고 놀고 있으면 돼."

"한성에 나가볼 수도 있겠네요?"

"물론이다. 모든 게 네 마음대로다. 한성에 놀러 가고 싶으니 노자를 달라고 하면 당장 줄 거다. 한번 삼전도장의 식구가 되었다고 하면 만사는 이곳에서 보살펴주게 돼 있어. 각기 가지고 있는 기량만 닦으면 되는 거야."

연치성과 박종태가 이런 말, 저런 말을 하고 있을 때 초당 안에선 다음과 같은 응수가 있었다.

원여운: 세상이 어찌 돌아가는가?

최천중: 제가 호남, 충청, 기호 지방을 돌아보고 느낀 바에 의하면 일언이폐지하여 나라의 꼴은 말이 아니옵니다.

여운: 신왕 등극에 따른 서운瑞運*이 보이지 않더란 말인가?

천중: 서운이 다 뭡니까? 경복궁 중건이 그 화근이 아닌가 합니다. 백성은 도탄에 있는데 원납전願納錢까지 받아들이게 되었으니

---

* 상서로운 기운.

293

알만한 일 아니겠습니까.

여운: 원납전은 부자이거나 또는 토호로부터만 거두는 게 아니었던가?

천중: 부자나 토호가 자기 호주머니에서 긁어내어 원납전을 내게 돼 있습니까? 결국은 백성의 등을 쳐먹게 되어 있습니다.

여운: 대원군이 그런 폐단을 보아 넘기고 있는가?

천중: 돈 모으기에 바빠 까닭을 따질 겨를이 없는 모양입니다.

여운: 원납전 뜯어먹는 패거리가 생겨나겠군.

천중: 물론입니다. 악질 수령이 독질 수령으로 바뀌게 되었습니다. 원납전 명목으로 뇌물을 얼마든지 먹을 수 있게 돼 있으니 말입니다. 월전月前* 영건도감營建都監이 발표한 바에 의하면 사월분四月分 각처의 원납전이 칠십오만 팔천 냥이고 선파璿派** 원납전이 팔만 냥이라고 했는데, 실지로 거둬들인 액수는 두 배쯤 되리라는 풍문입니다.

여운: 옥성가망屋成家亡이란 말이 있더니 궁성국망宮成國亡이란 말이 나오게 되었군.

천중: 원납전만의 문제가 아닙니다. 궁역을 시작한 후 강제 동원하는 바람에 백성들은 전전긍긍하고 있는 형편입니다. 공사장에 악질惡疾이 퍼져 하루에 몇 십 명씩 죽는다는 소문이 있고 보니 더욱 그러하겠죠.

---

* 지난달.
** 왕가 종친.

여운: 경복궁 공사장에서 또 이상한 물건이 나왔다며?

천중: 예. 그 한구석에서 동기銅器가 출토되었다고 하는데 동기 가운데 나배일좌螺杯一座가 있고 뚜껑에 이런 시가 새겨져 있었다고 합니다. '화산도사수중보華山道士袖中寶 헌수동방국태공獻壽東方國太公….' 그래 모두 그것은 대원군에게 헌수하는 것이라고 의견을 모았답니다.

여운: 망조를 만들고 있군. 장난이 심하면 안 되는 법이여. 아들을 국왕으로 해놓고, 그 아들을 현군으로 만들 생각은 않고 자기가 국권을 휘두를 요량으로 있으니.

천중: 그렇다고 지레짐작할 수야 있습니까? 왕이 아직 어리니까 후견後見을 강하게 하고 있는 거겠죠.

여운: 아냐. '헌수동방국태공'이란 말엔 만만찮은 조작이 있어. 경복궁 중건으로 재력을 탕진하곤 그 터전 위에서 부자끼리 싸울 모양이야. 아들이 암우暗愚하길 바라는 형편인 거야. 그렇지 않고서야 궁전 재건하는 땅 밑에 '헌수동방국태공' 따위를 새긴 구리쇠 그릇을 묻는 엉뚱한 장난을 하겠는가.

천중: 선생님의 말씀이 옳습니다. 들으니 열서너 살밖에 안 되는 왕의 침실에 호색한 궁녀가 드나드는 것을 본체만체하고 있다니, 아니 그렇게 시키고 있는 것 같다고 하니 그건 왕을 암우하게 만들 수단을 쓰는 게 아니겠습니까?

여운과 최천중의 얘기는 계속되었다.

여운: 그런 따위의 짓을 해?

천중: 예.

여운: 그렇다면 대원군은 자기 아들을 암우한 임금으로 만들 작정인 것이 분명하다.

천중: 그렇지 않고서야 어찌 아직 뼈도 여물지 않은 아이에게 색도락色道樂을 가르치는 짓을 하겠습니까?

여운: 그것이 사실이라면 이씨 왕조는 끝장이 난 거나 다름이 없네. 그러나 끝장이 난다 난다 하면서 몇 십 년을 끌지 모르니 그사이 억울하게 죽는 놈도 많을 것이다. 문자 그대로 위방危邦이 되고 난방亂邦이 되는 것이다.

천중: 그러니까 준비가 있어야 한다는 말씀이 아니겠습니까.

여운(최천중을 노려보며): 그런 소릴 하니까 자넨 경솔하다고 하는 거여. 임금이 된 자기 아들의 뼈를 뽑아 자기 권세를 확보하려는 인간이면 세상에 못 할 짓이 없을 것 아닌가. 그 시기심은 산을 뒤엎고 바닷물을 퍼내려고 덤빌 것이란 말야. 말하자면 모든 사람을 의심하고, 의심받은 놈을 죽이고…. 못 하는 짓이 없을 걸세. 그런 사람이 삼전도를 가만두겠는가. 언제 무슨 트집을 잡아 이곳에 소*를 팔지 모르는 일이니 준비를 할 양이거든 그런 일에 대한 대비나 하게.

천중: 그렇다면 삼전도장의 문을 닫으란 말입니까?

여운: 지금 삼전도장의 문을 닫아봐. 또 다른 의혹을 살 걸세. '아하, 저놈들 내 마음을 지레짐작하고 문을 닫았구나. 그런 걸 보면 필시 무슨 꿍꿍이속이 있는 게 틀림없어' 하는 식으로 생각해갖곤

---

* 沼: 늪.

각 방면으로 추궁하려고 들 게 아니냔 말야.

천중: 선생님의 명찰明察에 감복이 있을 뿐입니다.

여운: 삼전도장 덕분에 원여운이 쓸데없는 생각까지 해야 하나…. 그러나 이것도 팔자소관이겠지.

천중: 경복궁 중건에 얼마간의 원납전을 바치는 것이 어떻겠습니까?

여운: 지레 서둘 건 없어. 사방에서 자기들 생색내려고 부탁이 들어올 테니까 그때 가서 우리도 생색을 내가며 얼마씩 하면 되는 것이다. 보다도 이 근처에 논밭을 일궈 삼전도장 사람들은 자경자식自耕自食한다는 걸로 되도록 일을 꾸며야 한다. 이건 내 생각이 아니고 환재가 그런 뜻의 편지를 내게 보내왔더라. 그렇게만 꾸밀 수가 있으면 삼전도장은 계속 지탱해나갈 수가 있어. 그리고 외랑外廊엔 막담국사莫談國事**란 현판을 붙이도록 하게.

천중: 예.

여운: 지방을 돌아보니 백성들의 형편이 딱하다고 했지?

천중: 거의 반수가 기아 상태에 있다고 해도 과언이 아닙니다.

여운: 그래서 생각한 일인데, 오늘 내일의 옹색을 막을 순 없는 일이지만 식산법殖産法을 규명하는 인사들을 모셔야겠다. 작게는 한 가족의 생계로부터 크게는 나라 전체의 살림을 부유하게 하는 식산법이 가장 중요하다. 나라의 흥망은 대궐의 높고 낮은 데 있는 것도 아니고, 학문의 성쇠에 있는 것도 아니고, 민생의 보전에 있는

**　나랏일에 대해 말하는 것을 금함.

것이니라. 권세를 잡기에 앞서 식산의 묘법으로 민심을 장악해야 한다.

최천중에게 식산에 관한 법을 설하고 있던 원여운이 얼굴을 추연에게로 돌렸다.

"서홍에서 왔다는 강원수의 상처는 곧 치유될 수가 있겠소?"

"그 사람의 오른팔은 불구가 되었는가 보오. 팔목에서 신경이 잘라져 도저히 치유할 가망은 없소이다."

하는 추연의 대답이었다.

"그 조부가 각별히 부탁하므로 맞아들이려던 사람인데 삼전도장에 들어오기도 전에 그런 춘사椿事*를 당했으니 유감천만이로군."

여운이 입맛을 다셨다.

"그 대신 그의 버릇을 고칠 수 있었다고 하면 전화위복이 아니겠소이까."

추연은 이렇게 말하고,

"손목의 신경이 끊어지는 것과 동시에 양맥陽脈도 또한 끊어지지 않았나 합니다."

하고 말을 보탰다.

"뭐라구? 양맥이 끊어졌다구?"

여운의 말투에 초조가 있었다.

"십중팔구 그런가 합니다."

"음."

---

* 뜻밖에 일어난 불행한 일.

298

하고 여운이 생각에 잠겼다. 색광色狂을 고친 것까지는 좋지만 양맥까지 끊어졌다는 것은 안타까운 일이었다.

"추 노인께서 양맥을 소생시킬 술을 가지고 있지 않소이까?"

"강원수의 경우로 말하면 양맥이 끊어짐으로써 소명小命을 죽이고 대명을 살린 것으로 되지 않을까 합니다."

"그러나 남자가 양맥을 끊겨 대명을 살렸으면 또 뭣 하겠소?"

"여운의 생각이 꼭 그러시다면 시기를 보아 양맥을 이어보도록 하겠소이다. 그건 그렇고 김권의 검술은 신기가 아닌가 하오. 검으로 사람을 죽이는 건 간단하지만 사람을 강원수처럼 만들어놓을 수 있는 검술이란 정말 희귀한 것입니다."

이때 최천중의 말이 있었다.

"그자와 연치성의 대결을 한번 보았으면 하는데요."

"막상막하 볼 만한 구경거리가 될 것이올시다."

추연의 말이 있었다.

"그럼 언제 날을 받아 삼전도장의 잔칫날로 하기로 하고 그때 그들의 기량을 한번 겨루어보도록 했으면."

최천중이 이렇게 말하며 여운의 눈치를 보았다.

"나도 한번 양웅의 기량을 보았으면 허이. 그러나 안 될 말일세. 인재는 보물과 같아. 사람들의 눈에 뜨이지 않도록 숨겨둬야 하는 거다. 김권 등 세 청년과 연치성은 일당천할 맹사들이 아닌가. 말뿐인 일당천이 아니라 실지로 일당천이다. 그러니 삼전도장은 천 명을 당적할 수 있다는 얘기다. 뿐만 아니라 연치성과 김권 등은 각기 1등의 무술가들이다. 그들을 겨루어 2등, 3등을 만들어 무엇에

쓴단 말인고."

"옳은 말씀입니다."

하고 최천중이 아뢰었다.

"그러나 모처럼 서순정 같은 악인樂人을 모셨으니 어차피 잔치
는 있어야 하지 않겠습니까?"

"좋지."

하고 여운이 무릎을 쳤다.

"무술만 빼고 모든 재주꾼을 불러내어 재주 잔치를 해보자꾸나."

갑랑은 언제나 조용했다. 일곱 개의 방에 세 사람씩 들어앉아 책
읽고 글씨 쓰기에 바빴다. 과거를 보길 작정한 사람들이어서 각기
면려하고 있었기 때문이다.

시끄러운 것은 을랑이었다. 모두들 재기에 넘쳐 있는 데다 과거
같은 건 안중에도 없는 사람들이고 보니, 각기의 방에서 뛰어나와
가운데 있는 큰 방에 모여 거품을 뿜으며 토론을 벌이는 자들이
있었기 때문이다.

병랑도 비교적 조용했다. 이들은 무과에 합격하길 목적으로 하고
있는 사람들이어서 낮이면 사장射場에서 수련하다가 밤이면 고이
잠들곤 했다.

이에 비해 정랑은 사정이 달랐다. 입으로 무술 대련을 하려는 판
이니 자연 시끄러울 수밖에 없었다.

그 밖에 시끄러운 곳은 소년들이 들어 있는 임랑이었다. 저마다
사람을 놀라게 하는 기술을 가지고 있는 터라 언제나 와자지껄했다.

계량엔 가끔 싸움이 있었다. 거짓말쟁이끼리, 노름꾼끼리 사소한 문제를 두고 다투는 일이 있었기 때문이다.

그러나 이때까진 대과 없이 지낼 수가 있었다. 각 낭끼리의 교통이 전혀 없었기 때문에 토론이나 시비가 벌어져도 낭마다의 집사들이 원만히 수습할 수가 있었던 것이다.

그런데 천종개千鐘開란 건달과 하을추河乙秋란 건달이 정랑과 무랑에 들고부터 낭끼리의 시비가 잦아졌다. 절대적인 금기는 아니라도 타랑엔 드나들지 않는 것으로 관행이 되어 있었는데 천, 하 두 건달은 별로 할 일도 없이 이곳저곳을 기웃거리며 돌아다녔다. 그러고는,

"아무래도 갑랑 사람들은 을랑 사람들을 업신여기고 있는 것 같애."

"정랑 사람들은 갑랑 사람들을 기껏 포졸감이라고 하던데."

하는 말을 퍼뜨리기 시작했다.

이런 말들이 피차의 심상을 편하게 할 까닭이 없었다. 어느 날 을랑 선비들이 모임을 갖고 갑랑의 집사를 불러 따졌다. 갑랑에선 그걸 과거에 응시하려는 자기들에게 대한 악으로써 을랑이 꾸민 말이라고 받아들였다. 이로써 옥신각신 시비가 벌어진 것이다.

갑랑이 그렇게 나오자 을랑은 천종개를 증인으로 내세웠다. 천종개는 서슴없이 강달수라고 하는 갑랑의 선비를 지목했다. 한데, 천종개의 지목은 전혀 엉터리가 아니었다. 어느 저녁나절 을랑으로부터 들려오는 시끄러운 토론 소리를 듣곤 강달수가 옆에 있던 친구를 보고,

"쓸데없는 토론은 말을 아니 한 것만 못한데…."

하고 중얼거린 적이 있었다. 그러나 그건 추호도 악의가 있거나 깔보고 한 소리는 아니었던 것인데, 전해질 때 약간의 윤색이 된 것이다.

정랑과 무랑 사이에도 시비가 벌어졌는데 그 이유도 이와 대동소이한 것이었다. 그런데 이와 같은 시비가 연로한 집사들을 갈라놓은 원인이 되었다. 천종개를 맞이하고자 할 때 양달인 노인과 추연이 반대한 것을, 이찬희가 그런 식으로 사람을 추렸다간 삼전도장에 있을 사람이 없겠다고 우기는 바람에 양과 추가 동의한 것이었다. 말하자면 그때의 시비가 재연된 셈이다. 사소한 문제가 대사의 원인이 될 수도 있다. 천과 하에 대한 처리를 서둘러야만 했다.

천종개와 하을추의 처단을 논의하려고 하고 있을 때 또 하나의 사건이 생겼다. 이웃 여랑女廊에 뛰어든 장정이 있었는데 미수로 끝난 사건이다.

미수로 끝났으니 다행이랄 수가 있었는데 도망친 장정이 병랑으로 갔다는 바람에 문제가 커졌다. 병랑의 선비들은 모두 열셋이었는데 그 가운덴 여랑으로 들어간 사람이 없다고 버티고 나선 것이다. 그들의 설명을 들어보면 그럴싸했다. 그날 밤 그들은 각자의 방에서 자지 않고 중간 큰 방에 일동이 모여 좌선한 채 밤을 새우는 단련법을 닦고 있었다고 했다.

"그러니 잠깐 변소엘 다녀온 후론 개인행동을 한 자가 하나도 없었다."

고 병랑의 집사가 주장했다.

거기까지는 아무 일 없었다. 병랑의 집사는,

"병랑의 우리들을 모함하기 위해 타랑의 사람이 부러 우리 낭에 들렀다."

고 할 수밖에 없다고 주장하고 나선 것이다.

이렇게 되니 타랑 사람들이 또한 가만있지 않았다.

"잘못이 있으면 깨끗이 승복하고 개과할 일이지 남의 낭에 누를 뒤집어씌우려는 짓은 비루하다."

는 의견이 갑랑에서도 나오고 을랑에서도 나왔다. 병랑은 완전히 고립하게 되었다. 뿐만 아니라,

"병랑은 빨리 그 불측스러운 자로 하여금 자수케 하여라."

하는 요구가 나왔다.

이렇게 되고 보니 삼전도장은 벌집을 쑤셔놓은 것같이 되어버렸다.

"있었던 일은 도리가 없으니 앞으로 이런 일이 없도록 할 셈치고 이 사건을 없었던 것으로 하자."

고 노인단의 무마로 타랑들은 침묵을 했는데 병랑의 선비들은 가만있지 않았다. 이대로 넘어갈 수 없다는 것이다.

마지막으로 여운이 등장했다.

병랑의 선비들을 모아놓고,

"극해는 세상의 병폐니라. 그 병폐를 일시에 고칠 수가 있겠는가? 자기가 자기에게 부끄럽지 않으면 군자는 그로써 참아야 하는 거네."

하고 타일렀지만 병랑은,

"이런 수치를 당하고 가만있을 수 없다."

며 전원 퇴출할 것을 결의하고 말았다. 그런데 그것을 만류한 것이

오랫동안 우리 앞에 나타나지 않았던 유만석이었다. 유만석은 밤중에 몰래 병랑의 집사를 불러내어 다음과 같이 말했다.

"일동 퇴출한다고 해서 수치가 씻어질 것도 아니고, 어떻게 하건 설욕을 해야 할 것 아니오. 퇴출은 언제라도 할 수 있소. 당신들이 퇴출한다고 하면 우리 삼전도장도 서운하고 당신들도 서운할 거요. 그러니 이 사건에 관해 입을 다물고 한 달만 기다려주오. 내가 진범을 잡아 여러분의 설욕을 해드리겠소. 퇴출 결의는 당분간 보류하시오. 눈 뺄 내기를 해도 좋소. 그런데 당신들이 떠나고 나면 진범을 잡을 수가 없소."

유만석은 삼전도장의 안살림을 도맡아 하는 이른바 고지기였다. 고지기라도 보통 고지기와는 달라 살림살이에 관한 한 여운 선생도 그의 말을 들어야 하는 처지에 있었던 것이다.

병랑의 선비들은 유만석의 말을 듣고 그들의 최후 행동을 보류했다.

한 달까지 걸릴 까닭이 없었다.

유만석은 이 낭 저 낭을 돌아다니며 말을 퍼뜨려 말썽을 빚고 있는 천종개와 하을추, 두 놈 가운데 한 놈이거나 두 놈이 서로 도와 한 짓이리라고 짐작하고 있었던 것이다.

그런데 삼전도장의 관행은 일단 맞아들인 사람을 이편에서 내보내는 일은 없도록 되어 있었다. 빈객불축賓客不逐의 법이었다. 그러나 거자불류去者不留도 또한 그곳의 원칙이었다.

유만석은 병랑의 소동이 지나간 열흘쯤 후 천종개와 하을추를 객관客館으로 청했다. 객관이란 자기 돈이 있으면 언제라도 가서 기생을 배석시켜 술을 마실 수 있는 곳이다.

유만석은 말주변이 좋은 천종개를 소진蘇秦, 장의張儀라고 추어올리고 핥아놓은 국사발처럼 미끈하게 생긴 하을추를 사마상여司馬相如를 닮았다고 추어올리면서 일배一杯, 일배, 부일배를 밤늦도록까지 계속했다. 그러고는 얘기의 사이사이 최천중의 도술이 얼마나 기가 막힌가를 설명했다.

"좌시천리, 입시만리는 그런 분을 두고 할 말일 거유."

하며 대원군의 지우知遇를 받고 있다는 얘기까지 곁들여놓았다. 뿐만 아니라 기왕의 일, 현재의 일, 앞날의 일을 귀신같이 알아맞힌다는 설명을 갖가지 얘기를 섞어 늘어놓았다.

"그 사람의 행적으로 얘기책을 하나 꾸밀 수가 있겠구나."

하고 천종개가 감탄했다.

"지금까지의 얘기야 아무것도 아니지. 앞으로 많은 얘기를 만들 사람이야. 상으론 국태공으로부터, 하론 산촌의 초부樵夫에 이르기까지 똑같이 사귈 수 있는 사람이며 지모는 출중하고 인정 또한 돈독한 사람이니."

하는 등의 얘기를 해놓곤,

"그러나저러나 큰일이야."

하고 중얼거리니,

"뭣이 큰일이유?"

하을추가 물었다.

"두 분에게 할 말은 아닌가 하오만…."

유만석이 이렇게 시치미를 떼자 천종개와 하을추가 바싹 달려들었다.

"이렇게 마음을 터놓고 술까지 마셨는데 그런 일쯤 알려주면 어떻소?"

유만석은 마치 못 이기는 척,

"아시는 바대로 병랑의 손님은 무술 공부를 하고 있는 만큼 성질이 팔팔하지 않소."

"그래서?"

천종개가 재촉했다.

"내일모레면 최천중 도사가 올 텐데 병랑의 집사가 틀림없이 그 일을 물을 거란 말요."

"그 일이라니?"

"여랑에 갔다가 쫓겨 병랑으로 뛰어든 사람이 있잖았소. 병랑에선 그걸 타랑 사람이라고 믿고 있거든요. 그게 누구냐고 물을 거란 말씀이오."

"묻는다고 해서 어디…"

천종개가 애매하게 웃었다.

"설혹 알았다고 해도 증거가 있나, 꼬리를 잡혔나."

하을추가 말했다.

유만석이 정색을 했다.

"도사는 면경 앞에 비친 것처럼 그 사람을 알아낼 것이고, 알아냈다고 하면 증거니 꼬리니 할 겨를이 없을걸요. 그 어른 앞에선 거짓말이 통하지 않으니까요."

"어떤 놈이 그런 짓을 했는지 탄로가 나면 창피스럽겠구먼."

천종개가 한 말이다.

"창피스러울 거야 있겠소. 남자가 여자를 탐해 월장쯤 하는 건 헌 갓 쓰고 똥 누는 거나 마찬가진데."

유만석이 넌지시 말했다.

"그렇긴 해."

하을추가 맞장구를 쳤다.

"그러니까 그런 건 구애할 것 없는데 병랑 사람들이 가만 안 둘 끼라. 갈비뼈 몇 대쯤은 분질러놓고 보려구 서둘 거란 말요."

유만석이 중얼중얼하며 앞에 놓은 잔을 홀짝 비웠다.

"야, 그럼 돈 안 내고 좋은 구경하겠구랴."

하을추가 능글능글 웃었다.

그 능글거리는 표정을 보고 유만석의 짐작이 굳었다.

'이놈들이 틀림없어.'

그러곤 그도 또한 능글거리며 말을 보탰다.

"그러나 당신들은 그런 구경 못 할 거요."

"왜 못 한단 말요.?"

천종개가 볼멘소리를 꾸몄다.

"색을 탐해 담장을 뛰어넘을 만한 놈이고, 타랑으로 들어가 행적을 숨길 줄 아는 놈이면 여간 영리한 놈이 아닐 것 아닌가요. 그런 영리한 놈이 최천중 도사의 비상한 안력을 모를 까닭이 없을 것이고, 탄로 난 연후에 당할 고통을 모를 리 없을 것이거늘 이곳에 머물러 그 꼴을 당하길 기다릴 리 만무하지 않겠소."

"음, 그것도 그렇겠군."

하을추가 짜내는 듯한 소릴 했다.

"우리 한 순배씩만 더 하고 일어납시다."

하고 유만석이 비운 잔을 돌렸다.

유만석은 여랑 뒤켠에 있는 자기 살림집으로 돌아가고 천종개와 하을추는 빈랑賓廊을 향해 걸어갔다. 도중 천종개의 말이 있었다.

"아무래도 그놈은 우리가 한 짓이란 걸 알고 있는 것 같애."

"어떻게 그걸 알아?"

하을추의 반문이었다.

"오늘 밤의 술은 우릴 떠보기 위한 술이야. 그렇지 않고 무슨 까닭으로 술을 샀겠어?"

"듣고 보니 그러네."

"그러니까 어때, 최천중인가 뭔가 하는 사람이 나타나길 기다릴 것이 아니라 슬슬 떠날 준비를 하는 것이 좋잖을까?"

"이렇다 할 꼬투리도 잡지 못하고 떠나는 건 섭섭하지 않은가."

"시러베아들 놈들이 양산박 꾸며놓은 거라고 할밖에 무슨 할 말이 있겠는가?"

"수상쩍은 놈이 몇 놈 있긴 한데, 공수거空手去도 뭣하니 그놈들을…."

"간두게, 간둬. 확실치도 않은 놈에게 죄를 뒤집어씌우다가 무고에 걸리면 상통 다 달아난다. 들으니 최천중이란 자는 대원위 대감의 지우를 받고 있다지 않은가."

천종개의 말이다.

"그러나 대감에 대한 면목이…."

하을추는 아무래도 마음이 개운치 않은 모양이었다.

"그러나저러나 생판 일을 꾸며낼 수도 없는 게 아닌가. 대감도 양해하시겠지, 뭐."

그들이 대감이라고 떠받들고 있는 것은 포도대장 이경하였다.

천종개와 하을추는 포도대장 이경하가 삼전도에 파견한 밀정이었다.

삼전도에 동학의 무리가 섞여 있지 않은가, 천주학의 무리가 섞여 있지 않은가, 그 밖에 모반하는 자가 섞여 있지 않는가 하는 것을 탐색하기 위해 잠복하고 있었던 것인데 아직까지 그런 단서를 잡지 못하고 있었다.

대원군이 이경하를 포도대장으로 임명할 때 다음과 같은 말을 했다.

"내 감정대로라면 네놈의 목은 벌써 날아가고 없어야 마땅하다. 그러나 나는 네 기골을 가상하다고 여겨 특히 대임을 주는 바이니 진심갈력할지니라. 그러니 좀도둑 같은 것에 구애하지 말고 천하 국가를 어지럽히는 대역도배를 이 잡듯 해라."

이경하는 전에 파락호 행세를 하고 있었을 때의 대원군을 호되게 다룬 적이 있었다. 그래서 대원군이 권세를 잡자 전전긍긍하고 있었다. 그런데 뜻밖에도 영달의 길이 틔어 얼떨떨하고 있었던 참인데, 이런 말을 들었으니 그 감격이야 오죽했으랴.

그는 죽기를 맹세하고 대원군에게 충성을 다할 것을 맹세했다.

그래 그 충성심으로 하여 요긴한 곳에 염탐꾼을 풀어놓고 대원군의 정사에 불리한 짓을 하는 놈을 잡아들이기에 혈안이 되어 있었던 것이다. 천종개와 하을추는 이를테면 이경하의 대원군에 대한 충성심이 만들어놓은 앞잡이들이었다.

"한데 여랑에 가득 차 있는 미녀들을 손 한번 대보지 못하고 퇴산한대서야 천종개의 체면이 어떻게 되누."

하며 천종개가 어설프게 웃었다.

"체면 찾으려다가 다리뼈 부러질 거다."

하을추가 히죽히죽 웃었다.

"내 다리뼈가 무슨 메밀대라더냐?"

천종개가 토라진 소릴 했다.

하을추는 그 말엔 대꾸도 않고 있다가 돌연 천종개를 붙들어 세웠다. 그러곤,

"오늘 보니까 말야. 저 윗동네 새 집으로 젊은 여자 셋이 들어가던데 아마 거기다 한 보름쯤 전에 온 세 청년과 새 살림을 차린 모양인가 봐."

하며 속삭였다.

"그래서 어쩌겠다는 건가? 그 세 사람은 만만한 사람으로 보이지 않던데."

천종개는 김권 등에 대해 본능적으로 겁을 먹고 있었다.

"그런 게 아니구."

하고 하을추가 말소리를 낮추었다.

"빈손으로 대감을 만날 순 없잖아. 그놈들을 동학이나 천주학으로 모는 거야. 행동거지가 이상한 놈들이니 털면 무슨 먼지라도 날 게 아닌가."

천종개에겐 솔깃한 얘기였다.

"그럼 우리 한번 그 집 근처를 돌아볼까?"

천종개가 앞장을 서려고 했다.

"제기랄, 성미 급하긴."

하을추가 혀를 차며 말했다.

"동학으로 몰려면 놈들의 신주神呪라는 게 있잖아. 그것을 쓴 부첩을 만들어 몰래 그 집 어디에다 붙여놓든지 해야 할 거구, 천주학으로 몰려면 거 왜 십자가란 것 있지, 그걸 몇 개 만들어 갖고 그 집 어디에다 몰래 갖다두는 수작쯤을 미리 해두자는 건데, 지금 그 집에 가서 놈들 흘레하는 구경이나 할 텐가?"

천종개와 하을추는 최천중이 삼전도에 나타나기 직전 줄행랑을 놓을 작정을 하고 상전 이경하에게 갖다줄 선물 준비를 서두르고 있었다.

즉 김권, 윤량, 이책을 천주학으로 몰 계획을 하고 십자가를 만들 계책을 세웠다.

나무를 깎아 십자가를 만들지 못할 바는 아니나, 그렇게 해놓으면 조작이란 사실이 쉽게 탄로 날 염려가 있었다. 구리쇠로 만든 십자가라야만 신빙성이 있을 것 같았다. 천종개와 하을추는 붙들려온 천주교도가 가지고 있는 동십자가를 본 적이 있었던 것이다. 그러나 구리쇠를 찾기란 힘들었다. 놋쇠로 대용하기로 했다. 놋쇠 십자가는 젓가락으로써 만들 수가 있었다.

그들은 놋쇠 젓가락 몇 개를 구해 대장간에 가서 끊고 펴고 붙이고 해서 십자가 여섯 개를 만들었다. 다음에 할 일은 그것을 감

311

쪽같이 김권 등이 살림을 시작한 집에 잠입해서 어떤 구석진 곳에 숨기기만 하면 되는 것이다.

포졸들이 집을 뒤질 때 십자가가 그 집에서 나타나기만 하면 빠져나갈 길이 없을 테니까. 그리고 그들은 적잖은 상금을 받아낼 수 있을 것이었다. 그땐 천주교도 한 명에 석 냥의 상금이 붙어 있었다.

삼 육은 십팔, 돈 십팔 냥만 있으면 남촌의 갈보집에 가서 코가 비뚤어지게 술을 마실 수가 있는 것이니 상전 이경하 대장에게 면목도 세우랴, 호강도 하랴, 천종개, 하을추에겐 꿩 먹고 알 먹는 오붓한 횡재라고 할 수 있었다.

기회를 노리고 있는데 어느 날 김권 등 세 청년은 아내를 데리고 남한산성 쪽으로 소풍을 갔다. 물실호기*하고 천과 하는 사람이 보이지 않는 뒷산으로 해서 그 집 담장을 뛰어넘어 잠입했다. 그러고는 여섯 개 십자가를 각 방마다 두 개씩, 문지방 바로 위의 천장에다 숨겨두었다.

이렇게 해둔 다음 천종개와 하을추는 각기 속해 있는 낭의 집사를 찾아 한양에 볼일이 있어 수삼 일 갔다 오겠다고 아뢰었다.

삼전도장의 관례는 내일 길을 떠나려면 하루 앞에 신고를 하게 되어 있었다. 먼길을 떠나는 경우이면 그 기간에 맞추어 적당한 송별연이 있게 되어 있었고, 수삼 일 정도의 출타이면 아침 밥상을 특별히 차리게 되어 있었던 것이다. 이런 의미 이외에 사람이 떠난 후, 떠난 사람으로 인한 뒤탈이 없게 하기 위해 미리 그 사실을 알

---

* 좋은 기회를 놓치지 않음.

려두는 뜻도 있다.

저녁밥을 먹는 자리에서였다. 정랑의 천종개와 무랑의 하을추가
내일 아침 한양으로 떠난다는 방이 임랑에까지 돌아왔다. 그 방이
들자 청주에서 온 한공희가,

"참, 그 사람들 오늘 묘한 짓을 하던데…."

하고 박종태를 건너다봤다. 그리고 다음과 같은 얘길 했다.

"내 오늘 둔갑 연습 한다고 저녁나절까지 뒷산에 돌아다녔다. 나
뭇가지에 매달려 나뭇가지 시늉을 하고 있는데 그 사람들이 나타
나더니 종태 너 좋아하는 청년들 집으로 담을 넘어 들어가더라. 뭣
하는가 하고 한참을 봤지. 조금 지난 후 나오는데 아무것도 가지고
나오는 것은 없었어. 뭘 가지고 나오기만 했더라면 도둑놈들아, 하
고 고함을 지를 작정이었는데…."

박종태는 한공희의 말이 예사로 들을 말이 아니라고 생각했다.
그러나 표면상으로 아무렇지 않은 것처럼 꾸몄다. 자기들의 태도에
의혹을 가진 사람이 있다는 걸 알면 그들은 몰래 도망쳐버릴 염려
가 있었기 때문이다.

"그런 소리 아무에게도 하지 말어. 괜히 엉뚱한 일에 말려들어
패를 볼 일이 있을지도 몰라."

하고 임랑에 있는 사람들을 단속해놓고 박종태는 김권 등이 살림
을 시작하고 있는 집을 찾아갔다. 김권 등은 앞으로 보름 동안을
삼전도에 있다가 강원도 영월로 떠날 계획으로 있었던 것이다.

대문을 들어서는 박종태를 마루에 둘러앉아 있던 김권, 윤량, 이
책이 일제히 일어서서 반겼다.

"오늘 형님들 소풍 갔었죠?"

축담으로 오르며 종태가 물었다.

"이제 막 돌아왔어."

김권의 대답이었다.

"아우도 청하려고 하다가 임랑의 다른 소년들도 있고 해서."

윤량이 변명조로 말했다.

"형들과 형수님들 쌍쌍이 가시는데 개밥에 도토리처럼 끼어 무슨 재미가 있을라고요."

하고 종태는 한공희로부터 들은 얘기를 했다. 그러자 이책이 무릎을 쳤다.

"틀림없이 외인이 들어온 냄새가 있었어. 아까 왜 내가 말하지 않더냐."

"그랬지, 그랬어."

하고 김권이 긴장한 얼굴을 했다.

"도둑맞은 건 없었는데…"

윤량이 주위를 둘러봤다.

"도둑맞은 건 없을 겁니다. 한공희의 말이 아무것도 들고 나오는 건 없었다고 했으니까요."

종태의 말에 윤량이,

"그럼 백주에 남의 집을 기웃거려본 건가?"

했다.

"아닐 겁니다. 놈들은 만만한 인간들이 아닙니다. 틀림없이 무슨 꿍꿍이속이 있었을 겁니다."

314

종태는 단호하게 말했다.

"꿍꿍이속이 있었다고 해도 아무 짓도 하지 않고 그냥 돌아가버린 것이라면…"

그렇다면 대단할 것 없지 않느냐는 윤량의 말투였다.

"그렇게만 생각할 수 없지."

하고 김권이 당장 삼전도장으로 내려가서 그놈들을 붙들고 따져보자고 했다.

그렇게 하자는 데 윤량도 이책도 동의했다. 그러나 종태는 생각이 달랐다.

"놈들이 무슨 꿍꿍이속을 가졌다고 하더라도 수월하게 실토할 놈들이 아닙니다. 빈집에 들어왔다는 이유만으로 그들에게 경을 칠 수도 없는 일 아닙니까. 그러니 그들을 따져본다고 해도 괜히 삼전도장을 시끄럽게만 할 뿐입니다. 놈들은 내일이면 떠난다고 하거든요. 떠나는 김에 이곳저곳 구경해보고 싶어 그랬다고 하면 그만 아닙니까."

"그럼 내버려두란 말인가?"

김권이 한 말이었다.

"일단 내버려두는 거죠. 모른 체하고. 그러나 방비는 있어야 합니다. 놈들이 빈집에 와본 건 이다음에 무슨 수작을 하기 위해 미리 염탐을 해본 건지도 모르거든요."

종태는 자기의 마음속을 더듬어가며 말을 이었다.

결국 박종태가 말하고자 하는 것은 신중히 이 문제를 처리하자는 데 있었다.

"아무래도 그들은 예사사람들이 아닌 것 같거든요."

"예사사람이 아니면 뭐란 말인가? 무슨 신통한 기술이라도 가지고 있단 말인가?"

김권이 되묻는 말이었다.

"그런 게 아니고 혹시 관에서 보낸 정탐꾼이 아닌가 하는 생각이 드네요."

물론 박종태도 자신 있는 말을 하고 있는 것은 아니었다.

"정탐꾼이 정탐하러 왔다가 정탐할 아무것도 없으니까 그냥 돌아간 것이라고 하면 그만 아닌가."

윤량이 한 말이다.

"그렇게만 볼 수 없으니 답답하단 말이오."

하고 종태는 열심히 무엇인가를 생각해내려고 했다.

"놈들을 불러내어 한번 따져보는 거다. 그 수밖에 없어."

김권이 당장에라도 행동할 듯이 서둘렀다.

"따져봤자 소용없을 것이고….."

박종태는 계속 생각을 좇고 있다가 문득,

"형수님들을 시켜 방을 샅샅이 살펴보라고 하이소. 벽, 천장, 보따리 등을 말입니다."

하고 눈을 반짝거렸다.

"그건 또 왜?"

이책이 물었다.

"아무것도 가지고 나간 게 없으면 무얼 갖다놓으려고 들어온 게 아니겠습니까? 집 구경만 하려면야 뒷산 높은 데 서서도 환히 보이는걸요. 그리고 놈들은 형님들이 출타한 틈을 타서 들어온 게 분명하거든요. 그리고 도둑놈이 아니란 것도 분명하구요. 필시 무슨 일을 꾸미기 위해 이 집에 들어왔을 것이니 일을 꾸밀 만한 물건을 이 집 안에 숨겨두었든지 아니면 무슨 계교를 꾸며놓았든지 한 게 분명합니다. 세밀하게 한번 찾아보십시다."

하고 종태가 일어섰다.

종태가 얼핏 생각한 것은 무슨 부첩簿牒 같은 것을 숨겨놓았나 하는 것이었다. 대관들이 서로 모함할 때 상대방의 집에 무슨 부첩을 떨어뜨려놓기도 하고, 몰래 잠입해서 괴상한 물건을 묻어두기도 한다는 옛애기를 들은 적이 있었기 때문이다.

종태는 그런 등속의 계교가 있을 것을 믿어 의심하지 않았다. 그렇지 않고서야 도둑질할 목적도 아닌데 남의 집에 잠입할 까닭이 없지 않은가.

김권, 윤량, 이책은 각기의 방으로 들어가 미심쩍은 곳을 찾기 시작했다. 벽을 두드려보고 만져보고 했지만 아무런 이상이 없었다. 각기의 보따리도 풀어보았으나 보따리를 끄른 흔적이 있는 것 같지 않았다. 천장은 서까래가 그냥 노출된 채 있었으니 쳐다만 봐도 이상 유무를 알 수가 있게 돼 있었다.

"아무것도 없는데."

하고 김권 등이 방밖으로 나왔다.

그럼 마루 밑이나, 뜰을 살펴볼밖에 없다고 생각하다가 박종태는,

"내가 한번 방으로 들어가보겠습니다."

하고 윤량의 방으로 들어가 이제 막 뇌리를 스친 짐작대로 문지방 위에 손을 뻗어 더듬었다. 문지방이 기둥과 교차하고 있는 데에 딸 그락 손끝에 닿는 것이 있었다. 기둥과 기둥 틈에 야무지게 박혀 있는 기분이어서 키가 큰 이책을 불렀다.

이책이 무엇인가를 끄집어내더니,

"이크, 이게 뭐꼬?"

하고 소리쳤다.

놋쇠로 된 두 개의 십자가였다.

"이건 천주학을 하는 사람이…."

하고 이책의 아내 선아가 몸을 부들부들 떨었다.

"이 방에만 있는 게 아닐 겁니다. 방마다 이곳을 살펴보이소."

하는 종태의 말에 모두들 각기의 방으로 들어가 문지방 위를 더듬었다. 윤량의 방에 있었던 것과 똑같은 놋쇠 십자가가 두 개씩 나왔다.

"후유."

하고 박종태는 방바닥에 털썩 앉으며 소년답지 않게 한숨을 쉬었다.

김권 등은 영문을 몰라하는 표정으로 그 놋쇠 십자가를 놓고 서로들의 얼굴을 살폈다.

"큰일날 뻔했습니다."

하고 박종태가 설명을 시작했다.

"천주학을 한다는 증거만 나타나면 모두들 참수형이오. 형씨 내외분들은 참수를 당하고 형씨들을 숨겨준 죄로 삼전도장도 온전치 못하게 될 뻔했습니다. 놈들은 무서운 계교를 꾸몄구만요."

"우리 마을에서도 천주학을 하다가 끌려가서 죽은 사람이 있어요."

선아는 계속 와들와들 떨고 있었다.

"우리에게 무슨 원수를 졌길래."

하고 하수련도 몸을 떨었다.

"놈들이 내일 아침 출발한다고 하더니, 이런 계교를 꾸며놓고."

박종태도 흥분을 가눌 수가 없었다.

"이래 놓고 어쩌자는 걸까?"

이책이 중얼거렸다.

"뻔하지 않소. 한양에 가서 포도청에 고해바치겠지요. 그러고는 포졸들 몇 놈에게 귀띔을 하겠지요. 문지방 위에 십자가가 있다고⋯. 그렇게 되면 내일모레쯤엔 포졸들이 벌떼처럼 달려들겠지요⋯."

"그깟 놈들 몇 백 명이 달려들어봤자지만, 괘씸한 놈들인데."

하고 김권이 혀를 찼다.

"괘씸한 정도가 아니라요."

박종태는 천주학으로 몰리는 게 얼마나 지독한 일인지를 누누이 설명했다.

그제야 그들은 겨우 사태의 심각성을 깨달은 모양이었으나 겁을 먹진 않았다.

갑산의 산골에서 살다가 왔으니 세상의 물정을 모르는 것은 당연한 일이었다. 그리고 위난에 대한 경각심이 부족한 것은 자신들의 힘을 지나치게 믿고 있기 때문일 것이었다.

"이런 증거가 나온 이상, 놈들을 당장 처치해버리자."

고 이책이 일어섰다. 평소엔 가장 성정이 너그러운 이책이 앞장을 서는 것을 보면 그만큼 분노를 강하게 느꼈다는 얘기가 될 것이다. 김권과 윤량도 따라 일어섰다. 박종태가 그들을 도로 앉혔다.

"이쯤 알았으니 위난은 모면한 셈입니다. 그런데 놈들은 이런 짓을 할 만큼 간교한 놈이니 다음에 또 무슨 보복을 할지 알 수가 있습니까? 밉다고 해서 그들을 죽여버릴 순 없는 것 아닙니까. 형들은 형들 자신의 일도 생각해야 하지만 삼전도장의 일도 생각해야지 않습니까. 이 문제는 없었던 것으로 하고 가만들 계십시오. 마지막의 처리는 내가 할 테니까요."

하고 박종태는 놋쇠 십자가 여섯 개를 받아 쥐었다.

김권 등은 당장에라도 화풀이를 해야만 직성이 풀리는 성미들이었지만 이로理路가 정연한 박종태의 의견에 설복당하지 않을 수가 없었다.

잠자코 결과를 기다리겠다는 약속을 김권으로부터 받고 박종태는 삼전도장으로 돌아왔다. 그러고는 곧 추연 선생을 찾아 오늘 있었던 일을 샅샅이 고했다. 추연은 종태의 얘기를 듣자 깊은 고뇌에 잠기는 듯했다.

"가만둘 수도 없고 무슨 처리를 하자니 후유증이 생길 것이구."

추연은 무겁게 중얼거렸다.

그러나 박종태의 말이 있었다.

"선생님께선 이 일을 알고만 계시면 됩니다. 처리는 제가 하겠습니다."

320

"자네가 어떻게?"

"소리 없이 뒤탈 없이, 다신 이런 일이 없도록 처리할 방도가 있으니 안심하고 계십시오."

"글쎄 어떻게 하겠다는 건가?"

"일이 끝나고 나면 아뢰겠습니다. 절 믿어주십시오."

"자네의 말이니 믿기 하겠네만…"

"하여간 믿어주십시오."

하고 종태는 임랑으로 돌아왔다.

"일이 어떻게 됐노?"

한공희가 어둠 속에서 물었다.

"잘 처리될 거야."

"어떻게?"

"끝장을 보고 얘기할게."

"궁금한데 어쩌지?"

"낮말은 새가 듣고 밤말은 쥐가 듣는다고 하잖니."

"그럼 내일 꼭 얘기해주는 거다?"

"내일 밤쯤엔 얘기할 수 있을 거다."

"약속했지?"

"응. 그런데 내일 새벽에 먹, 벼루, 붓, 종이, 종이는 전지 반절쯤이면 돼. 그걸 부피가 크지 않도록 싸줘."

"뭣을 할 건데?"

"그것도 내일 밤 얘기할게."

"그렇게 준비하지."

이윽고 한공희의 잠든 숨소리가 들렸다.

박종태의 흥분된 마음은 잠을 이룰 수가 없었다. 새벽녘에야 겨우 잠에 빠졌다. 한공희가 흔들어 깨우지 않았더라면 큰일날 뻔했다.

세수를 하고 돌아오는데 천종개와 하을추가 임랑 문을 들어서는 것이 보였다. 박종태는 찔끔했다. 그러나 곧 태연하게 태도를 꾸며 물었다.

"무슨 일이십니까?"

"우리는 떠날까 하오. 떠나는 마당에 임랑의 소년들에게도 인사나 하려구."

천종개의 말은 제법 상냥했다.

박종태는 임랑의 집사를 찾아가 천과 하의 말을 전했다.

임랑의 소년들은 전부 마루로 나와 떠나는 천종개와 하을추에게 석별의 인사를 했다.

종태는 그들이 중문을 나서는 것을 보자 곧 행장을 챙겼다. 그 행장엔 한공희가 준비해둔 지필묵이 들어 있었다. 박종태가 나서는 것을 보고 모두들 물었다. 어딜 가느냐고.

"멀리는 안 가. 해 떨어지기 전엔 돌아온다."

며 손을 젓곤 박종태는 삼전도장을 빠져나왔다.

그는 십 리 길을 단숨에 걸어 삼전도 나루터에 도착했다. 천종개, 하을추는 아직 나타나지 않았다. 박종태는 부신 아침 해를 바라보며 천종개, 하을추와 대결하는 장면을 상상하고는 빙긋이 웃었다.

천종개와 하을추가 나루터에 나타났다. 그들은 거기 서 있는 박종태를 보더니 움찔하는 눈빛이 되었다. 그럴 까닭이 있을 리가 없는데, 그들이 박종태를 보고 움찔했다는 덴 본능적인 예감의 탓이라고밖엔 할 수가 없다.

나룻배는 한산한 편이었다. 박종태는 뱃머리 판자에 배 안을 바라보는 방향으로 앉았다. 천종개와 하을추가 박종태와 마주 보는 위치로 배 안 판자 위에 걸터앉았다. 나룻배가 강심에 왔을 때였다.

"삼전도장에서 본 얼굴인데?"

하고 천종개가 입을 뗐다.

"눈썰미가 대단하시구먼요. 오늘 아침에도 임랑에서 보지 않았소."

종태가 얄미울 정도로 천연덕스럽게 말했다.

"알겠어, 알겠어. 당신은 영리하다고 소문이 나 있는 박종태란 소년 아닌가."

하을추가 비위를 맞추려는 듯 히죽히죽 웃었다.

"영리하다는 말은 당치도 않지만, 박종태인 것만은 틀림이 없소."

"그런데 떠난다는 방도 없던데, 당신은 무슨 까닭으로 나룻배를 탔는가?"

천종개가 묻는 말이다.

"한양엘 가려고 탔소."

"한양에 무슨 일로?"

"의금부에 갈 일이 있소."

"의금부에?"

"우리 삼전도장에 조삼모사한 놈이 섞여 있다가 오늘 떠난다고 해서 그놈들 경을 쳐주기 위해 가는 길이오."

천종개와 하을추는 눈이 번쩍하는 모양이었다.

"그 조삼모사한 놈이란 게 누구요?"

하을추가 다급하게 물었다.

"한양엘 가면 곧 알게 될 텐데, 미리 알아서 무엇 하려고 그러오?"

"그자들이 무슨 짓을 했는데?"

천종개가 물었다.

"놈들 한 짓으로 말하자면 참수감이지."

"참수감이라니, 어떤 짓을 했는데?"

천종개가 궁금해서 죽을 지경이란 표정을 했다.

"그것도 곧 밝혀질 테니 며칠만 기다리시오."

"아따, 그러지 말구 속 시원하게 얘기나 좀 하게."

하을추가 안달을 했다.

"꼭 알고 싶소?"

박종태가 의미심장한 웃음을 띠었다.

"알고 싶으니까 이렇게 묻고 있는 것이 아닌가."

"그럼 말하지."

하고 종태가 소리를 높였다.

다른 손님들도 일제히 종태를 주목했다.

"참수만이 아니라, 사지를 찢어 죽여도 모자랄 놈들이오. 모함이란 죄가 얼마나 중한지 모두들 아시죠? 있지도 않은 일을 꾸며 사람을 죽이려는 무고가 얼마나 악독한 짓인지 모두들 아시겠죠? 그런 짓을 한 놈이 우리 삼전도장에 섞여 있었단 말요. 그 사실을 의금부에서 알기만 하면 당장 철퇴가 내릴 것이오. 나는 지금 그 증거물을 가지고 의금부로 가는 길이오. 그런 놈은 죽여 마땅한 것이 아니겠소."

그러자 저편 뱃전에서 말이 있었다.

"모함하는 놈, 무고하는 놈은 찢어 죽여야 해. 인간의 탈을 쓴 짐승만도 못한 놈들."

그러자 또 한 사람의 말이 있었다.

"도대체 어떤 모함이었더란 말인가?"

"천주학을 하다가 들키면 어떻게 되는 줄 여러분 아시죠?"

종태가 소리를 돋우었다.

"당장에 목을 쳐서 죽이지."

누군가의 소리였다.

"그러니 말입니다. 천주학을 듣도 보도 못 한 사람을 천주학을 하는 사람으로 몬다면 이건 사람을 직접 죽이는 것보다 더 나쁜 짓이 아닙니까?"

종태는 외치듯 했다.

"그렇지, 그렇지."

하는 몇 사람의 소리가 있었다.

"우리 삼전도장에서 실컷 대접해서 잘 모셨는데 그 삼전도장의 사람을 천주학으로 몰려는 계교를 꾸며놓고 도망친 놈들이 있다 이겁니다. 그런 놈들을 용서할 수가 있겠어요?"

"용서 못 하지."

하는 소리.

"그런 놈은 도망을 못 가도록 꼭 붙들어둬야 하는 건데."

하는 소리도 있었다.

"그건 걱정 없습니다. 놈들은 도망치지 못합니다. 독 안에 들어 있는 쥐새끼나 다를 바 없으니까요."

종태의 말은 자신만만했다.

"그러나 젊은이."

하고 노인이 말했다.

"그런 계교를 꾸미는 놈은 관속들과 한속이라서 여간 다부지게 서둘지 않으면 미꾸라지처럼 빠져나가는 거여, 조심해."

"여부가 있습니까. 두말 못 할 증거를 쥐고 있는걸요. 이미 배가 맞아 있던 관속도 그 증거를 들이대면 즈그 발뺌하려고 모른 척할 겁니다. 모함이란 죄가 얼마나 무서운 것인가를 관속들도 알고 있을 테니까요."

하며 종태는 천종개와 하을추의 표정을 살폈다. 그들은 태연한 체 꾸미려고 시선을 강 쪽으로 보내고 있었으나 그 얼굴들은 새파랗게 질린 빛이었다.

"아직 나이도 어린데 대가 찬 사람이군. 소년 같으면 그 일 야무지게 처리하겠소."

이런 칭찬을 하는 사람도 있었다. 어느덧 나룻배가 강변에 닿았다.

나룻배에 탄 손님들은 입입이 한마디씩 박종태를 격려하는 말을 남기고 갈 길을 갔다. 한양으로 가는 길을 택한 사람은 박종태, 천종개, 하을추 외에 세 사람이 있었다. 하나는 육십을 넘은 노인, 하나는 의관이 반듯한 선비, 하나는 땋은 머리를 둘둘 감아 때 묻은 수건으로 묶은 노총각이었다.

들길을 한참 걸어 수양버들의 숲속으로 들어섰을 때였다.

천종개가 말했다.

"소년, 우리 좀 쉬어 가자꾸나."

"그렇게 합시다."

하고 박종태는 특특한* 수양버들의 가지를 하나 꺾어 들고 그늘진 모래밭에 앉았다. 천종개와 하을추는 앞뒤로 박종태를 에워싼 위치로 자리를 잡았다.

종태는 그들의 동작엔 무관심한 체 태도를 꾸미며 수양버들 가지에 붙은 잎사귀를 훑어 내리고 있었다.

"박종태라고 했지?"

천종개의 착 가라앉은 목소리가 있었다. 종태는 고개를 천종개 쪽으로 돌렸다.

"아까 나룻배에서 한 얘기 한 번 더 해봐."

천종개의 얼굴에 살기가 나타나 있었다.

천종개와 하을추의 얼굴엔 살기가 있었다. 그러나 박종태는 조금도 당황하지 않았다. 그런 사태가 있을 것을 예기했기 때문이다. 아니, 자기 자신이 그러한 사태를 만들어놓은 것이니까.

"바른대로 말해봐."

하고 천종개가 재촉했다.

---

* 두꺼움.

"당신들에게 말할 필요가 없을 텐데?"

종태는 미소까지 띠었다.

"무슨 소린지 똑똑히 알아야겠다."

하을추가 금세라도 덤빌 듯 서둘렀다.

종태는 메고 있던 보따리를 풀어 벼루, 먹, 연적, 붓을 내놓고 종이를 폈다. 그러고는 침착하게 말했다.

"여기 당신들이 잘못했다고 써라."

"뭐라구?"

하고 천종개는 눈을 치켜떴고,

"뭣을 잘못했다고 쓰란 말이냐?"

고 하을추는 팔을 걷어 올렸다.

그러한 두 사람을 냉랭한 눈초리로 바라보며 박종태가 말했다.

"당신들은 참수를 당해야 마땅한 사람들이다. 그러나 나는 사람이 죽는 걸 안 죽도록 하는 일은 하고 싶어도, 사람을 죽도록은 하기 싫다. 여기다 잘못했다고 쓰기만 하면 나는 의금부까지 가지 않고 당신들을 놓아줄 참이다. 그러나 당신들의 뉘우침이 없으면 도리가 없다. 나는 당신들을 의금부에 끌고 가야겠다."

천종개가 콧방귀를 뀌었다.

"네놈이 우릴 어디로 끌고 가?"

"주먹 한 방이면 없어질 녀석이!"

하을추는 냉소를 했다.

"내가 당신들을 끌고 가려고 하면 끌고 갈 수 있게 돼 있어. 잘못했다, 다신 그런 일을 안 하겠다고 쓸 텐가, 안 쓸 텐가?"

종태가 소리를 높였다.

"저걸 당장."

"해치우자."

천종개와 하을추가 거의 동시에 덤볐다. 박종태가 버들가지를 휘둘렀다. 거의 같이 두 놈이 고꾸라졌다. 각각 무릎에 심한 타격을 받은 모양이었다.

"아이구."

"아이구."

하며 두 놈은 무릎을 안고 뒹굴었다.

그 꼬락서니를 지켜보며 박종태의 말이 있었다.

"네놈들은 나를 해치고 싶겠지만 그렇겐 안 된다. 그리고 여긴 버드나무 숲속이긴 하지만 대로에서 멀지 않다. 네놈들이 계속 야료를 부리면 행인들이 알게 되고, 행인들이 알게 되면 네놈들을 가만두진 않을 거다. 내가 네놈들을 구해줄 수도 없게 된다."

"우리가 뭘 잘못했다고 이래?"

하고 천종개가 악을 썼다.

"잘못한 게 없나?"

"그래, 잘못한 게 없다, 결단코 없다!"

하을추가 소리쳤다.

"어제 어느 집에 침입한 일이 없었나?"

잠깐 주춤한 것 같더니 천종개가 말했다.

"없다."

"너두?"

하고 하을추에게 물었더니 그도,

"없다."

하고 버텼다.

"꼭 증거물을 내보여야겠구만."

박종태는 저고리 안에 달아놓은 호주머니에서 놋쇠 십자가를 내놓았다. 그리고 호통을 쳤다.

"이래도 네놈들이 잡아뗄 거야?"

무릎의 고통이 진정된 모양으로 천종개와 하을추는 저만큼의 나무 부리에 뭉쳐 앉아 놋쇠 십자가를 먼빛으로 보고 있더니 천종개가 뚜벅 말했다.

"그게 무슨 증거가 될 거라구."

"증거가 안 될까?"

종태는 어이가 없다는 듯 웃으며 덧붙였다.

"삼전도 대장간 사람은 알고 있겠지?"

"우린 그런 것 몰라."

하고 하을추가 악을 썼다.

"모른다고 하면 할 수가 없지."

하고 박종태는 벼루와 붓을 챙기기 시작하며 중얼거렸다.

"여하튼 의금부로 가야 하겠구나."

"의금부는 너 혼자서 가려무나."

천종개의 말이었다.

"네놈들이 순순히 따라오지 않으면 코를 꿰어 끌고 갈 테니 그렇게 알아."

하고 박종태는 버들가지를 들고 일어섰다.

천종개와 하을추는 얼른 몸을 일으켜 도망치려고 했으나 아까 얻어맞은 무릎의 고통이 갑자기 되살아나 그 자리에 풀썩 주저앉았다.

종태는 성큼 그들 앞으로 가더니 버들가지를 번쩍 쳐들었다. 그러고는 후려쳤다. 두 놈은 한꺼번에 목덜미를 맞고 머리를 땅바닥에 처박았다. 종태가 가까이 가서 그들의 얼굴을 들어보았다. 온 낯에 흙이 묻어 볼품없이 돼 있었다. 종태는 껄껄 웃었다.

"메밀대만 한 힘도 없는 녀석들이 여우같이 꾀만 갖고 살았구먼."

하고 이어 무릎을 발로 밟아 움직이지 못하게 해놓고 저만큼에 나가 서서 고함을 질렀다.

"여보이소. 여기 스무 냥짜리 일이 생겼소. 사람들만 운반해주면 스무 냥 드리리다."

종태는 무인無人의 대로를 보고 거듭 고함을 질렀다. 천종개와 하을추는 그사이 도망을 치려고 했으나 꼼짝달싹을 못 했다.

"사람이 오면 우린 의금부로 끌려가는 것 아닌가?"

천종개가 비명을 올렸다.

"잘못했다고만 쓰면 살려준다니까 항복을 하자."

하을추는 울먹였다.

이윽고 천종개가 박종태를 불렀다.

"우리 잘못했다고 쓸게요."

박종태가 되돌아와서 지필묵을 그들 앞에 폈다.

"글을 쓰게 하기 위해 팔은 살려둔 거다. 만일 엉뚱하게 쓰기만 하면 그 양팔까지 꺾어놓을 테니까."

"진서를 모르는데…."

하을추가 머리를 긁적거렸다.

"언문으로 써."

하고 박종태가 불렀다.

"김권, 윤량, 이책의 집에 들어가 놋쇠 십자가를 숨겨놓은 죄는 천만 번 죽음에 해당하는 것이오. 다신 그런 짓 안 하겠습니다. 천종개, 하을추. 그리고 이름만은 진서로 써."

천종개가 먼저 쓰고 하을추가 뒤에 썼다.

박종태는 글자가 마르기를 기다려 접어서 보따리에 넣고 일어서며 다음과 같은 말을 남겼다.

"나는 아직 어리지만 배가 고파 도둑질하는 것은 나쁜 일이라고 생각하진 않는다. 그러나 얼마간의 보상을 받으려고 무고한 사람을 모함한다는 건 천하의 대죄라고 안다. 앞으로 삼전도장에 무슨 관화官禍가 생기기만 하면 네놈들 소행으로 알고 내가 찾아 나설 것이니 명념해라."

"이렇게 해서 놈들의 걱정은 안 해도 됩니다."

하고 박종태의 얘기를 듣고 김권과 윤량 그리고 이책은 일단 안심을 한 것 같았으나 감정이 풀어지진 않은 모양으로 김권이,

"놈들의 모가지를 비틀어놔야 하는 건데…."

하고 입맛을 다셨다.

윤량도 이책도 같은 기분인 것 같았다.

"그렇다고 해서 놈들을 죽일 수야 없는 것 아뇨. 의금부에 끌어다가 목을 베는 수도 있지만, 그렇게 하자면 번거로운 일이 한두 가지가 아닐 것이고, 삼전도장으로 봐서도 결코 좋은 일이 아닌 것이니까요."

그리고 박종태는,

"며칠쯤은 기어다녀야 할 만큼 무릎을 밟아놨으니 분풀이는 한 셈 아니오."

하고 타이르기도 했다.

"하여간 박공 아니었더라면 우리 큰일날 뻔했소. 뭐라고 감사해야 할지 모르겠소."

하며 김권은 윤량과 이책과 의논을 하더니 호피 석 장을 꺼내놓았다.

박종태는 한사코 거절했다.

"형들은 앞으로 농토를 만드는 등 살림 준비를 해야 하지만 내겐 아무런 재물도 소용이 없소. 뿐만 아니라 삼전도장에서 살면서 그런 것 가지고 있어봤자 되레 짐만 될 뿐이오."

그래도 김권 등은 정표情表라도 해야겠다고 서둘렀다. 박종태는 하는 수 없이,

"꼭 그렇다면 형들에게 그걸 맡겨놓은 걸로 합시다."

라고 매듭을 지었다.

한편, 추연 선생은 박종태로부터 천종개, 하을추에 대한 처리를 보고받자 희색이 만면해서 종태를 여운 선생에게로 데리고 갔다.

여운은 종태의 손을 잡고 그의 얼굴을 한참 바라보고 있더니 감

개가 무량하다는 듯 다음과 같은 말을 했다.

"삼전도장이 자네와 같은 사람을 만난 것이 행운이구려. 자네는
활인지술活人之術과 득심지법得心之法*을 가지고 있는 사람이다.
자네가 가는 곳이면 마른풀이 살아나고, 자네가 사는 곳이면 화풍
和風이 자생할 것이로구나."

그리고 여러 장로들을 불러 박종태에게 학문을 가르치도록 부탁
했다.

"학문은 이 사람을 얻음으로써 빛이 더할 것이며 보람이 더할 것
이오. 여러분은 이 사람 가르치는 데 면려하는 것으로 커다란 공덕
을 쌓는 것이 될 것이오."

그러고는 박종태를 그 자리에 앉혀놓고 종태를 교육할 계획에
관한 이야기가 시작되었다.

이때 종태가 말했다.

"제가 글을 배우게 되는 것은 반갑기 한량없습니다. 그러나 이왕
배우는 거면 임랑의 친구들과 같이 배우고 싶습니다."

여운이 주위의 사람들에게 물었다.

"지금 임랑의 소년 가운데 종태와 같이 수학시킬 수 있는 그릇의
소유자가 있는지?"

"아마 없을 것이오."
하는 모두의 대답이었다.

"나 혼자만 글 배우는 건 싫습니다."

---

* 사람의 마음을 얻는 법.

하고 고집했다.

"종태의 생각이 꼭 그렇다면."

하는 여운 선생의 허락이 있었다.

종태는 이어,

"지금 기랑에 강원수가 홀로 남아 있습니다. 그 사람을 하루바삐 임랑으로 데리고 와서 같이 학습을 했으면 합니다."

하는 간청을 했다.

"강원수는 성격이 괴팍해서 임랑의 소년들과 어울리지 않을 것인데…."

하고 추연 선생이 난색을 보였다.

"모가 난 돌도 많은 돌과 어울리면 그 모를 둥글게 할 수 있습니다. 제게 맡겨주소서."

종태는 기왕에도 몇 번이나 한 부탁을 그날도 되풀이했다.

"네가 꼭 그렇게 하고 싶다면 강원수를 데리고 와도 좋다."

는 여운 선생의 승낙이 있었다.

그 승낙을 받자 박종태는 기랑으로 뛰어갔다. 그때까진 모든 사람들과의 면회를 강원수에게 금하고 있었던 것이다. 이를테면 강원수의 면회금지가 풀린 결과가 되었다.

"강원수."

하고 문을 열고 들어서자 벽을 향해 앉아 있던 원수가 얼굴을 돌렸다. 그 얼굴을 보고 종태는 놀랐다. 강원수의 눈빛이나 태도에서 광기의 흔적이 사라지고 있었다.

"오오, 자네가 왔구나."

하고 반기는 강원수의 얼굴엔 눈물이 흘러내렸고, 입언저리는 웃고 있었다.

"상처는 어때?"

"이대로다."

하고 들어 보이는 오른팔엔 팔꿈치 아래가 뒤룽뒤룽 시들어 있었다. 그러나 강원수는 안타까이 여기는 종태를 되레 위로나 하듯,

"팔 하나를 잃고 올바른 정신을 찾았으니 얼마나 다행한 일인가?"

하며 활달하게 웃었다.

박종태가 말을 못 하자 강원수는,

"나는 나쁜 꿈에서 헤어난 것 같애. 이것도 모두가 종태 자네의 덕분이다."

하고 감사했다.

"그럼 너 김권 형을 원망 안 하겠구나."

"원망을 하다니. 나를 사람으로 만들어준 어른들인데."

"고맙다, 원수야."

"고맙긴…. 내가 고마울 뿐이다."

종태는 임랑의 소년들과 글을 배우게 되었다는 얘기를 하고 강원수를 임랑으로 받아들이겠다는 여운 선생의 말을 전했다.

"아아, 이제 살았구나. 내 소원은 자네들과 어울려 놀 수 있는 날이 빨리 왔으면 하는 것이었는데."

하고 강원수는 기뻐 어찌할 줄을 몰랐다.

"임랑에 와서 우리 글 가르쳐주면 얼마나 좋겠나?"

"종태는 재주가 있어서 내가 배운 정도쯤은 단번에 이를 수 있을 거다. 그리고 글을 많이 알고, 적게 아는 것이 무슨 소용인고. 박종태는 성현의 글을 다 배운 사람보다 덕이 높은걸."

"무슨 소릴 그렇게 하노."

하고 종태는 강원수에게 임랑으로 갈 준비를 서두르라고 했다.

두 소년이 짐 꾸러미를 들고 나서는 것을 대청에서 보고 있던 청암 선생이 손뼉을 치며,

"호소년好少年이 정과 의로써 맺어졌으니 가기可期 그 장래將來* 로다."

하고 크게 소리치며 웃었다.

박종태가 강원수를 데리고 왔다는 보고가 있자 추연을 비롯한 장로들이 일당에 모였다. 강원수의 귀재鬼才를 모두들 듣고 있었기 때문이다.

그 자리엔 여운 선생도 있었다.

먼저 추연의 말이 있었다.

"얼굴에 화색이 있고, 눈빛이 유柔하니 필시 마음의 안정을 얻은 모양이로구나."

강원수의 대답은 다음과 같았다.

"절제에 도가 있다는 것을 알 듯하옵니다."

역학의 대가 이영이 물었다.

"무엇을 두고 절제라고 하는고?"

---

* 그 장래를 기대할 수 있음.

"나만이 살고 있는 것이 아니라 남도 살고 있다는 것을 깨달은 마음이며 행동이라고 아옵니다."

강원수의 이 대답은 이영을 기쁘게 한 모양으로 무릎을 치며 감탄했다.

"역리易理가 무궁하다고 하지만 아재我在와 타재他在를 동시에 깨친 이치엔 따르지 못하느니. 너는 인성人性의 이理를 알았도다."

"그런 것이 아니오라, 저를 구한 박종태 형은 불학不學, 불면不勉, 불교不巧로써 체현한 일을 저는 부모님과 선학先學들과 이웃에 적폐積弊하고 사생의 기로에서 겨우 깨달았나이다. 어찌 대단하다 하겠소이까."

"아니네."

하고 지리에 통달한 박희경의 말이 있었다.

"생이지지生而知之, 학이지지學而知之, 곤이지지困而知之* 하되, 그 지知는 일一이라고 하였네만 같다고 할 수 없지. 생이지지는 가르칠 수 없으니 하늘의 달처럼 바라볼 뿐이며, 학이지지는 탁월한 인재만이 얻을 수 있는 일이니 범인이 본받을 수 없는 일이지만, 곤이지지는 힘써 노력하면 만인이 이룰 수 있는 일이니 널리 사표師表가 될 수 있을 것일세. 우리에서 소중한 건 그 사표가 아닌가. 자네는 그런 뜻에서 대단하다고 할 수 있네."

"고마우신 말씀 길이 명심하겠소이다."

---

* 생이지지: 태어나면서부터 저절로 앎. 학이지지: 배워서 앎. 곤이지지: 애써 공부하여 앎.

강원수는 깊게 머리를 숙였다.

천문의 대가 이찬희도 한마디 있었다.

"군의 그와 같은 겸손이 군의 재才를 받들고 있으면 무소부지無所不知의 대기大器가 될걸세."

이때 화가 양달인이 미소를 짓고 말을 보탰다.

"이십 년쯤 후의 자네의 초상을 그려보고 싶구나."

그만큼 장래를 기대해보겠다는 말일 것이다. 좌중에 화락和樂한 웃음이 있었다.

여운의 말이 있었다.

"이만하면 자네 조부에게 기쁜 편지를 쓸 수가 있겠구나. 한데, 앞으로 자네가 하고 싶은 일은 뭔가?"

"예."

하고 부복하고 있던 얼굴을 든 강원수가 다음과 같이 말했다.

"듣자오니 박종태 형이 앞으로 학문을 하겠다는 얘기라서 저는 박종태 형 옆에서 시독侍讀**이나 할까 하옵니다."

"자네의 학문은 어떻게 하고?"

"박종태 형이 얻는 학식은 알알이 구슬이 될 것이오나 제가 얻은 학식은 창고에서 썩어가는 과일과 같은 것이오니 박형의 시독을 함으로써 청풍에 저의 학식을 쐬어볼까 하와 드리는 말씀입니다."

** 시강. 학문에 대한 강의를 함.

이렇게 삼전도장에선 호학과 화락의 미풍이 불었지만, 바깥세상은 점차 어지럽게 되어갔다.

각지에서 대화大火가 났다는 소식이 흉흉한 풍문에 섞여 들려왔다.

평안도관찰사 홍우길洪祐吉은 의주부義州府의 민가 183호가 소실되었다는 보고를 해 왔다. 잇따라 성천부成川府에서도 12호의 민가가 탔다는 보고를 했다.

공충도公忠道관찰사 신억申憶은 영동현의 민가 11호가 소실되었다고 하고 청안현에서도 18호가 탔다는 보고가 있었다.

강원도관찰사 박승휘朴承輝는 평강현의 민가 11호가 탔다는 보고를 했다.

이 밖에 전라도 장수에선 16호, 평안도 영변에선 115호, 경기도 삭영군에선 16호, 경상도 초계군에선 61호가 탔다는 보고가 있었다. 이렇게 해서 을축년을 반 넘겼을 지금에 이천 호 가까운 가옥이 소실된 것이다.

이런 경황 속에 경복궁 역사에 관한 원납전의 독려는 가혹하기가 이를 데 없고 그사이 간리奸吏들의 농간이 또한 심했다. 기록에 의하면 을축년 윤오월분閏五月分의 원납전이 만 냥, 선파인의 원납전이 50만 냥이었다고 하니 메마른 땅의 풀잎을 말릴 지경이었다. 각지에서 발생하는 화재는 원납전을 내지 못한 백성들이 구실로 삼으려고 하는 자포자기적 행동이라고 수군대는 소리도 있었다.

각지의 감영에서 곤장을 맞고 지르는 비명소리가 끊어질 날이 없었고, 한성부 서소문에선 매일처럼 참수형이 있었다. 광장에 효수해놓은 인두人頭는 이미 구경거리도 되지 못했다.

이러한 정세 속에서 삼전도장이 한일월을 즐기고 있을 순 없을 것이란 사실을 민감한 최천중이 몰랐을 까닭이 없다. 무슨 대책, 무슨 대비가 있어야 할 것이라고 생각하고 있던 차에 최천중은 천종개와 하을추에 관한 이야기를 들었다.

오동잎 하나 떨어지는 것을 보면 천하의 가을을 안다. 물이 새는 틈새 한 개를 발견하면 방천*의 위험을 알아야 하는 것이다.

최천중은 언제 천종개, 하을추 같은 놈이 무슨 농간을 부릴지 모른다는 생각과 함께 어떤 얘기가 귀에 들어가기만 하면 대원군이 가만있지 않을 것이란 생각으로 안절부절못하는 기분이 되었다. 그런데 황봉련으로부터 뜨끔한 소리를 들었다.

당시 왕비 간택을 한답시고 대원군 부부는 주야로 노심초사하고 있었는데, 황봉련은 그 의논 상대로 사흘이 멀다 하고 운현궁에 드나들고 있었다. 그러던 차 황봉련이 귀담아들은 얘기가 있었던 것이다.

"서원을 왜 폐했는가 아는고? 그건 작당 음모를 막기 위함이다. 앞으론 서원뿐만이 아니라 어떤 모임, 선원파璿源派의 모임에까지도 눈과 귀를 밝혀라. 보이지 않는 곰팡이가 기둥을 썩게 하느니라. 사람이 모이면 거기서 꾀가 생긴다. 곰팡이 같은 꾀가 말이다. 천주학을 금하는 이유도 여기에 있다."

하고 대원군은 포도대장, 훈련대장을 불러놓은 자리에서 호통을 치고 있었다.

---

* 防川: 강둑.

그 얘기를 황봉련이 최천중에게 한 것이다.

황봉련의 말을 듣고 최천중은 박규수를 찾아갔다. 당시 예문관 제학이란 한직閑職에 있던 박규수는 최천중의 의논 상대가 되어주었다.

박규수가 제시한 방법은 삼전도장이 중심이 되어 경복궁 중건에 대한 원납전을 모으라는 것이었고 그 일을 광주유수 민치구閔致久와 의논해서 추진하라는 것이었다.

"원납전을 얼마나 모으면 대원군이 흡족해할까요?"

최천중이 물었다.

"오만 냥쯤 모으면 대견하게 여길 걸세. 민치구의 면도 함께 세울 수 있는 거니까 일거양득이 아니겠는가."

박규수의 말이었다.

"그럴 바에야 한 십만 냥쯤 바쳐버리면 더욱 생색이 날 것 아닙니까?"

최천중이 호쾌하게 말했다.

"모르는 소리."

하고 박규수는 보태어 말했다.

"십만 냥을 한꺼번에 내보았자 그 약효가 몇 달 가겠느냐. 오만 냥쯤 내어놓고 또 앞으로 오만 냥쯤 거둘 것이란 낌새를 보여놓으면 그로써 삼전도장의 터전은 튼튼하게 될 걸세."

"좋은 의견이십니다."

하고 최천중이 다음과 같이 말했다.

"그러나저러나 백성들은 못살겠다고 아우성, 아니 소리도 지르지 못할 지경인데 궁전을 짓는다고 저 야단이니 앞으로 어떻게 될 것 같습니까? 포의布衣의 몸으로 외람되지만 국사가 심히 걱정됩니다."

"대원군께서 요량이 계시겠지. 하지만 이국선異國船이 자주 연안을 침범하고 있다고 하는데 그런 외우外憂가 자꾸만 겹치면 하여간 걱정이 안 되는 바는 아녀. 한데, 여운 선생의 근황은 어떤가?"

"여운 선생께선 식산殖産에 견식이 있는 명사를 찾아내어 나라에 이利하고 백성들에게 복이 되는 식산법을 만들자고 하십니다."

"좋은 의견이셔. 민이 빈貧하면 나라가 빈하는 법이고, 나라가 빈하면 외우를 막아낼 수 없는 것인즉, 조야를 막론하고 식산을 장려해야 할 걸세. 그런 점 문익점文益漸 선생 같은 분이 많이 배출되어야 허이."

하다가 박규수는 문득 생각이 난 모양으로 이런 이야길 했다.

"연전 청국에서 온 사신의 얘기를 들었는데, 종이는 우리나라 종이가 최고라는 거라. 좋은 종이만 만들면 얼마든지 청국에 팔 수가 있다는 얘기이기도 했어. 그래서 생각인데 우리나라엔 산지가 많지 않은가. 그 산지 가운데 적당한 곳을 골라 대대적으로 저목楮木*을 심어 제지업을 크게 일궜으면 유리할 건데 어떨까. 최공은 수완이 좋으니 한번 해봄직하지 않은가. 전국 방방곡곡에다 권장할 수도 있을 거구."

이 말을 듣고 최천중이 껄껄 웃었다.

---

* 닥나무.

"초년에 암행어사로 이름을 날리신 어른이 어떻게 그처럼 세상에 어두우십니까. 종이는 청이 있어야 겨우 만듭니다. 만일 그렇지 않고선 배겨내지 못합니다. 수령 방백들이 있는 대로 덮쳐가려고 하는데 약한 백성들이 어떻게 그 성화를 감당할 수 있겠습니까. 관기官紀를 바로잡지 못하는 한 식산도 그림에 그린 떡입니다."

"음."

하고 박규수는 장태식長太息을 했다.

박규수의 충고에 따라 최천중이 광주유수 민치구를 찾았다.

민치구는 거만하게 최천중을 접견했다. 최천중은 내심으로 웃었다. 거만한 사람치고 내허內虛하지 않은 사람이 없으며, 거만할수록 꺾어지기 쉽다는 것을 최천중은 너무나 잘 알고 있었다.

세도에 꺾이지 않는 거만이 없고, 재물에 꺾이지 않는 거만이 없고, 술수에 꺾이지 않는 거만이란 없는 것이다.

거만한 사람에겐 그 거만을 북돋아주는 행동을 함으로써 그를 꺾을 일단의 술책으로 한다.

"환재 박규수 선생으로부터 공의 총명은 들었사오이다. 우리 선생 원여운 선생께옵선 공을 삼전도장으로 모시고 친히 공의 견해를 듣자와 하옵니다. 삼전도장엔 한인閑人들만 모여 있사오나 공의 뜻을 받들기에 주저할 사람 없사온즉, 일차 왕림하셔서 돈독한 교시 있기를 바랍니다. 오늘 공을 뵙게 된 것은 우리 삼전도장에서 경복궁 중건사에 대한 원납전 모으는 일을 꾸며볼까 하와 그 하회를 얻으려 하는 것이옵니다."

"원납전을 내면 되는 것이지 무슨 하회가 필요하단 말이오?"

민치구의 말은 딱딱했다.

"유수 영감께선 원납전이 많은 편이 좋겠사옵니까, 적은 편이 좋겠사옵니까?"

최천중이 넌지시 물었다.

"다다익선多多益善은 불문가지不問可知가 아니겠소."

"그러니까 드리는 말씀이로소이다. 우리 삼전도장을 거쳐간 빈객들은 팔도에 걸쳐 이미 수천 인을 헤아립니다. 그 빈객들에게 통문하거나 참집*시키거나 해서 잘 타이르면 각인이 백 냥 출물로 십만 냥을 얻을 수 있고, 예사로 말하면 각인 열 냥의 출물로 만 냥이 되는 것인즉 가급적이면 그들을 삼전도장에 모아 크게 연락宴樂을 베풀어 큰돈을 모아보고자 하는 바입니다."

"그렇게 하면 얼마나 모으겠소?"

"만 냥과 십만 냥의 중간을 잡아 오만 냥은 모을 수 있을 것이옵니다."

민치구는 오만 냥이란 소리를 듣고 깜짝 놀랐다. 경복궁 중건사를 두고 민치구가 광주유수로 와서 모은 원납전의 전부를 합해도 만 냥에 미달했던 것이다.

"오만 냥쯤 모으면 유수 영감께서 우리 삼전도장의 체면을 세워주셔야 합니다. 우리가 오만 냥을 모으는 건 유수 영감님의 체면을 세우기 위함이니까요."

---

* 參集: 참가하여 모이게 함.

"그렇게 하구말구. 오만 냥을 모을 수 있다면야."

거만한 자세는 일시에 무너지고 민치구의 얼굴에 미색媚色*이 돋아나기까지 했다.

"그러하니 우리 삼전도장에 사람이 모이는 일을 두고 관에서 귀찮게 구는 일이 없어야 하겠습니다. 모처럼 원납전을 내기 위해 모인 사람들의 비위를 거슬려놓아 좋은 일이 없을 테니까요."

"암, 그렇구말구. 한데, 오만 냥은 언제쯤이나 모이겠소?"

"구월 그믐께까진 틀림없을 것이옵니다."

"구월 그믐께라, 좋지. 나의 호령이 미치는 광주 땅에선 어느 놈도 삼전도장엔 얼씬도 하지 말게 할 것인즉 잘 여행勵行**토록 하시오."

"이번 처음 거사가 잘되면 명춘삼월까지 또 오만 냥쯤 원납전을 낼 수 있을 것인즉 각별히 유념하기 바랍니다."

"명춘삼월에 또 오만 냥!"

하고 민치구는 희색이 만면이었다. 이때 슬그머니 최천중이 한마디 보탰다.

"만에 하나라도 영감께서 삼전도장을 잘못 봐주어 원납전이 줄어들었다는 풍문이 대원군 저하의 귀에라도 들어가면 큰일이 아니오이까."

민치구가 펄쩍 뛰었다.

---

* 아첨하는 빛.

** 역행(力行). 힘써 행함.

"그런 일이 있어선 안 되지, 안 돼!"

광주유수 민치구와 만난 직후 최천중은 삼전도장으로 갔다.

여운 선생을 비롯하여 장로들이 모인 자리에서 민치구와의 접견 내용을 온전히 지키기 위해 방책을 강구하자는 의논을 했다.

그 결과 오는 9월 15일에 큰 잔치를 베풀자는 데 의견을 모았다. 공식 명칭은 '경복궁 중건 원납전 헌상회'라고 하고 실질적으론 삼전도장이 닦아놓은 실적이 어느 정도일까 하는 것을 챙겨보자는 데 있었다.

행사의 하나로서 가무음곡의 잔치를 하기로 했다. 삼전도장 빈객들의 비기秘技도 피로***할 참이었다. 큼직한 현상금을 걸고 시 백일장도 베풀 계획을 세웠다.

"그렇게 해서 관의 눈을 자극하는 노릇이 현명한 일일까?"

하고 걱정하는 사람도 있었지만 최천중은 역설했다.

"원납전을 낸다는 구실이 있으니 무해無害한 것으로 볼 것이고, 한편 우리를 만만찮게 생각도 할 것이니 널리 사람들의 이목을 끄는 행사를 이 기회에 해야 합니다."

그렇게 해서 전국적으로 격檄을 돌리는 일을 시작했다. 최천중의 말대로 삼전도장과 다소의 인연이 있는 사람들이 수천 명일 것이니 체전식遞傳式****으로 격을 돌리면 10일 이내에 북으론 갑산의 꼭대기, 남으론 지리산의 골짜기까지 그 취지가 돌 수 있을 것으로 예

*** 披露: 일반에게 널리 알림.
**** 차례로 여러 곳을 거쳐 전하는 방식.

정할 수가 있었다.

최천중은 자기와 개인적으로 친분이 있는 사람에겐 별도의 서신을 내기로 했다. 부안의 심경택, 황해도의 이건성, 강원도의 지갑성, 그 밖에 나주에도, 진주에도, 상주에도 친지들이 많았다.

최천중은 특히 음성의 윤치후 노인에겐 정중한 문면을 꾸몄다. 음성에 머물고 있었을 때의 후의에 감사를 올리고 그와 약속한 바를 상기시키기도 했다.

음성 윤치후에겐 아들이 삼형제가 있었다. 윤치후의 소원은 그 아들이 과거에 합격하는 일이었다. 그런데 최천중이 관상을 본 결과 장남 원선은 집안을 돌보며 치산治産하라고 했고, 차남 형선에겐 풍류의 문장은 배울망정 과거를 겨냥한 공부는 말라고 일렀다. 마지막 정선에게도 관운이 없다고 보았으나 윤치후의 부정父情이 갸륵해서 그 운을 자기가 틔워줄 요량으로 그에겐 관운이 있으니 을축년(그러니까 바로 그해) 팔월에 상경하여 자기를 찾으라고 일러두었다. 즉 등과의 기회를 알선하겠다는 뜻을 비친 것이다.

이런 편지를 쓰고 있는 최천중이 여주의 미원촌을 잊을 까닭이 없었다. 그는 조 진사에겐 의례적인 편지를 쓰고 왕덕수에겐 간곡한 편지를 썼다. 왕덕수란 왕씨 부인의 남편이며 최천중의 아들 왕문의 아버지 노릇을 하고 있는 사람이다.

'…금번 뜻이 있어 천하의 명사를 삼전도에 모실까 하는데 어찌 대형의 이름을 잊을 수 있겠소. 깊은 가을의 명월을 벗삼아 시문과 음곡의 잔치를 베풀까 하오니 대형께선 백사 제쳐놓고 왕림해주시길 바라오. 대형의 그 독실한 성품과 호학의 기풍을 소생은 주야로

흠모하고 있는 바이오. 왕림의 은혜를 입으면 최천중의 영광 더할 나위 없겠소.'

이렇게 쓰고 있는 가운데 왕문의 얼굴이 최천중의 눈앞에 달덩어리처럼 떠올랐다. 장차 황제로서 이 나라에 군림할 사주를 지닌 지엄지고한 인물, 왕문! 그 왕문이 지금은 세 살.

최천중은 불현듯 왕문의 얼굴을 바라보고 싶은 마음에 가슴을 떨었다. 안아보고 싶은 충동도 동시에 느꼈다.

그는 탄생 직후를 제외하곤 아직 한 번도 왕문을 본 적이 없었다. 관상을 보기엔 아직 그 골격이 여물지 않았겠으나 지금쯤 제왕의 상이 비치고 있어야 할 것이다.

최천중이 왕문에게 접근하지 않은 까닭은 황봉련의 다음과 같은 충고에 일리가 있다고 보았기 때문이다. 즉 자주 상종하고 있으면 최천중과 왕문의 닮은 점이 눈에 띄게 될 것인데, 그렇게 되면 왕덕수의 마음에 의신암귀疑神暗鬼를 낳게 한다는 것이다.

'그러나.'

하고 최천중이 생각했다.

'이번 기회가 아니면 자연스럽게 미원촌엘 가볼 수가 없다. 왕덕수를 모시러 가는 구실이면 그 아이를 수월하게 볼 수 있지 않을까?'

최천중은 왕덕수에게 보내는 편지의 말미에,

'이번 행차를 간절히 비는 마음으로 구월 초순경 미원촌엘 갈까 합니다.'

하는 글귀를 보탰다.

그리고 그렇게 하리라고 마음을 다졌다. 생각하면 누구를 위한, 무엇을 하자는 삼전도장인가. 그것은 왕문의 등극을 바라는 마음의 발현이었다.

전국 방방곡곡의 명사들의 마음을 사기 위해 삼전도장을 만들었다.

"왕문을 왕으로 받들자."

고 소리치기만 하면 모두들 방불하다는 생각으로 일제히 호응하도록 하기 위해 미리 사람들의 마음을 사두려고 하는 야망이 곧 삼전도장으로 된 것이다.

인심을 사고 이름을 내기 위해선 천리 길도 멀다 않고 달려가는 심성과 노력도 결국은 왕문을 위해서였다. 수만금을 아낌없이 써서 인재를 모으려고 하는 까닭도 그 목적 때문이었다.

먹고, 자고, 입고 하여 일신의 안락만을 위하는 것으로선 최천중의 야심은 만족할 수가 없었고, 시세에 영합하여 영달을 꿈꿀 마음도 최천중의 반골정신反骨精神과 빙탄불상용氷炭不相容*인 것이다.

게다가 이씨 조선이 확실히 망할 것이란 최천중의 소신은 바위보다도 굳었다. 그러한 정세 속에서 왕재를 기르고 있다는 자각으로써 그는 흐뭇할 수가 있었고 활달할 수가 있었다.

원납전 5만 냥을 내겠다는 것도 왕문을 받드는 기초적인 성으로 될 삼전도장을 지키기 위해서가 아닌가.

이러한 야심과 포부를 확인하기 위해서도 금년 세 살인 왕문의

---

* 얼음과 숯처럼 둘 사이가 서로 용납되지 않음.

관상을 확인해둬야 하는 것이다.

왕이 될 수 있는 사주에 왕재로서의 상이 갖추어져 있다고 하면 그로써 최천중의 용기는 백배할 것이었다.

왕덕수에게 편지를 보내놓고 최천중이 황봉련을 찾아 왕문을 만나보고 싶다는 의양을 비쳤더니 황봉련이 요염하게 웃음을 짓고 말했다.

"왕씨 부인의 터울이 이 무렵일 것이오. 왕문을 위해 그 여체의 유혹을 물리칠 수 있는 절제가 된다면 지금쯤 왕문을 만나보는 것도 무방하겠지요."

원여운도 편지를 쓰고 있었다. 그 가운데의 하나가 서흥의 강 진사에게 보내는 편지였다. 강 진사는 강원수의 조부이다.

여운은 강원수가 삼전도에 나타났던 때의 사실을 소상하게 적었다. 이책의 부인을 희롱하려다가 김권에게 당했던 일, 박종태의 주선으로 대사에 이르지 않았다는 것까지. 그리고 편지는 다음과 같이 계속되어 있었다.

'…한 팔을 쓰지 못하게 된 것은 안타까운 일이지만 그로써 생명을 구했다고 생각하면 소화小禍로써 대화大禍를 막았다는 것으로 되지 않습니까. 보다도 반가운 것은 귀공의 손자 강원수가 순리順理, 순도順道의 발심을 했다는 사실이오. 앞으로 그 위재偉才가 성장하는 것을 보는 기쁨이 클 것이오. 동경同慶**이랄 수가 있소. 한데, 귀공의 손자를 구한 박종태 소년에 대해서 귀공의 각별한 배려

** 함께 경축함.

가 있어야 할 것으로 아오. 그는 영남 출신의 소년인데 불학不學으로서 천도와 인륜을 깨달은 그릇이며, 활인지술을 생이지지生而知之한 대인이오. 강원수는 그의 인물에 혹하여 박종태를 배울 뜻을 돈독히 한 모양인데 이 어찌 반갑지 않은 일이겠소. 그러나 박종태는 사고무친四顧無親이며 무산무지無産無地의 처지인바 귀공의 그에게 대한 정이 손자 원수에게와 다를 바 없이 베풀어지면 그 인물을 빛내는 데 있어서 크게 도움이 되리라 믿소…'

하고 원납전 문제를 언급하고 삼전도장에 왕림해달라는 뜻을 적었다.

이처럼 9월 15일의 모임에 대한 준비를 서둘고 있을 무렵, 전국적으로 폭우가 쏟아지기 시작했다. 이른바 을축 대수大水이다.

기록에 의하면 비로 인해 쓰러진 집이 한성부에서만도 1천322호, 황해도 평산, 강령에서 116호, 평안도 삭주, 창성에서 94호, 황해도 신천에서 65호, 경기도 양천현에서 60호, 광주에서 550호, 과천, 시흥 등지에서 175호, 황해도 해주, 은율, 옹진 등에서 480호, 경기도 양주에서 819호, 충청도 홍성에서 353호, 경상도 통영에서 337호, 경상도 진주에서 244호, 공충도 서원에서 188호, 경기도 가평에서 143호, 황해도 장연에서 111호가 물에 떠내려갔다.

이상은 큰 숫자이고 10호, 20호로 헤아려지는 유실가옥은 각지에 있었다.

한땐 화재가 한창이더니 이젠 수재가 덮친 것이다. 천재와 지변이 골고루 닥친 셈이다. 682만 총인구 중 거의 삼분의 일이 거지꼴로 되어버렸다.

이런데도 경복궁 중건을 위한 원납전의 독려는 지칠 줄 몰라 유월분 원납전이 44만 냥이고, 칠월분 원납전이 50만 냥, 팔월분 원납전이 56만 냥이었으니 백성의 정상*은 불문가지였다.

선산민란善山民亂의 수괴였던 이예대李禮大가 체포되어 효수된 것도 이 무렵의 일인데 선산 지방에서 다음과 같은 노래가 퍼졌다고 한다.

임아 임아 우리 임아, 불에 타도 죽지 않고, 물에 빠져 죽지 않던 임아 임아 우리 임아, 불보다도 겁나고 물보다도 겁난 것이 우리 임께 있었던가, 호천망극 우리 임아….

이건 이예대의 죽음을 아낀 노래였다는 전설이었다.

화재에 이은 수재라서 그 뒤의 민심은 더욱이나 흉흉했다.

각지에 도둑들이 횡행하게 된 것은 당연한 이야기다. 이리 죽으나 저리 죽으나 죽는 건 마찬가질 바에야 발악이라도 하고 죽자는 심사가 젊은 사람들의 혈기를 자극한 것이다.

갑자기 홍길동의 얘기가 장안을 휩쓸었다. 시골의 사랑방, 머슴들 방을 휩쓸었다. 모두들 홍길동처럼 되어보았으면 하는 소망의 발현이었다.

그러나 난데없이 장삼성이 돌아왔다는 소문이 퍼졌다. 평안도관찰사가 상납하는 봉물과 원납전이 황해도 봉산에서 감쪽같이 탈취된 사건이 발생했는데, 도둑들이 나졸 한 놈에게 다음과 같이 일

---

* 情狀: 딱하고 가련한 상태.

렀다는 것이다.

"장삼성이 대원군의 폐정弊政을 좌시할 수 없어 부득이 일어섰으니 앞으로 정사를 고쳐야 한다. 불연이면 조정까지도 안태하지 못할 것이니 그렇게 알라."

장삼성의 출현은 재조在朝의 고관들을 섬뜩하게 했다. 반면 일반 서민들에겐 갈증 난 입이 냉수를 마신 기분이었다. 장삼성에 관한 소문은 꼬리에 꼬리를 물고 침소봉대하게 전파되었다.

"평안감사가 보낸 백만 냥을 털어갔다."

"뺏긴 봉물을 값으로 치면 그것도 백만 냥이 넘는다…."

이런 소문이 퍼진 지 얼마 되지 않아 영건도감營建都監이 경복궁 역사에 동원한 인부들에게 주려고 돈을 쟁여놓은 창고가 털렸다. 이건 정말 귀신이 곡할 일이었다. 어느 날 아침 부도감副都監이 창고 문을 열었더니 어디에서 바람이 횡 불어 왔다. 바람구멍은 곧 찾을 수 있었다. 천장의 일각이 도려낸 것처럼 뚫려 있었다. 실히 서른 섬이 되었을 엽전이 한 푼 없이 사라졌고 창고 벽엔,

'장삼성 수령.'

이란 쪽지가 붙어 있었다.

봉산에 있던 장삼성이 어떻게 언제 한성에 나타났단 말인가.

그런가 하면 영의정 조두순의 안사랑에 전단을 단 화살이 날아왔다. 전단엔,

'경복궁 중건을 즉시 중지하고 원납전으로 받은 돈을 풀어 수해 이재민들을 살리라. 장삼성.'

이라고 되어 있었다.

이런 사건이 연속적으로 발생하자 대원군은 방바닥을 치며 호통했다.

"포도대장들은 뭣 하는고. 수령 방백들은 뭣 하는고. 즉시 장삼성을 잡아들이지 않으면 네놈들의 목을 치겠다."

이어 한성의 거리거리에 방이 나붙었다.

'장삼성을 잡아온 자에겐 상금 일만 냥을 주겠다. 장삼성 있는 곳을 알린 자에겐 상금 오천 냥을 주겠다. 수상한 놈을 집에 재워선 안 된다. 수상한 놈이 나타나거든 즉시 포교들에게 알려라. 수상한 놈을 숨겨준 놈들에겐 화적에게와 똑같은 벌을 내리겠다…'

이런 북새통에 삼전도장에서의 집회가 되겠느냐고 걱정하는 사람들도 있었다.

그러나 최천중은,

"이런 때일수록 해야 한다."

며 그 소신을 굽히지 않았다.

뿐만 아니라 그는 구월 초순 왕문을 보기 위해 여주 미원촌으로 떠났다.

'영웅은 난세에 난다.'

최천중은 어수선한 시국일수록 흐뭇할 수가 있었다.

미원촌이 환히 내려다보이는 고갯마루에 섰을 때 최천중은 가슴이 설레었다.

들을 꽉 채운 벼가 황금의 파도를 이루고 있는 저편의 몇 개의 기와집을 섞은 초가의 취락이 조는 듯 자리잡고 있는 것이 고향을 찾아든 나그네의 감회를 괴게 했다.

그는 왕문을 보게 되는 기쁨과 함께 왕씨 부인을 만나게 될 기대에 더욱 들떠 있는 마음을 발견하고 내심 얼굴을 붉히기도 했는데, 어떤 일이 있어도 사련邪戀의 충동을 억눌러야 할 것이란 다짐을 잊지 않았다.

최천중은 먼저 조 진사를 찾아 문안을 드렸다. 조 진사는 최천중을 반기고 한성의 소식을 묻고 화재가 겹친 위에 도둑이 횡행하는 요즘의 사태로 걱정했다. 조 대비의 득세로 인해 조씨 문중이 정신적으로나 물질적으로 윤택해졌다는 것을 우선 그 집을 둘러싼 공기로 봐서 알 수가 있었다.

조 진사 댁에 잠자리를 정한 것은 왕덕수의 조그마한 의혹도 있을 수 없게 하기 위해서였다. 저녁상을 물린 뒤 최천중은 잠시 바람을 쐬고 오겠다면서 조 진사 집을 나와 왕덕수의 집으로 향해 골목길을 걸었다.

왕덕수의 집 앞에 와서 대문 틈으로 집 안을 살폈다. 사랑에 불이 꺼져 있었다. 이상한 일이었다. 이맘때이면 왕덕수가 저녁 식사를 마치고 책이라도 읽고 있을 시간인 것이다.

잠깐 망설이다가 대문을 두드리며 불렀다.

"왕 생원 계시오? 왕 생원 계시오?"

한참을 그렇게 하고 있었더니 안마당으로 느껴지는 곳에서 여자의 소리가 있었다.

"바깥양반은 문중 일로 출타하고 계시지 않습니다."

최천중의 가슴이 두근거렸다. 그건 왕씨 부인의 목소리였다.

"그럼 언제쯤이나 돌아오실는지 알고자 하오."

"너덧새 걸린다고 하였소이다."

"심히 유감한 일이로소이다. 나는 한양에서 온 최천중이오."

돌연 시간이 뚝 끊어지는 것 같은 적막이 에워쌌다. 그 적막이 오랫동안 계속된 듯싶었다.

대문의 빗장을 빼는 소리가 들렸다.

대문이 반쯤 열렸다.

"들어오사이다."

소리를 죽이고 기氣만 남은 말이었다.

최천중이 말없이 안으로 들어섰다.

어둠 속인데도 왕씨 부인의 얼굴이 대륜大輪의 흰 꽃송이처럼 떠올라 있었다. 이윽고 부인은 안쪽으로 사라지더니 안마당에서 사랑방으로 들어가 불을 켜고 바깥문을 열었다.

말이 없었지만 들어오라는 시늉이었다. 최천중이 방으로 들어섰다. 얌전히 서책이 정돈된 방엔 왕덕수의 호학하는 성품이 향기처럼 서려 있었다.

"저녁 진지는 어떻게 하셨는지요?"

사랑방 안쪽 문을 나가 마당에 내려서서 한 왕씨 부인의 말이었다.

"저녁은 조 진사 댁에서 먹었소이다."

문이 닫혔다.

최천중은 방 한가운데 단좌했다.

기불탁속飢不啄粟이라고 쓰인 액자가 최천중의 눈 위에 있었다.

얼마간의 시간이 흘렀다.

왕씨 부인이 문을 열었다. 조촐하게 차려진 주안상을 먼저 들여놓았다.

주안상을 밀어놓고 왕씨 부인은 조용히 들어와 방문을 닫았다. 그 기품 높은 아름다움에 최천중은 압도당하는 기분이었다. 미상불 태후의 품격을 가졌다고 할 수가 있었다.

왕씨 부인은 옆얼굴을 보이고 앉아 병을 들어 술을 따랐다. 짙은 갈색이 백자의 잔에 담겨 반투명체가 되었다.

그 잔을 들어 마시고 최천중이 몸을 떨었다. 너무나 강렬한 정염에 사로잡힌 것이다. 그것은 곧 왕씨 부인의 몸에서 풍겨 나오는 정염의 반사였다.

'이것을 참아야 한다.'

고 최천중이 입을 악물었다.

이때 들려오는 소리가 있었다.

그것은 왕문이 탄생한 직후 왕문을 어떻게 기르느냐는 문제를 두고 의논이 있었을 때의 황봉련의 말이었다.

"…아무리 요조숙녀라도 그 몸과 마음에 음심이 배게 되면 음수가 될 수밖에 없어요. 왕씨 부인은 이미 음수가 되어 있소. 그 아들이 백일을 지내고 나면 그 부인의 몸은 당신의 몸을 원해 목마른 사람 물을 찾듯 할 것이오…"

그 말이 아득히 기억 속에서 되살아났다. 그런데 최천중의 눈은 왕씨 부인의 나형裸形을 보고 있었다. 황봉련의 말이 또 되살아났다.

"당신이 그 집에 드나들면 왕씨 부인과 또 무슨 일이 생겨요. 또 아이를 낳게 돼요…"

이번의 출향 때도 봉련의 말이었다.

"음심을 억누를 자신이 있거든 미원촌을 찾아가도 좋다."

그런데 이런 상황이 될 줄이야 꿈엔들 알았겠는가 말이다.

최천중이 떨리는 목소리로 입을 열었다.

"왕문을 한번 보았으면 합니다."

"왕문은 지금 잠들어 있습니다. 깨우지 않는 게 좋을까 하와요."

왕씨 부인의 침착한 목소리였다.

"그렇다면 내일 아침 찾아올까 하옵는데요."

"대주 없는 집에 남자가 드나들 수 있겠사오이까?"

"그런데 오늘 밤은?"

"오늘 밤은 아무도 집에 없사옵니다. 본 사람도 없습니다."

"그럼 나는 왕문을 보지 못하고 회향해야 하옵니까?"

"차차 기회가 있겠습죠."

하고 부인은 다시 술을 따랐다.

그런데 그 팔이 보일 듯 말 듯 떨고 있었다. 최천중은 의지력의 중심을 잃었다. 선뜻 팔을 뻗어 그 손을 잡았다.

"아니 되옵니다."

하면서도 왕씨 부인은 그 손을 뿌리치려고 하지 않았다. 그 손을 뿌리치기만 했더라면 최천중은 정신을 차렸을 것이었다.

최천중은 상을 밀쳐놓고 부인 곁으로 몸을 옮겨 앉았다. 그러고는 잡고 있던 손을 슬그머니 끌어당기며 부인을 안았다. 부인은 와락 엎드려 이마를 최천중의 무릎에 대고 어깨를 들먹이기 시작했다.

최천중은 무슨 말을 해야 좋을지 대중을 잡을 수가 없었다. 비어 있는 한 손으로 그 어깨를 쓰다듬고만 있었다.

"아아 어찌하오리까, 이 몹쓸 년을."

소리를 죽인 신음이 왕씨 부인의 입에서 흘러나왔다.

"일구월심 생각하는 것은 임자였소이다. 바람 소리만 나도 임자의 생각, 대문만 삐걱거려도 임자의 생각."

최천중은 왕씨 부인으로부터 이렇게 열렬한 고백을 들을 줄은 꿈에도 상상하지 못했다.

"죄 많은 여자는 죽어 마땅하지 않겠소이까… 어찌하면 좋겠소이까."

부인의 흐느낌은 계속되고 있었다.

최천중은 자신의 처신이 신중해야 한다고 다시금 다짐하고 조용히 말했다.

"천도를 행함에 있어서 인간이란 수단과 그릇에 불과하오. 우리는 왕문이란 아들을 낳지 않았소. 왕문은 장차 이 나라의 왕이 될 사람이오. 이 나라의 왕을 만들기 위해 하늘은 우리를 그 수단과 그릇으로 만든 것이오. 죄 될 것은 없사옵니다. 진정하소서."

"그러하오나 소녀의 몸과 마음이 너무나 안타깝습니다."

왕씨 부인은 얼굴을 들어 젖은 눈으로 최천중을 쳐다봤다. 정염이 담뿍 담긴 그 눈을 최천중은 피할 수가 없었다. 그때 다시 황봉련의 소리가 들렸다.

"당신이 꼭 왕문을 위할 생각이 있다면 마음을 집중할 줄도 알아야 하오…"

최천중은 다시 정신을 차려,

"나는 왕문을 위해서…"

라고 전제하고, 삼전도장을 만들었다는 것과 천하의 명인, 걸사와 사귀고 있으며, 이십 년 앞을 내다보고 재물을 모으고 있다는 얘기를 소상하게 했다.

그리고 간결하게 덧붙였다.

"지금 나라가 되어가는 꼴을 보면 이씨 조선은 이 대代를 넘기지 못할 것으로 되어 있소. 무학대사가 한성에 도읍을 정할 때, 한성의 신기神技가 오백 년이면 진盡한다고 하였소. 그 비리秘理는 일체 비밀로 되어 있는 것으로서, 내 스승 산수도인이 내게만 전해준 바이오. 그러하오니 부인께서도 사정私情과 사욕私慾을 버리시고 일로전심一路專心 왕문을 키우는 데 전력을 다하셔야 합니다."

"꼭 그러시다면 저에게 기력을 주셔야 하겠습니다. 견우와 직녀도 일 년에 한 차례는 만난다 하옵니다. 그러하오니 한 달에 한 번쯤은 임의 그림자라도 볼 수 있고, 임의 내음이라도 맡을 수 있어야 하지 않겠습니까."

하고 왕씨 부인은 몸을 일으키더니,

"잠깐 기다려주사이다."

하는 말을 남겨놓고 안집으로 사라졌다.

왕씨 부인은 안집 작은방에 불을 지피고 그 방을 청소하고 새 침구를 그리로 옮겼다. 최천중은 사랑에 앉아서도 그 동정을 짐작할 수가 있었다.

이윽고 왕씨 부인은 최천중을 그 방으로 인도했다. 그 방엔 등불은 켜지 않았다. 서쪽으로 기울어가는 초승달이 창을 비추는 그 여광餘光이 물체의 형상만을 드러나게 할 뿐 어두웠다.

이제 최천중은 전려후고前慮後顧할 마음의 겨를이 없었다. 불덩어리처럼 타오르고 있는 왕씨 부인의 나신을 안았다. 아아, 육肉의 슬픔이여! 그러나 그 육의 슬픔을 육의 환희로 승화시켜야 하는 것이다. 제왕을 낳은 신성한 여체에 신하로서의 예우를 해야 하는 것이며, 스스로가 불붙여놓은 정열의 불에 정성을 다해 기름을 쏟아넣어야 하는 것이다.

황봉련은 최천중의 자극을 받기만 하면 여자는 모두 음수로 변한다고 했지만, 신의 섭리는 음수를 있게 해서 생명의 오묘를 만세에까지 관류시키고 있는 것이 아니었던가.

왕씨 부인의 정염은 꺼질 줄을 몰랐다. 이경에 시작한 운우가 삼경에 이르러서도 끝나질 않았다.

이윽고 첫닭의 울음을 듣고서야 최천중과 왕씨 부인은 포옹을 풀었다. 그런데 황홀의 밀물이 썰물로 변하기 시작할 무렵 죄의식이 다시 고개를 쳐든 모양으로, 왕씨 부인은

"죄 많은 이년을."

하고 한숨을 쉬었다.

"죄도 아니고 악도 아니오. 다만 천리가 있을 뿐이오."

하고 최천중은 어둠 속에서 의관을 정제하고 앉아 다음과 같이 말했다.

"이달 보름께 삼전도장에서 큰 잔치가 있을 것이오. 그 잔치는 천하의 명인 걸사들이 각기 기량을 보이는 거룩한 모임으로 될 것이오. 따지고 보면 왕문을 제왕으로 모시기 위한 첫 번째의 모임이라고 할 수 있소. 그러니 그날엔 왕문에게 금란은수의 옷을 입혀 오

362

시午時에 한성을 향해 앉히도록 하시오. 나는 기원과 더불어 그 자리에 참집한 선비들을 이끌고 망배하겠소이다."

"금란은수의 옷이 없기도 하거니와 그런 옷을 입힌다는 것은 남의 이목이 두렵지 않겠소이까?"

"금란은수는 내가 준비해 왔으니 걱정할 것 없고, 아무도 보지 않는 방안에서만 입혀놓을 것이니 그것 역시 걱정할 것 없소."

하고 일어서며 최천중이 덧붙인 말은,

"오늘 진사 댁에서 왕문을 청하겠소이다. 하인을 시켜 데리고 오도록 하시오. 이 집에 재차 내가 온다는 건 사람들의 의혹을 살 것 같으니 하는 말이오. 조 진사에겐 내가 기왕 그 출생을 예언한 아이니 한번 그 관상을 보고 싶다는 핑계로 앙청*할 것이니 과히 무리가 없을 것으로 아오."

"알겠사오이다."

최천중이 방문을 열려고 하자,

"잠깐만 계시와요."

하고 왕씨 부인이 만류했다.

최천중이 도로 자리에 앉았다.

"물어볼 말이 있습니다."

하는 부인의 말에 최천중이,

"말씀하십시오."

하고 귀를 기울였다.

---

* 仰請: 우러러 청함.

"지난봄 단오날이었습니다. 왕문을 데리고 신륵사에 갔었습니다. 한성으로부턴 대관들 부인들이 많이 와 있었습니다. 아이를 데리고 오신 분도 있었습니다. 그런데 법당 근처에서 대관의 노비로 보이는 아낙네가 아이를 업고 있었사온데, 무심히 그 옆을 지나다가 그 아이의 얼굴을 보았더니 이 어찌된 일이겠사옵니까. 우리 문이보다 어리긴 했으나 그 얼굴이 우리 문과 똑같았습니다. 하두 놀라물었습니다. 누구 집 아들이냐고. 전에 대사간 벼슬을 지낸 홍 대감의 아들이온데 성명은 홍무라고 하였습니다. 보면 볼수록 문을 닮아 있어 생일을 물어보았습니다. 지난해 십일 월 며칠에, 아니 19일에 탄생했다는 얘기였습니다. 그러면서 그 노비도 제가 안고 있던 문을 보며 어떻게 우리 도련님을 이렇게 닮았을까 하고 우리 집과 성명을 묻지 않겠습니까? 이게 어찌된 일이옵니까? 저는 그저 우연이라고만 생각할 순 없사옵니다. 도사님께선 그 내력을 알고 계시온지 알고자 하옵니다."

〈1부 끝. 2부 7권으로 이어집니다〉

364